父より娘へ
谷崎潤一郎書簡集

鮎子宛書簡二六二通を読む

千葉俊二 編

中央公論新社

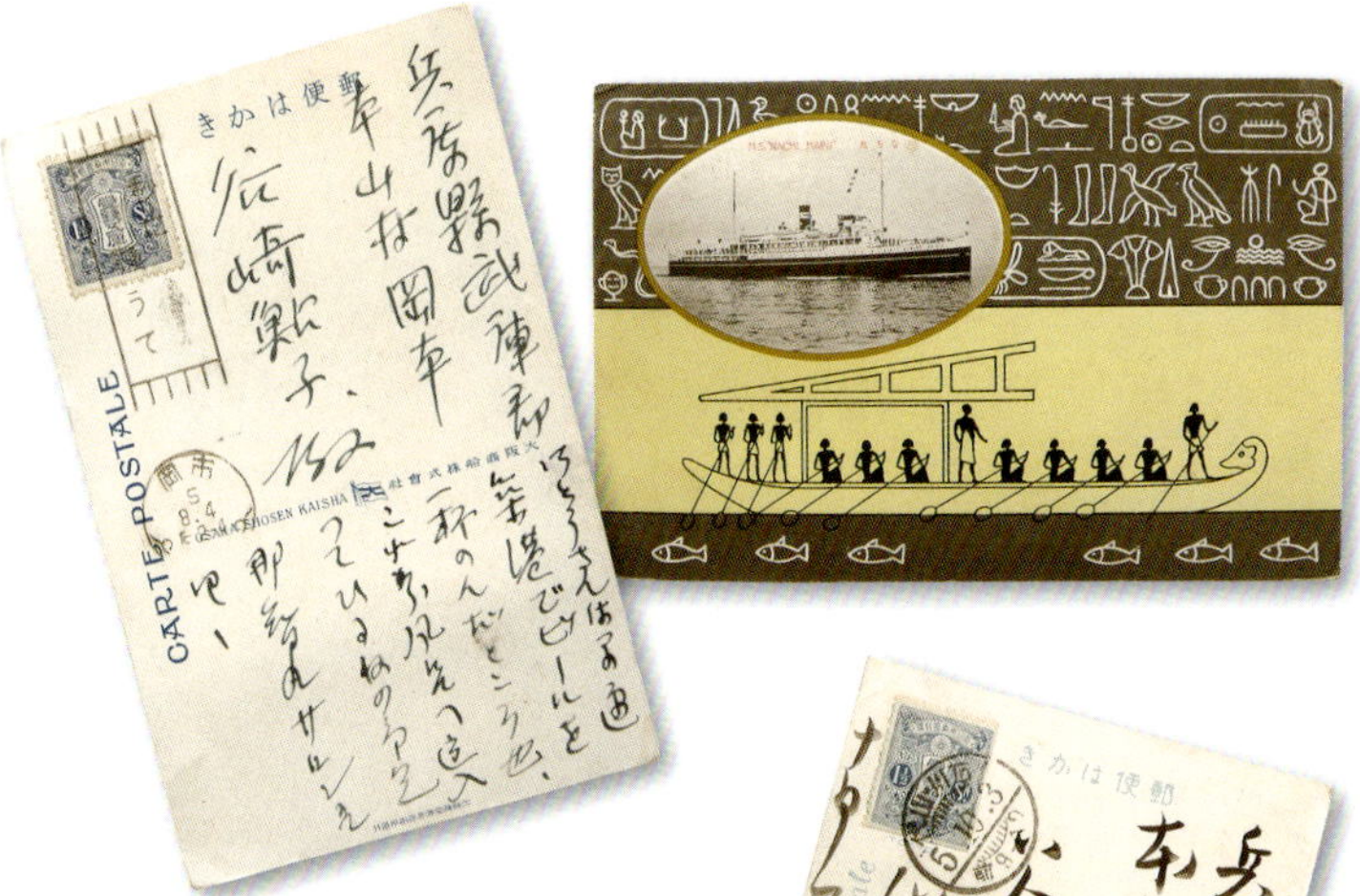

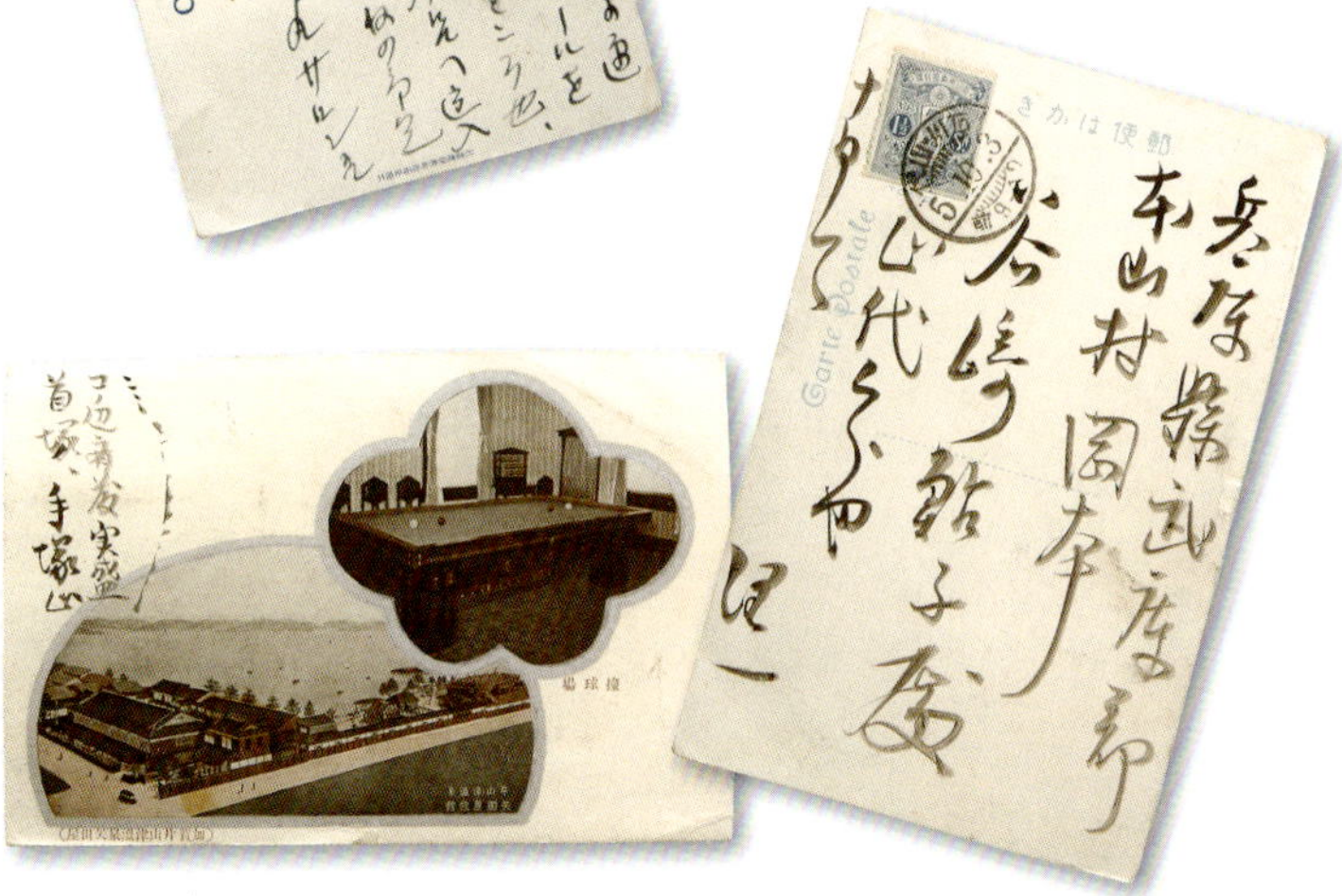

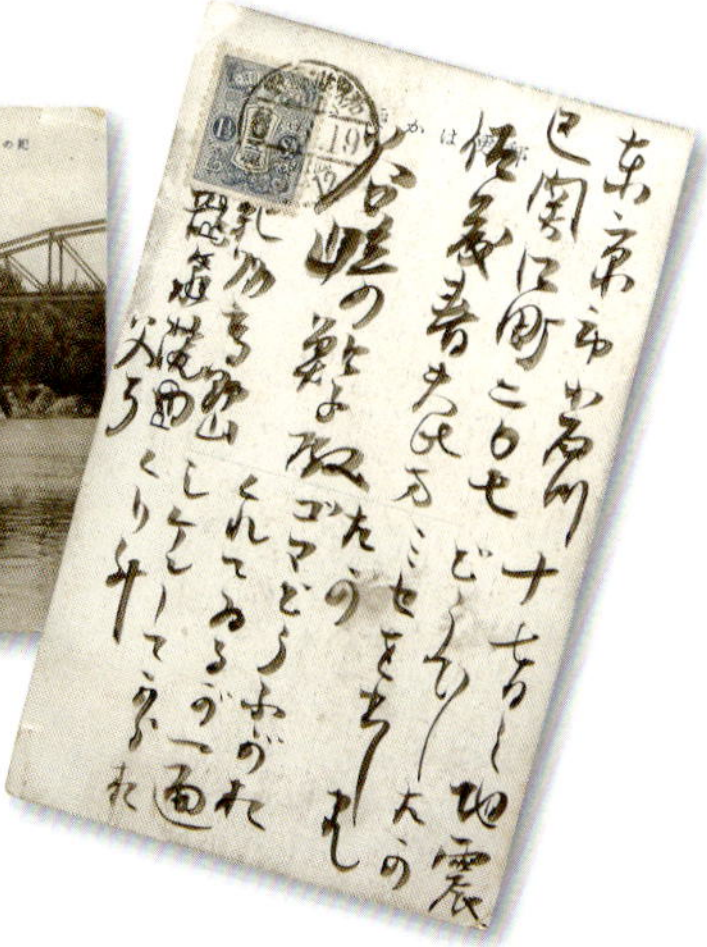

鮎子宛書簡より絵はがき

昭和5年8月4日付（上）、昭和5年10月1日付（中）、
昭和6年6月19日付（下）

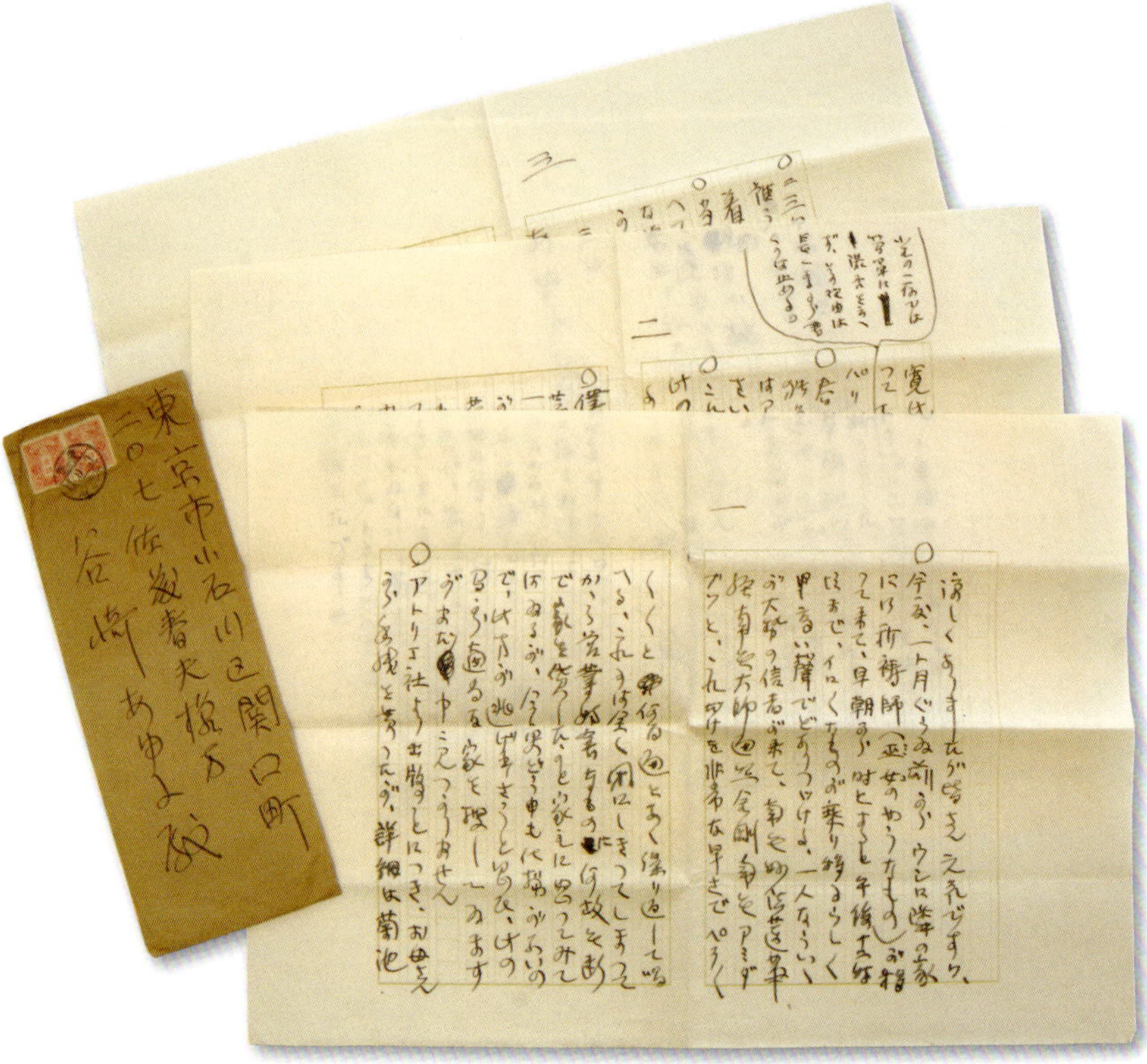

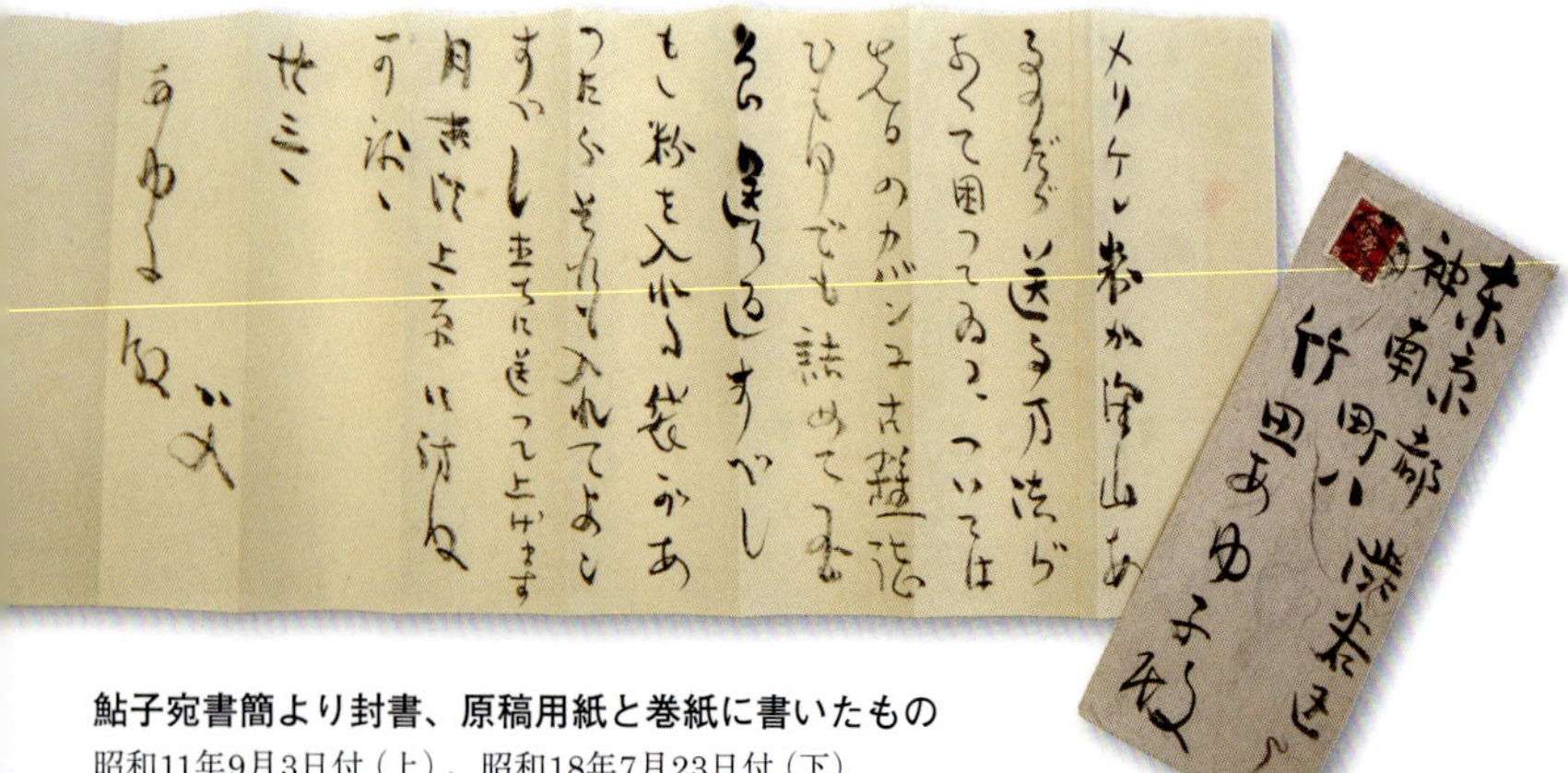

鮎子宛書簡より封書、原稿用紙と巻紙に書いたもの

昭和11年9月3日付（上）、昭和18年7月23日付（下）

目次

翻刻協力　細江　光
装　幀　山影麻奈

はじめに

千葉俊二

はじめに一篇の詩を紹介するところからはじめよう。大正十年（一九二一）十一月の「人間」に発表され、のちに『我が一九二二年』（新潮社、大正十一年）に収められた佐藤春夫のよく知られた「秋刀魚《さんま》の歌」という一篇である。

あはれ
秋風よ
情《こころ》あらば伝へてよ
――男ありて
今日の夕餉《ゆふげ》に　ひとり
さんまを食《くら》ひて
思ひにふける　と。

さんま、さんま、
そが上に青き蜜柑《みかん》の酸《す》をしたたらせて

さんまを食ふはその男がふる里のならひなり。
そのならひをあやしみなつかしみて女は
いくたびか青き蜜柑をもぎて夕餉にむかひけむ。
あはれ、人に捨てられんとする人妻と
妻にそむかれたる男と食卓にむかへば、
愛うすき父を持ちし女の児は
小さき箸をあやつりなやみつつ
父ならぬ男にさんまの腸《はら》をくれむと言ふにあらずや。

あはれ
秋風よ
汝《なれ》こそは見つらめ
世のつねならぬかの団欒《まどゐ》を。
いかに
秋風よ
いとせめて
証《あかし》せよ　かの一ときの団欒《まどゐ》ゆめに非ずと。

あはれ

秋風よ
情あらば伝へてよ、
夫を失はざりし妻と
父を失はざりし幼児とに伝へてよ
——男ありて
今日の夕餉に　ひとり
さんまを食ひて
涙をながす　と。

さんま　さんま
さんま苦いか塩つぱいか。
そが上に熱き涙をしたたらせて
さんまを食ふはいづこの里のならひぞや。
あはれ
げにそは問はまほしくをかし。　　　　（大正十年十月）

注釈を加えてみよう。「男」とは、いうまでもなく佐藤春夫自身のことをいっており、「その男がふる里」とは佐藤の故郷である和歌山県新宮《しんぐう》である。この一篇の舞台となっているのは、当時、谷崎潤一郎が住んでいた神奈川県小田原であるが、ともに蜜柑の産地である。秋にはサンマにレモン代わりに「青き蜜柑の酸《す》をしたたらせ」ることも可能だったのだろう。「人に捨てられんとする人妻」とは、谷崎の最初の妻であり、その後、佐藤春夫の妻となった石川千代である。「妻にそむかれたる男」とは佐藤のことで、当時、佐藤は米谷《まいや》香代子と同棲していたが、香代子は佐藤の弟の秋雄と過ちをおかし、佐藤はそのことで懊悩していた。

佐藤春夫は大正九年（一九二〇）六月から十月にかけて台湾および中国の福建省へ旅に出ているが、それも家庭内のいざこざや、千代への秘めた思いからの逃避の意味をもつものだった。佐藤が旅行を終え、故郷にも寄らず、東京にも帰らず、真っ先に小田原の谷崎のもとへ立ち寄ったのは、熱海線の国府津《こうづ》、小田原間の開通祝いがあった十月二十一日のことであった。佐藤が千代をめぐって谷崎と激しくぶつかり、やがて谷崎との絶交にまでいたった、いわゆる小田原事件に取材した佐藤春夫の『この三つのもの』（「改造」大正十四年六月〜十五年十月、大正十四年八月および十五年三月と四月は休載）は、この日を起点として書き出されている。

一九九三年四月と六月の「中央公論」に、この事件に関する谷崎と佐藤の書簡が公開されたことによって、それまで謎につつまれていた事件の真相も、かなり明らかになった。いまこれらの書簡や、可能なかぎり客観的に事実に即して描いたという『この三つのもの』によって小田原事件の概要を語ってみよう。

谷崎と佐藤は大正六年ころから交際をはじめたが、ふたりはよほどウマがあったようで、ほとんど毎日顔を合わせるほど親しく往き来した。文壇における不遇をかこち、自暴自棄になっていた佐藤を、谷崎は文壇へ押し出すために尽力し、また才気あふれる佐藤の鋭利な批評眼と詩趣ゆたかで奔放な想像力を高く評価した。親しく交際していたころの「梅雨の書斎から」（「中外」大正七年七月）には、のちに削除されることになる佐藤春夫についての長い感想が記されている。

僕は佐藤君に会つて居る時ほど、強い藝術的衝動を感ずることはない。佐藤君に会つて居る時は、何となく此の世の外の高い所へ引き上げられて居るやうな気持ちになる。僕は佐藤君が何気なく云ひ捨てた片言隻句の中に、往々にして或る長い小説の筋を暗示させられる。

「佐藤春夫君と私と」（「新潮」大正八年六月）でも「同君の藝術上の鑑識の優れて居る事には毎度ながら敬服する。私は同君の意見に依つて啓発された事が決して少くない事を自白する」といっている。また佐藤が亡くなったあとの追悼談話「佐藤春夫と芥川龍之介」（「毎日新聞」昭和三十九年五月十三日）でも、「私の方が先輩なので、儀礼的にも兄貴扱いしてくれた。しかし、文学上の影響という点では、逆に私の方が影響されたところが多い」と語っている。「母を恋ふる記」が、大正七年三月の「帝国文学」に発表された「佐藤の月の美しさを描いた短編「月かげ」」の影響になったものだというが、私が見るところでは「柳湯の事件」（「中外」大正七年十月）「天鵞絨の夢」（「大阪朝日新聞」大正八年十一月二十七日〜十二月二十日）も佐藤の「指紋」（「中央公論」臨時増刊秘密と開放号　大正七年七月）の影響をうけたものと思われる。

大正四年（一九一五）五月に谷崎は石川千代と結婚している。谷崎は満でいえば二十八歳で、千代は十八歳だった。千代は明治二十九年（一八九六）十月二十四日に、群馬県前橋の小林巳之助、はまの次女として生まれ、母が石川善七・さだの一人娘であったので、母方の実家の石川姓を継いで、養女として祖父母に育てられた。祖父母は花柳街で酒屋を営んでいたが、兄の小林倉三郎によれば、祖母は「目に一丁字ない無教育者で、酒屋を花柳界で営んでゐた故《せい》か、一寸容貌《みめ》よい娘を見ると、あの子を藝者にしたらどんなによいだらうなど、、他人《ひと》様の娘を口惜しがる程の不心得者で、藝者を余程よいもの、つもりでゐる人」だったといい（「お千代の兄より」、「婦人公論」昭和五年十一月）、抱え藝者三、四人を置く菊小松という藝者屋を開業した。千代はそこで育てられたので、生活に困っていたわけでもないのに、初子と名乗って藝者に出されたという。

千代の姉の初子（姉は本名が千代の源氏名と同一）も祖父母に育てられ、一時藝者をしていたが、その後に向島で嬉野《きの》という料理屋を営んだ。兄の小林倉三郎によれば、「なか〳〵陽気な質《たち》で、大抵の心配事はこの心配を今日の何時までしてゐると云つて、其の時間が来るとガラリ気を換へられる程、物事を苦にせぬ、人を人とも思はぬ豪傑肌の人」で、谷崎もそんな点が気に入って、学生時代から嬉野へ遊びに行っていたようである。千代は大正四年に藝者を廃業し、その姉のところへ身を寄せたが、「ターさん、あんたには一寸過ぎものかも知れないけれど、うちの妹をおかみさんにどう？」といった話があって、短時日のうちに谷崎と千代との結婚話がまとまり、偕楽園の笹沼源之助夫妻が仲人となって結婚式がおこなわれた。

谷崎と千代とは、初子のところに近い向島新小梅町に新居を構えた。翌大正五年（一九一六）三月十四日に長女の鮎子が誕生したが、三月二十二日に石川千代と谷崎潤一郎の庶子として出生届が出された。やがて翌大正六年三月二十三日に谷崎と千代の婚姻届が出されたことにより嫡出子とされたが、千代が谷崎家に入籍したのにともない、千代の妹のせいが石川家の養女となった（せいの結婚後は弟の四郎が石川家を継いだ）。せいは明治三十五年（一九〇二）三月二十六日生まれで、ちょうど十四歳になるころに、谷崎家に同居することになった。谷崎は大正五年六月に小石川の原町十五番地、さらに十二月に原町十三番地に引っ越しており、翌年の大正六年五月十四日には母の関を失っている。その後に妻子を男やもめとなった実家へ預けることにして、原町の家にはせいと書生の木蘇穀《きそこく》とで住むようになった。

木蘇穀は、今東光『十二階崩壊』(中央公論社、昭和五十三年)によれば、明治詩壇で名を知られた木蘇岐山《きざん》の息子だというが、「稀に見る醜貌をして」おり、「あまりにグロテスクな顔だったので一見して忘れようとして忘れることが出来なかった」という。「それが谷崎家へ出入りし、やがて口述の筆耕などしているると聞いて二度びっくりしたが、実はそれは谷崎が木蘇を少しく知りたいという念願からだった」といい、谷崎はこの木蘇穀をモデルにして「人面疽」(「新小説」大正七年三月)という小説を書いたのだとしている。人面疽とは、人間の顔をもった腫物《できもの》のことで、谷崎の「人面疽」は映画女優に魅せられ、欺された醜貌の乞食が、怨みをのんで死んだあと、醜い人面疽になって復讐するというものである。なお木蘇穀には「佐藤春夫氏の言葉」(『文壇の人舞台の人』所収、聚英閣出版、昭和三年)という、原町時代の佐藤と谷崎の交友に触れて書いた一文もある。

せいは晩年になって瀬戸内寂聴との対談「「痴人の愛」のモデルと言われて」(「婦人公論」一九九三年七月)において、谷崎との関係が生じたのは「本郷の原町十三番地の家に書生と三人で引っ越した後のことだから。家族は蠣殻町《かきがらちょう》の父の家にずっと看病に行っていましたから。同棲していたのかって聞かれますけれど、そうではなくて、私は好き勝手な暮らしをしていましたよ」といっている。「痴人の愛」の主人公河合譲治は十五歳のナオミと関係をもつようになるが、谷崎とせいの関係もそれにそのまま重なる。谷崎の愛人としてせいは、さながらナオミのように男を男とも思わないような、我が儘で、魅力的な肉体をもつ奔放な女性へと育ってゆく。

気っぷがよくて、男まさりだった嬉野の初子は、「お艶殺し」(「中央公論」大正四年一月)など谷崎の初期作品の毒婦のモデルになった女性であるが、同じ姉妹でも、せいは千代よりもこの初子に似ていた。

千代は良妻賢母型の貞淑で家庭的な女性だったが、谷崎は結婚当初からそんな千代に失望していた。千代への冷遇と虐待は、せいを引き取ってからいっそう他者の目にもあまるようになり、頻繁に谷崎家に出入りしていた佐藤はそうした千代に同情を寄せ、いつしかそれは愛として意識されるようになる。千代は谷崎とせいとの関係について長く気づかず、またひとから注意されても信じようとしなかった。

佐藤春夫が台湾から帰国したのは大正九年（一九二〇）十月であるが、谷崎はこの年の五月に横浜に創設された大正活映株式会社の脚本部顧問に招聘されて、映画制作に没頭していた。それで家を留守にしがちだったけれど、佐藤が立ち寄った日も谷崎は留守であった。せいも葉山三千子という藝名で、谷崎の制作する映画に女優として出演するようになり、谷崎と行動をともにすることも多くなっていた。谷崎が小田原へ転居したのは大正八年十二月である。娘の鮎子が腺病質だったことや千代も肺病のごく軽微な最初の徴候らしいものがあったからといわれるが、当時、茅《かや》と麦藁で作った「木菟《みみずく》の家」を建てて小田原に住んでいた北原白秋から誘われたことが大きな理由でもあった。

その北原白秋が「木菟の家」の隣に洋館を新築することになって、大正九年五月二日に地鎮祭がおこなわれた。その二次会の席上、白秋の友人の山本鼎《かなえ》や弟の鉄雄が白秋の妻の章子《あやこ》をなじり、激しい口論となって、果ては負傷者もだす乱闘騒ぎとなった。この騒ぎの最中、章子は姿を消してしまい、それが新聞記者と駈け落ちしたとも報じられたりしたけれど、章子が駆け込んだのは谷崎潤一郎のところであった。谷崎は白秋と章子のあいだに立って、ふたりの別れ話を強引にまとめてしまったが、いまだ章子への未練があった白秋とは、そんなところから不仲になってしまった。

章子が谷崎邸にかくまわれていたあいだに、千代は章子から谷崎とせいとの関係について聞かされたようだ。佐藤春夫とふたりで北原白秋邸を訪ねた帰途、千代からその真偽を訪ねられた佐藤は、それ以前に谷崎の口からその話を聞かされていただけにその返答に困る。谷崎に問いただしてみるということでその場を切り抜けた佐藤は、谷崎とふたりきりで、互いの夫婦間の問題を抜本的に解決する方法について話し合う。その結果、谷崎の方は千代との離婚はもはやゆるがないとして、離婚後もその生活の面倒は見つづけるので、すでに米谷香代子と離別を決意している佐藤が、その間に千代の佐藤への気持ちを確認してみるということになった。

『この三つのもの』はこのあたりまで書いて中絶している。一九九三年六月の「中央公論」に公表された佐藤春夫の「谷崎千代への手紙」には、「ココハ一月二十八日デス」と欄外に書き込みされた箇所に「あなたに私の心をうちあけてからももう三月になる」との記述があるところからすれば、この時期からそう遠くない十月下旬に佐藤から千代への愛の告白があったものと思われる。『この三つのもの』の末尾近くには「君がこれからも都合のつくだけ多くお八重（引用者注、千代のこと）のところへ行つて話相手になつてやつて貰ひたいな」という谷崎をモデルにした北村の言葉を記しているが、佐藤はこのあとも頻繁に小田原の千代のもとに通い、そんな折に愛の告白もなされたのだろう。

ところで、一九九三年七月十五日発行「神奈川近代文学館」第四十一号の「所蔵資料紹介」欄に、私は次のような大正九年と推定される、佐藤春夫宛谷崎潤一郎書簡を紹介しておいた。なおこの書簡は封筒を欠いているため消印を確認することができないが、臨川書店版『定本佐藤春夫全集』第三十六巻の「註」では大正十年と推定している。が、大正十年十二月にはすでにふたりは絶交しているので、こうした状況はあり得なかったはずである。

あれから暗い濠端の路を歩きながら、お千代はシクシク泣いてゐた。家へ帰るまで泣き通した。君のことを思つてゐるのではあるが、やはり彼女は悪魔ではない、イジラシイ女だと云ふ気がした。

　僕は君に済まない事をしたと思ふ、つくづく済まなかつたと思ふ。その感じが、帰る路すがら本当に強く涌き上つた。淋しく、独りで帰つて行つた今夜の君の様子を思ふと、おせいに別れた時と同じやうに辛かつた。どうぞ許してくれ給へ。

　一日も早く君に会ひたい、一日も早く、君が友人として帰つて来てくれることを祈るより外はない。

　余り君に対して堪へ難い気持ちがするので、此の手紙を書く。お千代も傍に居て、この手紙を読みながら泣いてゐる。

十二月四日夜

谷崎潤一郎

佐藤春夫様

秋雄さんには明日手紙を上げる。今私は余り疲れてゐるので、もう何をする根気もない。

『この三つのもの』は、佐藤が台湾旅行の帰途に谷崎家に寄ってからのわずか四日間の出来事が記述されているのみで、その場面場面に応じて過去の回想や述懐がはさまれ、時間が重層的に組み合わされる構成となっている。そして、その末尾に描かれたのが佐藤が小田原の谷崎邸へ来て四日後の十月二十四日のことだとすれば、この書簡が書かれた十二月四日までの四十日間のあいだに重大な局面の変化と、事態の劇的な急展開があったことは間違いないようだ。後年、「佐藤春夫に与へて過去半生を語る書」（「中央公論」昭和六年十一、十二月）において谷崎は、「小田原のとき、彼女は君に依つて始めて恋愛と云ふものを知り、「これがあたしの初恋です」と云つた」と記している。

> あの小田原事件のあつた後、千代子は到底僕と別れる勇気のないことを自覚して、兎も角も家庭の風波は静まつたけれども、彼女の眼底に依然として君の幻影が去りやらず、朝夕そのなつかしい思ひ出と闘かひつつある様子を見ては、僕は彼女が君に依つてなまじひに恋愛の味を教へられたことを、一再ならず呪はずにはゐられなかつた。

これを読むかぎり、佐藤の方から千代への愛の告白があって、「彼女の魂を九天の高きに飛躍させ」たようである。また谷崎が「あの小田原の十字町の家で、君が二階に寝泊まりしてゐたのは幾月ぐらゐの間だつたか今はつきりと覚えてゐないが、千代子はその間、心は君の妻であり体は僕の妻だつたのだ」（傍点引用者）と語っているところからすれば、佐藤と千代とのあいだに肉体的な関係はなかったものの、愛の告白があったあと、しばらく佐藤は谷崎家の二階に寝泊まりしていたようである。それも数日といった期間ではなく、谷崎にとっては「幾月ぐらゐの間だつたか」というほどの心理的な時間の長さをもった期間であった。

とするならば、先にも述べたように、『この三つのもの』の最後のところで語られた佐藤が千代の気持ちを確認するということが、谷崎との話し合いから間もなくしておこなわれ、その間に佐藤から千代への愛の告白があったものと考えて間違いないだろう。一方、谷崎はせいとの結婚を望んでいたが、澤田卓爾――谷崎の従姉妹との結婚相手で、若い時期から谷崎とのつきあいがあり、佐藤とも親しかった澤田が、「群像」谷崎潤一郎追悼号（昭和四十年十月）に伊藤整との対談「荷風・潤一郎・春夫――同時代者に聞く実生活の一側面――」において語ったように、谷崎とせいは箱根で結婚問題も含めて将来のことを話し合ったようである。その結果、せいに谷崎との結婚の意志がないことがはっきりし、ふたりのこれまでの関係を清算して、谷崎はふたたび千代との生活をやり直すことになったという。

この箱根での話し合いはいつもたれたのだろうか。せいから結婚を拒絶され、そのすぐあとに佐藤との約束を反故にし、千代との生活をやり直すことに決めたということでもなさそうである。一九九三年四月号の「中央公論」に掲載された佐藤宛谷崎書簡、および六月号に掲載された谷崎および千代宛佐藤書簡をつきあわせて読むかぎり、佐藤からの愛の告白と谷崎のせいとの箱根での話し合いがあってからも、千代をめぐる谷崎と佐藤とのふたりの激しい駆け引きがあったようだ。十一月十七日付の新宮の佐藤に宛てた谷崎の書簡が残されているので、この時期に佐藤はいったん新宮へ帰郷したことが分かるが、谷崎からすぐに呼び戻されたようである。

実際に千代に送られたかどうかはっきり分からないが、大正十年一月二十九日に記された佐藤の千代に宛てた書簡には次のようにある。

私があの話の途中で国へかへつた時だつてさうだ。私はちよつとあなたを恨んで見る。「私を信じてくれ」とあなたは言ひながら私に相談もしてくれずに谷崎の方へきめて仕舞つてゐたのだ。谷崎が「佐藤きつと譲歩する」とあなたに言つたのなら、きつと譲歩するならいそぐことはないから私に一度あつてから返事をしようと、あなたが言つてくれてもいい筈だつたのです。私は自分の心中をよくもあなたに打明けずに行きました。くわしくは谷崎に聞いてくれと言ひ置いた。谷崎にもさう言つて置いた。谷崎は私の心事を説明してくれていいわけです。谷崎も私のことをさう言つてゐるでせう、「佐藤は僕の心事をよく説明してゐなかつた」と。だから僕は「いづれ谷崎は自分で説明するでせう僕からではよくわかりますまい。」とさうあなたに言つた筈です。

この佐藤の千代に宛てた長い手紙によれば、千代は谷崎と佐藤とのあいだに板挟みになって悩みつづけたけれど、この十一月中旬に佐藤が新宮へ帰郷していたころ、自分は谷崎のもとへ残るということをほぼ決めたようである。この部分を読めば、谷崎も佐藤もそれぞれの心事を互いに理解しているものと思い込んで、言葉の表面上の意味をそのまま自己に都合のいいように理解してしまって、谷崎は佐藤を通じて、佐藤は谷崎を通じて、それぞれの思いを千代に伝えてもらおうとしたようだ。ところが、そこに大きな齟齬が生じて、それがとんでもない誤解を生んでしまったというのが、どうも事の真相に近かったようだ。

その辺のところを「佐藤春夫に与へて過去半生を語る書」では、「あの時、君と僕とは身も魂も全く同体になつたやうに思つてゐたけれど、（中略）待つ気があるなら待つて貰ひたいと云ふ意志が千代子に伝はつてゐないのを知つたときに、ひたすら彼女を追ひ出しにかかつてゐるやうに解されてゐるのを発見したときに、僕の強がりはポツキリと折れたのだ。それから間もなく、二人相擁して泣き崩れる場面が展開したのだ」と語っている。そして、千代を谷崎のもとへとどめさせた最大の要因は、佐藤の手紙にも「あなたも谷崎も子供があると二言目には子供のことを言ひ出す」とあるように、当時、近所の花園幼稚園へ通っていた四歳の長女の鮎子の存在だったことはいうまでもない。

いずれにしても、先に紹介した神奈川近代文学館所蔵の「十二月四日夜」の日付をもった谷崎書簡は、「あなたが谷崎のところに居る、僕のところへは来ないと言ひきつた時」（一月二十九日記述の千代宛佐藤書簡）、――谷崎が千代との生活をやり直すという決意を最終的に佐藤に伝えた日のものと推測してもいいようだ。「僕は君に済まない事をしたと思ふ、つくづく済まなかつたと思ふ」といい、「どうぞ許してくれ給へ」、「余り君に対して堪へ難い気持ちがする」と、谷崎は平身低頭にあやまっている。

佐藤はその後に、澤田卓爾がいた谷崎邸にも近い小田原のサナトリウムの養生館に、青木貞吉という偽名で入ったようだ。そこへ千代が折々こっそり訪ねたり、佐藤も千代へ手紙を渡したりしていたようである。谷崎はそうした裏に隠れてこそこそ動く卑劣な行動に我慢がならず、佐藤への不快感と怒りを次第に募らせていった。やがて佐藤宛書簡でも、「お千代は僕の妻だ」（六月二十二日付）といい、「僕はこの手紙を、君に恥をかゝせるつもりで書いた」（六月二十三日付）といった、きわめて高飛車な調子にエスカレートしてゆく。平あやまりにあやまっていた「十二月四日夜」の書簡との、その調子の落差に驚かされるが、六月三十日付の谷崎書簡を最後にふたりは絶交し、手紙のやりとりもなくなってしまった。

ここで冒頭に引いた「秋刀魚の歌」に戻りたい。この詩が執筆された大正十年十月には佐藤はもはや谷崎と絶交し、千代とも逢うことができない身の上となっていた。大正十年の「五月三十日夜十時」という日付をもつ千代宛の佐藤書簡には、「私はたとひあなたにけろりとされても、あなたを永く敬愛します。またあなたがたとひ今どう思つてゐやうとも、あの頃のあなたを胸に抱きしめます。あのころは過ぎ去つた日だけれども消えて無くなつた日ではない――お互に嘘ではなかつた日だと信ずるのが僕のたつた一つの慰めです。あなたの如何にかかわらず私は永くこの慰めを失ひますまい」（傍点原文）とある。

いうまでもなく、「愛うすき父を持ちし女の児」とは谷崎と千代とのあいだに生まれた四歳になる鮎子のことである。その鮎子が、一年前の、いまでは「ゆめ」としか思えないような「かの一ときの団欒」に、「小さき箸をあやつりなやみつつ」、「父ならぬ男」佐藤春夫に「さんまの腸《はら》」をあげようとしたのである。千代に宛てた書簡のなかで佐藤は鮎子のことを、「短い月日ではあつたけれどもあんなになつかれて僕もただの他人の子のやうな気がしない」と語っている。その鮎子とももはや逢うこともできずに、「今日の夕餉に　ひとり／さんまを食ひて／涙をなが」しているのである。

「秋風」に托しながら、「夫を失はざりし妻」と「父を失はざりし幼児」とに伝えて欲しいというのである。一年前の「世のつねならぬかの団欒」も、秋風のあなた自身が目撃したように「嘘ではなかつた」と。それは「過ぎ去つた日だ」ったとしても、決して「消えて無くなつた日ではない」。そう信ずることが「たつた一つの慰め」という佐藤にとって、「秋刀魚の歌」は、まさにその「慰め」を一篇の詩のかたちに結晶させた一代の絶唱であった。これには谷崎もよほど困惑したようで、「君は僕と絶交してから、始終作物を通して君の存在を千代子の脳裡に刻み付けることを怠らなかつた。或る時は孤独の佗びしさを訴へ、或る時は彼女の境涯を憐れみ、或る時は進んで僕の家庭を攪乱するやうな題材を択んだ。君は詩の形を以て僕に挑戦状をさへ附きつけた。（中略）君の此の恋愛戦術には少からず参つたものだ」（「佐藤春夫に与へて過去半生を語る書」）と回想している。

＊

本書は谷崎潤一郎が娘の鮎子へ宛てて書いた書簡二六二通をまとめたものである。谷崎はこの小田原事件からちょうど十年後に千代夫人と離婚し、千代夫人は佐藤春夫と結婚するというかたちで、三者のあいだの恋愛問題に決着をつけることになる。鮎子は母親の千代と一緒に東京の佐藤の方へ引き取られることになり、大正十二年の関東大震災後、関西に住むようになっていた谷崎とは別れて暮らすようになる。そんなこともあって、何かと用事のあるときには手紙のやりとりをして、一般の親子に比して谷崎は娘の鮎子へ相当多くの手紙を書いている。

自分の父親が著名な作家だということもあってか、鮎子はそれらの書簡を、いまならばメールでこと済むような簡単な連絡を記したハガキにいたるまですべてを丁寧に保管していた。そのうちの十四通はすでに全集に収録され、神奈川近代文学館での谷崎潤一郎展においても十二通が読めるようなかたちで展示されたが、本書ではそのすべてを翻刻して公開することにした。

しかし、いうまでもなく、これらはあくまでもプライベートな私信である。谷崎の文学とその実生活が密接なかかわりをもつことは、近年、さまざまな資料が発掘されていよいよ明らかになってきた。ここに紹介する鮎子宛書簡も、その意味では日本の近代文学史上における豊穣で、輝かしい文学的な達成を示した谷崎の藝術を解明するための貴重な資料なのである。一九九三年の「中央公論」への谷崎と佐藤との書簡の公開も、それらを千代夫人から托された鮎子さんがみずからの意志にもとづいて掲載したものである。その解説を執筆された水上勉は、「両文豪の真面目（承前）」（「中央公論」一九九三年六月）で、「私自身は、もうこういう私信の類の公表には馴染めぬ思いがあった」といいながら、次のように記している。

しかし、いまあらためてこの新資料が鮎子さんから提出されたことの意味をよくよく考えてみると、鮎子さんの心の奥のどこかに発表を望んでおられるようなものを感じもしたのであった。事情のくわしくわからぬ人には誤解されかねない細君譲渡事件の渦中にあって、黙って、潤一郎氏から佐藤家へ子を連れて嫁いでゆかれたご母堂の心境も、鮎子さんだけの深い思いにつながることだろう。また、千代夫人ご自身も、いまは亡き方ではあるが、佐藤氏の誠実な深い愛情吐露の書簡下書きを、大事に保存してこられ、死の直前に、鮎子さんに手渡された心境の裏側を憶測してみると、若かった両文豪の友情あつれきの日々もまたなつかしい暦でもあったろうか。いろいろと慮るほどに、その下書きなるものを見せて貰うことにした。

鮎子さんは谷崎、佐藤の書簡を公表した翌年の一九九四年一月十六日に七十七歳で亡くなっておられる。その直後の「週刊新潮」（二月三日号）の「墓碑銘」欄に、「谷崎潤一郎氏ただ一人の実子　竹田鮎子さん」として取りあげられているが、それによれば「自らの境遇を恨むふうでもなく、生前は「妻譲渡事件」について全く話すこともなかった」といい、長女の百百子《ももこ》さんの「誰かが離婚する時、〝子供が可哀そう〟と言っていた程度です」という談話が載せられている。また当時の中央公論社社長だった嶋中鵬二は「一昨年暮に食道を大手術された後に〝自分は世話になるばかりで何もお礼ができていない。こういう物を持っていますが、あなたのお考えでどうぞよろしいように発表して下さい〟と言われたんです。もう自分は長くはないと思い、ケジメをつけておきたいというお考えだったと思う」と語っている。

たしかに自己の人生への「ケジメ」という意識は大きかったと思われる。大正十年（一九二一）の小田原事件と昭和五年（一九三〇）の妻譲渡事件は、谷崎にしても佐藤にしてもこれらを題材とすることでそれぞれ自己の代表作を書き、文学的にそれらを屈折点として大きな変化を遂げていった。小田原事件はまだ文壇内での話題にすぎなかったかも知れないが、佐藤が「秋刀魚の歌」をはじめとする詩篇やこの事件に取材した小説を次々と発表するにおよんで世間一般でも周知のことがらとなった。それが妻譲渡事件では各新聞紙上に大々的に報道され、もはや文壇の枠をこえた社会問題としてあつかわれ、一般社会の人々の耳目をもあつめたのである。

そうした意味で、谷崎にしろ佐藤にしろ、千代をめぐる両者の感情の激しい角逐は、文学的ばかりでなく、社会的にも大きな意味をもった事件だったといえる。またのちにそれぞれ文化勲章を受章したふたりの文豪に愛され、お互いの激情の葛藤のさなかに生きた千代夫人にしても、なかなか言葉にはし得ない大変な思いをしたはずである。いわば壮年期の男のエゴイスティックな愛慾の闘争の渦中に投げこまれた犠牲者のようなもので、その苦悩は半端なものではなかったと思われる。自分の存在をめぐって谷崎と佐藤とが生々しい愛憎の激情をストレートにやりとりしたそれぞれの書簡は、千代夫人にとっては自己の生の存在証明のようなものであったろう。

そうした大人の愛慾の葛藤のさなかに捲きこまれた鮎子こそ、とんだ災難であり、経験しなくてもいいような、とんでもない迷惑のとばっちりを受けてしまった。みずからには何の責任もないにもかかわらず、父母は東京と関西とに別々に生活するようになり、自身も世間からの好奇の目を向けられるようになった。千代が秘蔵していた谷崎と佐藤の未公開の書簡を、ほかならぬそうした鮎子に托したというのも、わが娘への謝罪の意味と同時に、男の欲望に翻弄された女としての連帯の意識があったからではなかったのではないだろうか。

ひとりの天才の登場は、まわりの人間にとんだ迷惑をおよぼすことになる。のちに谷崎は人妻の松子との恋愛から結婚にいたることになるが、そのときに松子と根津清太郎とのあいだに生まれた清治と恵美子のふたりの子どもが、佐藤と千代との愛憎劇における鮎子のおかれた立場と似たような状況におかれる。『細雪』における悦子は恵美子をモデルとしているが、彼女は精神的な不安定から神経衰弱となって、不眠症となり、極度の異常な潔癖症の症状を示すことになる。谷崎が自己の欲望を野放図に解放しても、自分はそれを藝術の世界へと昇華させることができるからいいものの、その藝術のために捲きこまれた周囲の人物たちはたまったものでない。そのしわ寄せのもっとも大きなものが、罪もない幼い子どもにあらわれたのだといえよう。

昭和五年の妻譲渡事件の折には、十四歳の鮎子は女学校を退学させられている。そのときの精神的なストレスは、『細雪』の悦子にも負けないほどの並大抵なものではなかったと思われるが、鮎子は父親ゆずりの強靭な精神力の持ち主でもあったのだろう。ジッと堪えしのんだのである。父である谷崎からの手紙をきちんと保存していたというところからすれば、心の底深くのどこかには自分が当代第一流の作家の娘であるという自負と強い矜持があったのかも知れない。

先にも指摘したように千代にとっては、未発表の谷崎と佐藤との書簡を秘蔵しつづけることが、いわば自己の生の証にもなったであろう。それらを譲り渡された娘の鮎子には、自分の人生の終わりに近づいて、それらを公表することが、かえって自分たち親子にまつわりつづけた何やら得体の分からない人間の情念の如きものを振り払うための「ケジメ」になるとも考えられたのではないだろうか。もちろん、何かと世話になった中央公論社の嶋中鵬二へのお礼の意味が込められていたとしても、それはいわば禊ぎにも似た、みずからの人生に対するひとつの決着の付け方ではなかったろうか。

鮎子宛の谷崎書簡は、鮎子さんの長女の百百子さんと長男の長男《ながお》さんによって大事に保管されつづけてきた。決定版『谷崎潤一郎全集』全二十六巻の刊行も完結し、それらの鮎子宛谷崎書簡のすべてを公表することも許された。鮎子さんには鮎子さんなりに、谷崎の文学世界の構築にご自身の存在も少なからずかかわっていたという思いもあったろう。谷崎潤一郎という個性が強烈に輝き、文学的に偉業を成し遂げたものの、そのためには家族をはじめ周囲の人間に少なからざる犠牲をしいたことも事実である。鮎子さんは、そんな谷崎潤一郎という作家の娘だったことの仕合わせと不幸とをこもごも味わったと思われる。この機会に鮎子宛谷崎書簡がまとめられることも、ひとつの「ケジメ」になるのではないかと思われる。

凡例

一、本書には竹田家（竹田長男、高橋百百子両氏宅）に残されていた谷崎潤一郎の谷崎（竹田）鮎子宛の書簡二六二通を収載した。

一、谷崎潤一郎書簡には、漢数字で通し番号を付した。

一、消印の判読不明な書簡に関しては、その年月日を可能なかぎり推定し、その推定の根拠を当該書簡の末尾にアステリスク（＊）を付して注記した。年月日を推定し得ないものは、その旨を明示して、仮にそのもっとも可能性の高い場所に置くことにした。

一、受取人と差出人とが封筒の表にともに表記されていたりするので、書簡の封筒に関しては「表」と「裏」に記されているとおりに表示した。また郵便の場合は差出年月日（消印の読み取れるものは消印も）や、郵便の種類も明記し、葉書に関しては受取人を「受」、差出人を「発」と表記した。

一、書簡の住居表示のうち、印刷されているものは「印刷」、スタンプは「印」と表示し、〔　〕で括った。

一、本文中の「全集書簡番号」の「全集」とは、中央公論社から昭和五十八年九月、十一月に刊行された愛読愛蔵版『谷崎潤一郎全集』第二十五、二十六巻を指す。

一、翻刻の仮名づかいは原文のままとしたが、漢字に関しては一部の固有名詞、異体字を除いて旧字を新字に改め、ひらがな、カタカナに関しても「ゟ」「𬼂」「ヿ」などの合字は「より」「こと」「コト」と通常の文字づかいに改めた。

一、欄外や行間に追記してあるものはそれを明示し、〔　〕で括った。

一、走り書きによって濁点の抜けている箇所が多いが、原文に濁点のないものはそのままに表記した。また、原文には句読点が少ないが、読みやすくするために、適宜字間をあけて読みやすくした部分がある。

一、誤記と思われる箇所には「ママ」と傍記し、破損などによって判読不能の箇所は、□によって示し、推読したものは〔破レ〕と傍記した。

一、本書に収載した書簡には、今日の人権意識からみて不適切と思われる表現も使用されているが、これらが書かれた時代背景、資料的価値を考慮し、原文のままとした。しかし、プライバシーにかかわる点に留意し、固有名を伏字とした箇所がある。

鮎子宛谷崎潤一郎書簡

一　昭和五年八月四日

受　兵庫県武庫郡本山村岡本　谷崎鮎子殿　（消印５・８・４）　絵はがき（大阪商船株式会社「M.S."NACHI MARU" なち丸」の写真）

発　四日　那智丸サロンにて

御とうさんは早速築港でビールを一杯のんだところ也、これから風呂へ這入つてひるねの予定

二　昭和五年十月一日

受　兵庫県武庫郡本山村岡本　谷崎鮎子殿　（消印５・10・３）　絵はがき（「加賀片山津温泉矢田屋」の写真）

発　十月一日　山代くらや　潤一

コノ辺斎藤実盛首塚、手塚山

＊　全集書簡番号一〇八。

三　昭和六年六月十九日

受　東京市小石川区関口町二〇七　佐藤春夫氏方　谷崎鮎子殿　（消印６・６・19）　絵はがき（「紀の

川清流橋本の鮎狩実況」の写真〕
発　紀州高野山龍泉院内　父より
十七日之地震どうでしたかミセを出しましたか
ゴマどうふがおくれてゐるが一遍シケンしてからおくり升

四　昭和七年八月二十七日

表　和歌山県東むろ郡下里町　佐藤豊太郎様方　谷崎香魚子殿（消印7・8・27）封書（原稿用紙）
裏　八月廿七日〔印　兵庫県武庫郡魚崎町横屋西田五五四　谷崎潤一郎〕

あまり御無沙汰してゐたのでけふ御ぢいさんにも手紙を上げました　皆さん御変りなくて結構です　此方も一同元気です　妹尾さんのところでダンスのけいこか始まつて丁未子が弟子入をしました　僕は水泳以来自彊術を怠けてゐますが近日又始めます　根津さんか青木へ移転されたので急に魚崎も淋しくなりました　終平が近日来るさうですがおせいは此の間僕と喧嘩をしてしまつてそれ以来来ません
此処へ御小づかひ封入しました、〔棒線を引いて欄外に　トカウ書イタラバ急ニ金ノ必要ノコトガ起テ止メタ、卅一日カ一日ニオクツテ上ゲル〕旅費は又帰る時分に送つて上げます、あまり皆さんに世話をやかせないやうにしてせい〳〵養生して丈夫になること。今度大阪へ来たら又今村先生に見てもらつて許可か出れば東京へ行かせて上けます
八月廿七日　　潤一郎
あゆ子殿

＊「今村先生」とは、結核の予防と治療に尽力した大阪大学の今村荒男教授のことで、のちに大阪大学総長となっている。

五　昭和七年八月二十八日

表　和歌山県東むろ郡下里町　佐藤豊太郎様方　谷崎鮎子殿　書留（消印7・8・28）　封書（原稿用紙）

裏　廿八日〔印　兵庫県武庫郡魚崎町横屋西田五五四　谷崎潤一郎〕

きのふ手紙を出したあとで矢張り計算ちがひがあつた事を発見、こゝに御小つかひ二十円封入いたし候
龍児さんちゑ子さんどうしてゐますか、皆様によろしく御伝へ下さい

廿八日　潤

鮎子殿

六　昭和七年十月十八日

表　東京市小石川区関口町二〇七　佐藤春夫様方　谷崎鮎子殿　（消印不明）　封書（原稿用紙）

裏　十月十八日〔印　兵庫県武庫郡魚崎町横屋西田五五四　谷崎潤一郎〕

十四十五十六と三日遠足をして帰つて来ました、途中から松茸を送つたがもう届いたこと、思ふ、あれはほんたうの山奥の松茸だけ故風味も格別の筈ナリ、

御産の知らせを待つてゐたが、月末になると又執筆に取りかゝるのでさう〳〵待つてもゐられないから明後二十日朝出発、途中調べもの、ため江州に一二泊しておそくも廿二日には東京へ行きます、（多分廿一日に行けると思ふが汽車の中から電報を打ちます、但し出迎へには不及）依つて二十日以後だつたら御産があつても別に電報には及びません、学校のこと其他上京の上にてきめます

十月十八日

父より

鮎子殿

＊　昭和七年十月二十七日に、佐藤春夫、千代夫婦のあいだに長男方哉《まさや》が誕生している。

＊　全集書簡番号一三三。

七　昭和七年十月十八日

受　東京市小石川区関口町二〇七　佐藤春夫様方　谷崎あゆ子殿（消印7・10・19）官製はがき

発　十八日夕〔印　兵庫県武庫郡魚崎町横屋西田五五四　谷崎潤一郎〕

先刻手紙を出したあとでスズがめでたく御産いたし候　チユウも小生旅行中に安産いたし候　先づ此方より吉報御知らせいたし候

そちらも小生上京の頃までに吉報得度ものに候

八　昭和七年（推定）十月（推定）二十三日

受　小石川区関口町二〇七　佐藤春夫様方　あゆ子殿　〔脇に　あゆ子不在ナラバドナタデモ読デ下サイ〕　封書（巻紙）

発　廿三日朝　偕楽園内　潤一郎

一寸今日偕楽園で原稿を書かなければならないからカバンの中の日本紙の原稿用紙を全部皺にならないやうに包んで此の使ひの者に渡して下さい、
尚今夜は鶴見の草人宅に泊まり明二十四日そちらへ行くが同日夜精二とお末に来て貰ふやうにそちらから手紙を出しておいて貰ひたし　おそくも僕は八時頃には帰るつもり也

廿三日朝　潤一

あゆ子殿

＊　昭和七年十月二十二日付の松子宛書簡（『谷崎潤一郎の恋文』書簡番号一六）に「今日早朝小石川へつきました」「これから偕楽園へ参ります」とあり、昭和七年十月二十四日付の松子宛書簡（『同』書簡番号一八）に「昨夜草人の留守宅を訪ねまして泊めてもらひました」「これから蒲田スタヂオへ立寄りまして小石川へ帰らうと思つて居ります」とあるところから、昭和七年十月と推定した。

九　昭和八年四月二十三日

受　東京市小石川区関口町二〇七　佐藤春夫様方　谷崎鮎子殿　（消印8・4・?）　絵はがき（「落柿舎」の写真）

本日手紙廻送披見致候　多分来月十日迄に一寸上京することゝなるべし　金はその前に月末頃送つて上げるやう可致候

二十三日夕

父

一〇　昭和八年六月二十二日

表　東京市小石川区関口町二〇七　佐藤春夫様方　谷崎鮎子殿　（消印8・6・23）　封書（原稿用紙）

裏　六月廿二日　神戸市外阪急沿線岡本　谷崎潤一郎

先達御母さんから手紙を貰つたり鰹魚節やちもとの御菓子を貰つたが忙しいのでまだ返事をしない、宜しく云つて貰ひ度い

其の後風邪は如何、学校の夏休みはいつからですか、ことしハ松子小母様が事に依ると鎌倉の田所氏別荘へ御いでになるかも知れないので、さうなれば小生もお前と一緒に何処か鎌倉辺へ滞在しようかとも思ふ。但し熊野の方へ龍児さんたちと行く約束でもあるか如何、都合しらせてもらひたい

二三日中に御母さんには別に手紙を出す、その節お金も送つて上げられると思ふ、早く病気を直すべし

六月廿二日

あゆ子殿

父より

マダ知らせなかつたと思ふが　今度今迠の家の向う側の角の家へ引き移つた、同じ北畑の西之町といふのださうだ　丁未子の御影の家は家賃二十九円だが中〻よろしい、魚崎の家よりもつと広い庭や畑がついてゐる

一一　昭和八年七月二十九日

表　東京市小石川区関口〔破レ〕町二〇七　佐藤春夫様方　谷崎鮎子殿　書留（消印8・7・29）封書（原稿用紙）

裏　二十九日〔印　兵庫県武庫郡本山村北畑　谷崎潤一郎〕

手紙拝見、正哉《ママ》坊の病気心配してゐる、腎盂炎になつたのは、肛門を拭いた紙でおてうづを拭いたのでハないか、注意すべし

今月の分残り二十円こゝに封入する、あと汽車賃は来月四日迄におくる、龍児さんと一緒に来るがよろし、お前が来てから何処かへ避暑に行くつもり也

二十九日　　父

あゆ子殿

たけが、根津さん御出入の床屋の勝ちやんと結婚する、八月中に暇をもらひ家を持つ予定

一二　昭和八年七月三十一日

表　東京市小石川区関口町二〇七　佐藤春夫様方　谷崎香魚子殿　（消印8・7・31）封書（原稿用紙）

裏　三十一日〔印　兵庫県武庫郡本山村北畑　谷崎潤一郎〕

けふ小母様への書面拝見候　まだ正坊《ママ》直らぬ由一日も早く全快を祈り候
龍児さんよりもハガキ貰ひ候　一緒に御いでなさるべく候　歓迎いたし候
金はなるべく早く送るが此頃郵便局の為替執務は午前中だけ故　万一四日に送ると五日朝でなければ取れまいかと思ふ、汽車賃として三十円だけ送り候　小づかひはこちらに来てから進呈いたし候
金を受取つたら来る時と日とを電報で知らすべし

三十一日　　父

あゆ子殿

一三　昭和八年九月十九日

表　東京市小石川区関口町二〇七　佐藤春夫様方　谷崎鮎子殿　（消印8・9・19）封書（原稿用紙）

裏　九月十九日〔印　兵庫県武庫郡本山村北畑　谷崎潤一郎〕

一昨日無事帰宅いたし候

こちらの方かずつと涼しくほつといたし候
妹尾さんが一週間以内に上京すると云つてゐるから多分そちらへ訪ねることゝ思ひます
丁未子も岡本の家を引払ひ上京就職口を捜すと云つてゐる、ついてはチユウだが、松子小母様は猫が御きらひで家へおきたくないと云はれるし妹尾家も犬猫まんいん故是非そちらへ引取てもらひ度承知して貰ふやう話してもらひたし、目下とみ子は、女中が又ゐなくなつたので妹尾家にて起臥し　空家も同然のところへチユウと仔猫だけおいてあり食物だけを運んでゐると云ふ有様、外の猫はともかくもチユウが年老いあまり可哀さう故、知らぬ人にやる気にはなれず久しぶりにてミイとも対面させ老後を東京にて過させ度思ふ也、
妹尾さんか丁未子が汽車にてつれて行くやう計らふべし、仔猫は多分汽車旅行に堪へられまいと思ふがこれは死んでも差支なし、チユウさへ無事ならばよしと思ふ、右頼入候也
「読史備要」近日御送り可致候
九月十九日

父より

鮎子殿

一四　昭和九年三月十一日

表　東京市小石川区関口町二〇七　佐藤春夫様方　谷崎鮎子殿　書留　別配達（消印9・3・12）封書（原稿用紙）
裏　三月十一日　兵庫県武庫郡本山村北畑　谷崎潤一郎

三月十一日〔欄外に地図入る〕

鮎子殿　　父より

佐藤小父来阪の通知が来たので待つてゐるが、まだ来ないのは御めでたでもありさうなのか如何。それにつき至急御しらせするが　今度精道村打出下宮塚《シモミヤヅカ》十六番地へ移転します、張幸の近所で、阪神電車の打出と蘆屋の中間。阪神電車と旧国道の間で、旧国道ヨリ一つ北の、並行した通りの山側角です。標札ハ谷崎と出さず、「水野」としておきます、水野邸内で手紙を下さい、今度小母様もいよ〳〵離籍なされエミちやんと一緒に森田方へ帰つた体裁にして茲に同棲するのですが、まだ丁未子の方も発表の時機に達しないので、一時の便法としてこんな名前にしておくのです。水野といふのは、小母様の伯父さんにあたる人ですが、此の人が名前を貸してくれたのです。小生ハ水野氏方に寄寓してゐるといふ体裁になるのです。

十四日頃に移るつもりですが、移ると同時に電報でしらせます。で、佐藤小父が早く来ることを望んでゐますが、移転後だつたら是非共小生が迎ひに出る必要がある故汽車の時間をなるべく早く知らせて下さい。分らなかつたら妹尾さん方へ来て貰へば分りますが妹尾氏も夫人はゐますが健ちやんは別府へ旅行中ですからそのつもりで。〔張幸を訪ねて来るのが一番よろしからん。アシヤヨリタクシーで来て〕

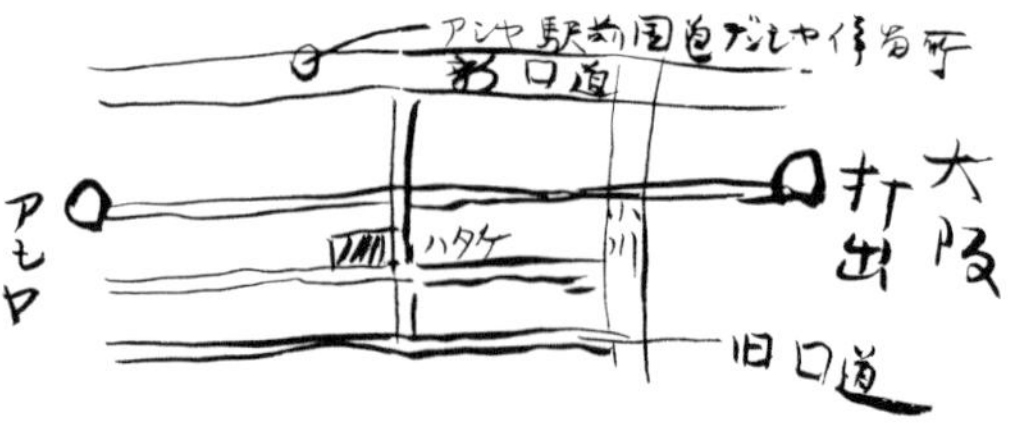

同封のキリヌキ〔キリヌキ欠〕を紛失せぬやう　佐藤小父に渡して下さい
上山方ハめでたく男子出産の様子也

＊「張幸」は、妹の須恵が結婚した京染悉皆屋の河田幸太郎のことで、この打出の家は詩人富田砕花の義兄の持ち家で、妹が捜してくれた。

＊「水野」は、松子の父の森田安松の株仲間で、親しい友人であった水野鋭三郎のこと。水野の甥の卜部詮三が、安松の長女朝子と結婚し、婿養子として森田家に入って、森田の本家を継いだ。水野鋭三郎は、松子が根津清太郎から離籍するについて力を尽くしてくれた。

＊全集書簡番号一四四。ただし全集には一部省略がある。

一五　昭和九年四月七日

表　東京市小石川区関口町二〇七　佐藤春夫様方　谷崎あゆ子殿　（消印9・4・8）　封書（巻紙　松子書簡同封）

裏　四月七日　神戸市外阪神打出下宮塚　水野方　谷崎潤一郎

先日は成績表確に受取申候
まだ生れないのかね、あまり長いので案じてゐます
きのふ小母様から羽織を送たことゝ思ひます、新しいものでハないが然し上等の品で柄も中〻いゝと思ひます
今月は多分お金が余計いるのだと思ふがそれならなるべく早く知らせて寄越すべし、二回に分けて送るか

も知れぬ、
小生は又近いうち鳥取へ行きます
四月七日

父より

香魚子殿
生れたら電報をよこすべし
〔以下、同封の松子書簡〕
そろ〱花のたよりも聞かれます昨今如何御過しでゐらつしやいますか
お母様の御よろこびの日をけふか明日かと待ちに待つて居りますが御知らせもなく少〻待ちくたびれて居ります
小父様にももう御帰り遊バした事と存じます
始終気にかゝりつゝ引き移りましてより日〻あちら片附けこちらとゝのへなどして落着かず失礼して居りました
この家へ御帰りを待つて居ましたのに今度は残念で御座います
今度の家はお父様の大いに気に入つて居ります
五月の旅行を楽しミに待つて居ります
あゆ子ちやんにはこのごろ至極御健やかにおなりの御様子この事が何よりのよろこびにて御父様も御安心の上御よろこびも深くになれば私にとつてもこの上ないことで御座います

さて今日私の御友達より派手な鶴の模様の羽折をゆづり受けました　色模様等上品にて大さう御父様の御好みにあひ早速御送り致しますことに致しました　本身立ち《ママ》で御座いますのに大変小さく仕立てゝございます　そちらにて御仕立て直し遊バして下さいませ　一寸縫紋をなされたら如何でせうか　とりいそぎ乱れがきにて右まで

くれぐ〳〵も小父上様

お母様へよろしく

龍児様御就職如何　よろしく御伝へ願ひ上げます

御めでたおありになり次第御知らせを願ひます

皆さま御自愛を祈ります

あら〳〵

松子

あゆ子様

参る〔ココマデ〕

＊この四月に、千代は長女を産むとすぐに失っている。

一六　昭和九年十月十二日

表　東京市小石川区関口町二〇七　佐藤春夫様方　谷崎あゆ子殿　〔消印9・10・12〕　封書〔原稿用紙〕

裏　十二日　大阪市天王寺区上本町五丁目　正念寺様内　谷崎潤一郎

唯今返電致候通、小生一週間程前より表記の処に来て執筆中、それが出来ると二十日頃それを持つて上京いたすべし、その時まてハ都合つきかね候故　都合にて遠足を止めてハ如何、尤も前〻より話があつたら何とか致べきのところ、今回ハ突然にて、且いつもより日も早き事故、何の用意もなく、今月ハ特別貧乏にて困り候、それ故の引籠り勉強故、二十日頃までハ駄目に候書後上京面談を期し候

十二日朝

父より

香魚子殿

難波江にあしからんとは思へども
けふこの頃はかりつくしけり

＊全集書簡番号一四九。

一七　昭和十年（推定）十月（推定）十六日

（原稿用紙）
封筒欠

二十日に来る由待つてゐます、

大阪着の時間が定つたら知らせなさい、
梅田か蘆屋か、どつちかへ迎へに出ます、
それから封入の名刺を持て中央公論社の出版部長雨宮氏を訪ねると、多分お金を三百円程くれる筈です、
このうちお前の旅費として五十円上げますから、残額二百五十円を電報為替にしてすぐに送つて下さい。
郵便局は丸ビル地階の東京駅と反対の側にあります、差出人をお前の名にして小生宛にすること、郵便料
金等は差引いてよろしい。〔欄外に　支払局はアシヤのコト〕
明十七日は祭日ニ付、十八日には送つてくれるやうに願ひます
十六日

父

香魚子殿

＊「明十七日は祭日ニ付」とあるが、戦前において十七日が祭日となるのは十月十七日の神嘗祭であり、『雨宮庸蔵宛谷崎潤一郎書簡（芦屋市谷崎潤一郎記念館資料集（二）』（芦屋市谷崎潤一郎記念館、平成八年）に収載された昭和十年（年代推定）十月十六日付（書簡番号41）の「ついては多分十八日に、娘鮎子が貴社へ参上いたしますから金子三百円御渡し願度御頼み申します」という文面に照応しているので、昭和十年十月と推定した。

一八　昭和十年十一月二十九日

表　東京市小石川区関口町二〇七　佐藤春夫氏方　谷崎鮎子殿（消印10・11・29）封書（原稿用紙）
裏　二十九日　神戸市外阪神打出　谷崎潤一郎

御手紙拝見、
僕は来月上旬に上京しますから　お金はみんなその時に上げます
風邪を引かないやうに、そして皆に宜しく云て下さい
本日妹尾さんから通知があり　チユウがもう長いこと姿をみせぬ由、二児と一緒に潜伏してゐるのかも知れないと云ふ説もあります
一日から大阪の歌舞伎座で菊五郎があの御化けの芝居を出します、それを見てから上京します、四日に観劇の予定です
廿九日
父より
あゆ子殿

一九　昭和十年十二月十三日

受　東京市小石川関口町二〇七　佐藤春夫氏方　谷崎鮎子殿　（消印10・12・14）官製はがき
発　十三日　神戸市外打出　谷崎

少し此方にも用があつて上京がおくれてゐます、事に依つたらもつと押詰まつてから行つて、東京で年越しをしようかと云ふ案もあり迷つてゐます。二三日中に決定して、もし上京がおくれるやうなら先に送金

します。
チユウの屍骸妹尾家隣家より数日前発見。急病で死んだらし。妹尾家墓地に葬る。小生目下猫の小説を書きつゝあり因縁不浅を覚ゆ。

二〇　昭和十一年六月三日

表　東京市小石川区関口町二〇七　佐藤春夫氏方　谷崎あゆ子殿　〔消印11・6・3〕　封書〔原稿用紙〕
裏　三日　〔印　兵庫県武庫郡精道村打出　谷崎潤一郎〕

お手紙拝見、お金は少しおくれるが、十日頃迄に五十円とお寺への十円とを送る。〔行間に　それより早くは都合つかず。〕あとはとよちやんの披露が今月下旬となつたので、上京するから、その節何とかします。

龍児さん台湾坊主になり病勢いまだ衰へないので西宮の勝呂さんに見て貰つたら、軽症で案ずるに及ばず、直きになほり毛も元のやうに生えるとの事で当人いさゝか愁眉を開いてゐるやう也。但し、営養不良より起つたものとの事にて、もつとうまいものを時ゞくふ必要あらん。

懸泉堂の御老人によろしく、もう御老母も来られた頃とおもふ

三日　潤一郎

香魚子殿

＊ 昭和十一年六月二十五日に、笹沼源之助の長女登代子と鹿島次郎との結婚披露宴が開催されている。
＊「懸泉堂の御老人」は、佐藤春夫の父豊太郎のこと。佐藤家は代々にわたり和歌山県牟婁郡下里村で、医業のかたわら、私塾「懸泉堂」を開いていた。

二一　**昭和十一年六月二十一日**

受　東京市小石川区関口町二〇七　佐藤春夫氏方　谷崎あゆ子殿　（消印11・6・21）　官製はがき
発　二十一日　〔印　兵庫県武庫郡精道村打出　谷崎潤一郎〕

案内状を貰つたのなら是非出席せられるべし、御祝は既に当方より十二分なことをしてあるから別に何もいるまいかと思ふ、小生二十五日朝着の予定、当日会場で会ひませう、（菊吉合同観劇の機を逸し残念也）

二二　**昭和十一年六月二十七日**

受　小石川区関口町二〇七　佐藤春夫方　谷崎アユ子殿　（消印11・6・27）　官製はがき
発　二十七日　芝区南佐久間町二ノ二　竹水荘方　潤一郎

アシタノ晩行キマス

二三　**昭和十一年七月十五日**

受　東京市小石川区関口町二〇七　佐藤春夫氏方　谷崎あゆ子殿　（消印11・7・15）　封緘葉書

発　十五日〔印　兵庫県武庫郡精道村打出　谷崎潤一郎〕

御手紙拝見、御医者さんの分五十円は二十日前後になります。北海道行旅費は月末か来月二三日頃になります。今月も非常に貧乏故その辺御ふくみありたし。

つの国の打出の里に住み乍ら
　打ち出す小槌なきぞ悲しき

これは草人先生寄するところの傑作であります
非常に不順の折柄御自愛あるべし
十五日

父

あゆ子殿

＊全集書簡番号一五八。

二四　昭和十一年七月二十日

受　東京市小石川区関口町二〇七　佐藤春夫氏方　谷崎あゆ子殿　航空（消印11・7・20）封緘葉書
発　廿日〔印　兵庫県武庫郡精道村打出　谷崎潤一郎〕

唯今御手紙拝見。それなら、多分明日か明後日中に五十円電送するからそれで先へ切符を買つておくべし。

あとの金は、どうしても三十一日頃か、来月二三日頃になる故、その金を医者の方へ廻すやうに頼んでおいて、北海道へ立つたら宜しからんと思ふ　他に方法なし
以上
七月廿日
父より
香魚子殿

二五　昭和十一年七月二十九日

受　東京市小石川区関口町二〇七　佐藤春夫氏方　谷崎あゆ子殿　〔消印11・7・29〕　封緘葉書
発　廿九日　〔印　兵庫県武庫郡精道村打出　谷崎潤一郎〕

今日御手紙拝見、あとの送金来月二三日にはむづかしく五六日、或は六七日頃になると思ふ、そのつもりでゐて貰ひたい
龍児君《ママ》さん御大事に
廿九日
父
あゆ子殿

二六　昭和十一年八月五日

受　東京市小石川区関口町二〇七　佐藤春夫様方　谷崎あゆ子殿　航空〔消印11・8・5〕　封緘葉書

発　五日〔印　兵庫県武庫郡精道村打出　谷崎潤一郎〕

五六日前から隣のアキ地でサーカスが始まり昼夜二回の興行でノベツ幕なしのプカプカドン〳〵に全然仕事が出来ず、警察へ陳情したが一軒だけの不平では規定上禁止できずとハネられ、よんどころなく毎日妹尾さんの部屋を借り通つてゐるが、場所馴れないので巧く書けない。そんなわけで当方は大損害、自然送金もまた両三日おくれるものと思つて貰ひたい。

八月五日

父より

あゆ子殿

＊全集書簡番号一五九。

二七　昭和十一年九月三日

表　東京市小石川区関口町二〇七　佐藤春夫様方　谷崎あゆ子殿（消印11・9・3）封書（原稿用紙）

裏　三日〔印　兵庫県武庫郡精道村打出　谷崎潤一郎〕

涼しくなりましたが皆さん元気ですか、

○今度、一ト月ぐらゐ前からウシロ隣の家に御祈禱師（巫女《ミコ》のやうなもの）が移つて来て、早朝から時とすると午後十二時頃まで、イロ〳〵なものが乗り移るらしく甲高い声でどなりつゞける、一人ならい、が大勢の信者が来て、南無妙法蓮華経南無大師遍照金剛南無アミダブツと、これだけを非常な早さでぺラ〳〵〳〵と何百遍となく繰り返して唱へる、これには全く閉口しきつてしまつて　か丶る営業妨害なものに何故無断で家を貸したかと家主に怒つてみてはゐるが、今更どうも仕様がないので、此方が逃げ出さうと思ひ、此の間から適当な家を捜してゐますがまだ中〻見つかりません

○アトリエ社より出版のことにつき、お母さんから手紙を貰つたが、詳細は菊池寛氏へ直接返事を出しておいたと云つて下さい。〔棒線を引き欄外に　小生の一存では簡単に諾否を云へず、その理由は長くなるから書くのは止める。〕三笠書房の方はすでにキツパリ断りました。

○春琴抄独訳は差支なし、もう独逸語を忘れてしまつたからテキストは見るに及ばずと、小父さんに云つて下さい。

○これも小父さんに、ネルヴルはたしかに此の間まで書棚で見たのに見えなくなつたから今捜してゐます

○僕は先月十九日に上京しました、そして芝に宿を取つて二十日は一泊し、二十一日に小石川へ行くつもりでゐたら、用事が早く済んでしまつたのと、偶然花岡に会つて一緒に帰らうとすゝめられたので、急に二十一日の夜汽車で帰つて来てしまひました。偕楽園もゐないし、お前もゐないし、菊五郎もないし、仕方がないからトヨちやん夫婦と一緒に晩飯をたべました

○二三日前龍児君来訪、たくあんを有難う。毛が生えて来たのは何より祝着也

○当方源氏飜訳みをつくしを終へて蓬生にかゝる、これは僕の大好きな巻也。約三分の一弱と云ふところか

三日

父

あゆ子殿

＊「花岡」は、花岡芳夫のことで、昭和六年四月十三日付の浜本浩宛書簡（全集書簡番号一一三）に「御問ひ合せの花岡は其後帰朝いたし大阪の内本町にある大阪府立貿易館（旧商品陳列所）の館長をいたし居り昨年も実業家の一団を引卒《ママ》して南洋へ赴きたる事あり印度方面の経済事情説明にハ最も適任と存候」とある。

＊全集書簡番号一六〇。

二八　昭和十一年九月二十五日

受　東京市小石川区関口町二〇七　佐藤春夫様方　谷崎あゆ子殿（消印11・9・25）封緘葉書

発　二十五日〔印　兵庫県武庫郡精道村打出　谷崎潤一郎〕

家が見つかつた、家賃をネギつてゐるところなので、まだきまらないが、きまつても、先方の都合で十一月でなければ引き移れない。その間僕は、仕事も大分おくれてゐるので、多分又塩原へでも行つて、ミツチリやらうと思つてゐる。さうなれば、月末までには上京することになるだらう。アトの百円はその時に上げる。

昨日で「松風」まですみ、本日より「薄雲」にかゝる。但し、これはいづれも未定稿で、一通りスツカリ出来上つてから又もう一度加筆の予定。

秋の温泉行を楽しみにしてゐる

二十五日

父

あゆ子殿

＊　全集書簡番号一六一。

二九　昭和十一年十月九日

表　市内小石川区関口町二〇七　佐藤春夫氏方　谷崎あゆ子殿　速達（消印11・10・9）　封書（原稿用紙）

裏　十月九日　本所区向嶋小梅町三ノ二　笹沼別邸内　谷崎潤一郎

お金がおそくなつてゐるので茲に五十円だけ封入します。あと五十円はもう三四日後に送ります。

佐藤の小父さんに、今から十日ぐらゐの間に、一晩泊りで何処かへ遠足する気はないか、そして何日頃が都合がよいか、きいて返事をして下さい。（旅費は分担のこと）

十月九日　父

あい子殿

三〇　昭和十一年十月十五日

表　市内小石川区関口町二〇七　佐藤春夫様方　谷崎あゆ子殿　速達（消印11・10・15）　封書（原稿用紙）

裏　十五日　本所区向嶋小梅町三ノ二　笹沼別邸内

五十円封入いたし候
おぢいさんが帰京された頃に又参上可致候
十月十五日　父
あい子殿

三一　昭和十一年十一月二十五日
受　東京市小石川区関口町二〇七　佐藤春夫様方　谷崎あゆ子殿　（消印11・11・25）官製はがき
発　兵庫県武庫郡住吉村反高林（タンタカバヤシ）一八七六ノ六四　森田方　谷崎潤一郎

左記へ転居致候

一八七六ノ六四　森田方
廿五日

三二　昭和十一年十二月十三日
受　東京市小石川区関口町二〇七　佐藤春夫様方　谷崎あゆ子殿　（消印11・12・13）封緘葉書

発　十三日〔印　兵庫県武庫郡住吉村反高林　谷崎潤一郎〕

先日お母さんからハガキ貰つたが皆さんお元気で結構です、当方は、小母さんと重子さんが本月上旬より同時に寒冒で臥床　重子さんの方は二三日で恢復したが小母さんは気管支炎より肺炎になりかけ一週間高熱がつゞき漸く一昨日六度台に下つたが、医師はまだ警戒を解かず　クリスマス頃でなければ起きられないとの事、そんなわけでお前の着物のところまではまだ手か廻らない

上京は廿日すぎ廿四五日頃と思ふ。その時分までに龍児君も上京してゐれば三人で何処かへ行きたいと思ひ、龍児君の都合問合せ中也、お金もその時に上げるから待つて貰ひたし

ゼンソクの薬の名なるべく早く知らして下さい

十二月十三日

父

あゆ子殿

今度の家は納屋が狭く荷物を収容しきれないので困つてゐるが、お雛様をそちらへ送つてもよろしきや如何、御返事を待つ

三三　昭和十一年十二月二十四日

受　小石川区関口町二〇七　佐藤春夫氏方　谷崎あゆ子殿　速達（消印11・12・25）官製はがき

発　二十四日

今朝上京いたし候

明二十五日朝九時から十時の間に宿屋へ電話をかけて下さい（芝二二四三竹水荘）
明晩か明後日の晩かに龍児君と二人で偕楽園へ来て貰度　その都合をきゝたいのです

三四　昭和十二年一月十九日

受　東京市小石川区関口町二〇七　佐藤春夫様方　谷崎アユ子殿（消印12・1・19）封緘葉書
発　十九日（印　兵庫県武庫郡住吉村反高林　谷崎潤一郎）

新年之御慶めでたく申納候
昨日取あへず五十円送つたが本月はもつといるのだつたと思ふが如何、月末迄にもう一遍送つてもよろしい
小父さんに油絵を有難うと云つておくれ、納豆の御礼もついでに。
喘息の処方書は、あれは新薬でも何でもない。あれは副作用があるので駄目なのだ。そして誰でも知つてゐる薬だ。いつかの話のはあの薬の事か如何
寒いから用心しなさい
小生は三月九日偕楽園老母法要に付その時分上京する、源氏は野分まで進み申候
正月十九日

父

あゆ子殿

三五　昭和十二年一月二十六日

受　東京市小石川区関口町二〇七　佐藤春夫氏方　谷崎あゆ子殿　〔消印12・1・26〕官製はがき

発　廿六日　〔印　兵庫県武庫郡住吉村反高林　谷崎潤一郎〕

今日そうめんをたべてみたら、油臭くて感心しない。いつも送つて来るのはもつとうまいので、こんな筈ではないのだが、今度のは新しすぎるのだと思ふ　そうめんは夏のもの故、もう半年程保存しておいたら油がぬけて旨くなる筈。一年間も枯らしておけば更にうまくなると思ふからそのつもりで。〔手袋はできましたか〕

三六　昭和十二年二月二十七日

受　東京市小石川区関口町二〇七　佐藤春夫様方　谷崎あゆ子殿　〔消印12・2・27〕封緘葉書

発　廿七日　〔印　兵庫県武庫郡住吉村反高林　谷崎潤一郎〕

今朝手紙落手、お雛様は既に昨日発送しましたからお節句までには大丈夫間に合ふと思ひます。お金はあと五十円両三日中に送ります、なほそのあと必要ならば上京まで待つて貰ひたし

偕楽園法事はいつやるかまだ通知に接しないが九日が命日故それまでにやることゝ思ふ、小生は行きがけに京都に一泊、武林無想庵を見舞つて、翌朝のサクラで上京の予定、日がきまつたら又知らせます、今度は菊五郎が見られるが出し物が宜しくないのが遺憾也

二月二十七日

父

アユ子殿
源氏は真木柱脱稿只今梅枝也

三七　昭和十二年三月五日

受　東京市小石川区関口町二〇七　佐藤春夫様方　谷崎あゆ子殿　（消印12・3・5）　封緘葉書
発　三月五日〔印　兵庫県武庫郡住吉村反高林　谷崎潤一郎〕

偕楽園のをばさんが病気ださうです、寝たり起きたりの程度だから心配に及ばぬと云つて来ましたが　病名を知らせて来ないし、一寸気がかりだから小生代理として見舞に行つて、様子をお前から知らせて下さい
そのためかどうか、法事は十七日にきまつたさうだから小生上京も十日過ぎになります、十八、十九、両日の夕刻から夜をあけておくやうに、
三月五日　　父
アユ子殿

三八　昭和十二年三月十九日

受　市内小石川区関口町二〇七　佐藤春夫氏方　谷崎あゆ子殿　（消印12・3・19）　官製はがき
発　茅場町偕楽園にて　父

今日上京　明二十日の晩　一寸行きます、歌舞伎は廿一日に行きます　宿は向嶋別荘（スミダ七八二）
十九日

三九　昭和十二年三月二十四日

受　市内小石川区関口町二〇七　佐藤春夫氏方　谷崎あゆ子殿　速達（消印12・3・24）官製はがき

発　日本橋カヤバ町二ノ八　偕楽園にて

明朝電話をかけるには及ばないからなるべく午後一時半頃までに帰宅してゐるやうになさい、その時分までに小生そちらへ行きます

いつもの西洋菓子（矢張コロンバンがよし）一本小生名前でヱミちゃんあて　送らしておいて下さい

四〇　昭和十二年四月七日

受　東京市小石川区関口町二〇七　佐藤春夫氏方　谷崎アユ子殿（消印12・4・7）封緘葉書

発　七日〔印　兵庫県武庫郡住吉村反高林　谷崎潤一郎〕

その後御ばあさんの御病状はどうですか

「盲目物語」の限定版が出来たからお前に一冊上げます、本日小包で発送しました

いつ頃此方へ来ますか、日がきまつたらなるべく早くお知らせなさい、龍児君も一緒に何処かへ遠足したいと思ひます

当方来ル土曜日曜（十日十一日）は家中不在になりますから、その留守に来るやうにならぬかと案じてゐますが、留守に来ても分るやうに云ひおいておきます

七日
父
アユ子殿

一泊旅行は二十日前後の方都合よろしけれども、ゆつくりしてゐるつもりならいつ来てもよろしく候

四一　昭和十二年五月十日

受　東京市小石川区関口町二〇七　佐藤方　谷崎あゆ子殿（消印12・5・10）官製はがき
発　十日〔印　兵庫県武庫郡住吉村反高林　谷崎潤一郎〕

本日大阪より羊羹二折発送致させ候ニ付、山本の大きな折の方　偕楽園へなるべく早く届け被下度候
「これはまだお送りしたことのない大阪の羊羹ですから是非御試食を願ひます」と云ふべし

四二　昭和十二年六月十五日

受　東京市小石川区関口町二〇七　佐藤内　谷崎あゆ子殿（消印12・6・15）封緘葉書
発　十五日〔印　兵庫県武庫郡住吉村反高林　谷崎潤一郎〕

月謝はいくらですか、月謝だけ先に（四五日うちに）送つて上げる、医者の方もいくら残つてゐるか御知らせなさい、これは月末までに送れるだけ送る
十五日
父より

あゆ子殿〔破レ〕

□〔破レ〕夕おせい夫婦と新夫婦を呼んで大東楼へ行くつもりです

四三　昭和十二年六月十五日

受　東京市小石川区関口町二〇七　佐藤様方　谷崎あゆ子殿　（消印12・6・16）　封緘葉書

発　〔印　兵庫県武庫郡住吉村反高林　谷崎潤一郎〕

婦人公論を読みました、

雑誌へ物を書くことはお前の自由だけれども、父のことは、父の承認なしに書いてはいけません。あの書き方がいゝ悪いと云ふのではなく、子が親のことを書いて名を知られたり、親の宣伝をしたりと云ふやうになるのが面白くないからです、従つて座談会等も、親の事に関する限り、止めて下さい

月謝のお金二三日中に送りますが　此の間の手紙の返事を待つてゐます

十五日夕

父

あゆ子殿

＊　昭和十二年七月号の「婦人公論」に、「父を語る」を発表。

四四　昭和十二年八月三十一日

受　東京市小石川区関口町二〇七　佐藤春夫様方　谷崎あゆ子殿　書留　速達（消印12・8・31）　封

書（原稿用紙）
発　八月卅一日　〔印　兵庫県武庫郡住吉村反高林　谷崎潤一郎〕

えらい暑さだが皆元気にしてゐますか、こちらはをばさんも重子さんも小生も女中も、エミちやん迄も脚気になつてしまひ、七分つき米をたべてゐます、そして小生は毎日注射をしてゐます、小生が一番おもいらしい。
「猫と庄造」が出たから一冊上げます。此の本は出来るや否や全部売れてしまひ　もはや手元にも創元社にも殆んどないと云ふ始末です
先日此方でお母さんに遇ひ、お金のこと聞いてゐたので、今日五十円送る用意をしてゐたら急に入用のことができ金が足らなくなりました、然し留守中困るだらうと思ひ三十円だけ先へ送ります。あとは一週間ぐらゐのうちに送る。
三十一日　父
あゆ子殿

＊　全集書簡番号一六八。

四五　昭和十二年十月十日

受　東京市小石川区関口町二〇七　佐藤春夫氏方　谷崎あゆ子殿　（消印12・10・10）　封緘葉書
発　十日　〔印　兵庫県武庫郡住吉村反高林　谷崎潤一郎〕

エミちゃんが子供のくせにひどい不眠症で、神経衰弱になり、その療養かた〴〵今日小母さんが同道して東京へ行きました　当分森田家に滞在の予定。お前を訪ねるさうだが　お前からも行つて見て下さい。ポンチ軒と、みつ豆の梅月と、それから浅草橋ガードの江戸天へ行きたがつてゐるから案内役になつてくれるやうに。
お小使五六日のうちに送ります
十月十日
父
アユ子殿

四六　昭和十二年十二月十三日

受　東京市小石川区関口町二〇七　佐藤春夫氏方　谷崎あゆ子殿　〔消印12・12・13〕　封緘葉書
発　十三日　〔印　兵庫県武庫郡住吉村反高林　谷崎潤一郎〕

妹尾夫人の骨アゲに行つて風邪を引き仕事がおくれたのと、歯の治療をしてゐるので、上京は廿日前後になる見込故、紀州行はそれ迄待つべし。菊五郎の芝居がその頃迄あれば見たいと思ふ。上京の日確定次第電報を打つから、すぐ偕楽園へ行くなり電話をかけるなりして、いつでも取れる日の切符三枚取つて貰ふやう手配頼む。（上京当日の午後にてもよし。僕は着京次第偕楽園へ行くことにする）森田のをばさんはもう見たさうだから　今度は龍児君と三人で行かう
十三日
父

あゆ子殿

＊　妹尾健太郎の夫人キミは、十一月二十四日に三十九歳で亡くなっている。

四七　昭和十三年二月十三日

受　東京市小石川区関口町二〇七　佐藤春夫方　谷崎あゆ子殿　（消印13・2・14）官製はがき

発　十三日　〔印　兵庫県武庫郡住吉村反高林　谷崎潤一郎〕

月謝いつ頃までにいくら送れば宜しきか御知らせなさい。卒業後、何か音楽遊藝　茶、花等やつてはどうか。割烹裁縫などもよし。学問的なことは不賛成也。（女書生らしくならないやうに、何か習ふこと是非必要也）トヨちやんより例のじやが芋を貰ひました　非常に美味でありました。先達の納豆も頗る好評、あれは何処のですか

四八　昭和十三年三月二十九日

受　小石川区関口町二〇七　佐藤春夫氏方　谷崎あゆ子殿　（消印13・3・?）封緘葉書

発　二十九日　本所小梅町三ノ三　笹沼別荘内

卅一日のおひる頃から夕方迄の間に行くから待つていらつしやい
お金もその時とゞけます

二十九日

父

あゆ子殿

四九　昭和十三年四月十七日

受　東京市小石川区関口町二〇七　佐藤様方　谷崎あゆ子殿　（消印13・4・17）　封緘葉書

発　十七日　〔印　兵庫県武庫郡住吉村反高林　谷崎潤一郎〕

昨日六部集の中の蓼くふ虫を送りました
時計も買つてありますから　二三日中に荷造りして送ります　大阪で一番信用のある時計屋で買つたので
機械は保証すると云てゐます　側はスティンレスの鉄、これが最新流行の由、定価八十九円也
偕楽園勘定、例の印刷物等の支払をすました上で計算して送ると云つて下さい
四月十七日

父

あゆ子殿

五〇　昭和十三年五月八日

受　東京市小石川区関口町二〇七　佐藤春夫氏方　谷崎あゆ子殿　（消印13・5・8）　封緘葉書

発　八日　〔印　兵庫県武庫郡住吉村反高林　谷崎潤一郎〕

留守中は坊やが淋しがるのも尤だからお前は矢張東京にゐた方が宜しかるべく、来月小父さんが帰つたら
改めて龍児君もつれてやつていらつしやい。伊勢松坂の宣長の宅趾を一緒に見に行かうと思つてゐます
お金先月分と今月分と、二回に分けて今月中に送ります、十二円を近日一番最初に送ります

今度は源氏を完成して上京します、七月末か八月なるべし
八日　　父
あゆ子殿

五一　昭和十三年五月十日

表　東京市小石川区関口町二〇七　佐藤春夫様方　谷崎あゆ子殿　書留（消印13・5・10）封書（原稿用紙）
裏　十日〔印　兵庫県武庫郡住吉村反高林　谷崎潤一郎〕

小為替十二円封入いたし候　あとも近日中に送申候
例の通知状の印刷が漸くでき上つたから当方使用の分を除いて明日あたり送ります
十日　　父
あゆ子殿

＊「例の通知状」とは、鮎子と竹田龍児との婚約通知状のこと。

五二　昭和十三年五月三十日

表　東京市小石川区関口町二〇七　佐藤春夫様方　谷崎あゆ子殿　速達（消印13・5・30）封書（巻

紙）

裏　三十日　〔印　兵庫県武庫郡住吉村反高林　谷崎潤一郎〕

昨夜速達便落掌いたし候当方はどちらにても宜しく候へ共国外へ旅に出てゐた者が内地へ着くと、先づ一応は我が家に帰つてほつと落着きたくなるもの也、されば恐らく龍児君も最初の予定はどうであつたにしろ一旦は早く東京へ行きたがる事と察せられる斯くてはお前の滞在日数もあまり短かくなりはしないか（お前だけ後に残るといふ事も久しぶり故さうも行かざるべし）矢張龍児君が帰てから改めて先づお前だけでも、せめて半月位は此方に居るつもりで出て来、その間に龍児君も四五日位は来られぬ事もあるまいと思ふが如何、然し強てさうせよと云ふのではないから都合でよいやうにすべし

小生此の二三年来夏になると脚気にかゝり今年も半月程前からその気味にて仕事がおくれ従ていろ〳〵の事がおくれた、然るに夏ミカンの汁が脚気に利くと云はれ、試みて見たところ全く効能驚くべく飲んだ日から軽快に趣きつゝある、そんな訳でお金は月末に間に合はなくなつたが来月四日頃になると思ふ

次にミシンの事はこいさんが委しいので聞いてみたが買つてやらなければ赤嶋に気の毒と云ふやうな事情があるのでなければ月賦で新しいのを買つた方がよいとの事、新しいのは防音装置がしてあるが古いのはそれがなく、又非常に故障が起り易き由、値段も百十五円では必ずしも安くないとの事也　小生としても新家庭で使ふのならなるべく古物でない方がよいやうな気もする、新しいのはシンガーにて最初に二十円位払ひ　あとは七円程づつの月賦にて数年間に完了する方法がある由、どちらにしても此のお金は別に出して上げますから宜しきやうになさい

猶どうするか返事すべし

卅日

あゆ子殿　　潤

五三　昭和十三年六月三日

受　東京市小石川区関口町二〇七　佐藤様方　谷崎あゆ子殿　（消印13・6・3）　封緘葉書

発　三日　〔印　兵庫県武庫郡住吉村反高林　谷崎潤一郎〕

関西は素通りしてもうそちらへ帰つた時分と思ひますがまだですか
御祝の商品切手が松竹社長白井松次郎氏から ¥.30　創元社主から ¥.20 と来てゐます　両方共三越です、他は
まだ早すぎるからと云つて断つてゐます、どうせお前が来ると思つて預かつてありますが買物の都合もあ
るだらうから知らしておきます
お金明日明後日は土曜日曜になるので月曜日に送ります
三日　　父
あゆ子殿

五四　昭和十三年六月八日

受　東京市小石川区関口町二〇七　佐藤様方　谷崎あゆ子殿　（消印13・6・8）　官製はがき

発　八日　〔印　兵庫県武庫郡住吉村反高林　谷崎潤一郎〕

ジンマシンにカルシユームの注射は旧式にて此の頃少し気の利いた医者はインシユリンを注射します、此

の方が効能顕著の筈。但しこれは取扱のむづかしき薬かも知れないから　たしかな医者に頼んでして貰ひなさい

五五　昭和十三年六月十六日

受　東京市小石川区関口町二〇七　佐藤様方　谷崎あゆ子殿　（消印13・6・16）封緘葉書
発　十六日　〔印　兵庫県武庫郡住吉村反高林　谷崎潤一郎〕

僕の東京行は源氏が完成してからで、早くて八月上旬、先づ中旬になると思ふ。それに七月の下旬からは、をばさんが恵美ちやんをつれて一足先に東京へ行つてしまひ　此方は無人になるから　矢張今月から来月中旬へかけて来てくれるのが一番都合がいゝ
龍児君の就職はどうなつたか
十六日　　父
あゆ子殿

五六　昭和十三年六月二十五日

受　東京市小石川区関口町二〇七　佐藤春夫氏方　谷崎あゆ子殿　（消印13・6・25）封緘葉書
発　廿五日　〔印　兵庫県武庫郡住吉村反高林　谷崎潤一郎〕

それではお金は月曜日に送ります。立つ前に一寸重子さんの所へ寄つていらつしやい、何か用事があるかも知れないから。（森田家へ電話が引けました、小石川五二〇六だから前に都合をきいてから行きなさい）

僕の脚気夏みかんだけでは矢張ダメ故重信先生へ注射に通つてゐます、そのついでにインシユリンの事をきいてみたら、〇・五以下なら何の危険もある筈なく、且葡萄糖と一緒にすれば絶対安全なりとの事、〔行間に　それでも心配なら〇・三でも有効との事〕勝呂先生も同意見にて、現にをばさんなども数回やつてもらつてゐるが何等危険なし。今度上京したら大村にきいて誰かい丶医者を紹介して貰ふからそんな藪医者は止めてしまつたらどうか。秋雄さんは専門ちがひだからまあ仕方がないとして（重信氏より処方まで貰つてあるがもう送る必要もなからん《ママ》

二十五日　　父

あゆ子殿

＊「大村」は、大村正夫のこと。一高時代の同窓生で、日本橋で大村病院を開業していた。

五七　昭和十三年六月二十八日

受　市内小石川区関口町二〇七　佐藤春夫氏方　谷崎あゆ子殿　速達（消印13・6・28）官製はがき
発　廿八日　日本橋区茅場町二―八　偕楽園方　谷崎

明廿九日午後六時頃までに行かなかつたら晩おそく一寸行きます、そして三十日か一日頃に帰りたいと思ふからそのつもりで支度しておくやうに。（龍児さん一緒に来られるか或は後からでも二三日ぐらゐ来られ丶ばよいが如何）今度偕楽園の払ひをして行くからお母さんに ¥30 だと云つておいてお くれ

五八　昭和十三年七月一日

受　市内小石川区関口町二〇七　佐藤氏方　谷崎あゆ子殿　速達（消印13・7・1）官製はがき
発　一日　芝区佐久間町二ノ十一竹水荘　潤一郎

今日午後私だけ新宿へ行つてみて　あまり込んでゐなかつたら中央線廻りで先へ帰ります、東海道線は恢復しても当分混雑するだらうからお前は二三日後にした方がよい　私が帰宅してから旅費を送つて上げるからそれまで待つてゐなさい

五九　昭和十三年八月七日

受　東京市小石川区関口町二〇七　佐藤春夫様方　谷崎あゆ子殿（消印13・8・7）封緘葉書
発　七日〔印　兵庫県武庫郡住吉村反高林　谷崎潤一郎〕

となりの独逸人一家が此の十四日の船で帰国するので、それを見送つて、同日か十五日朝かに、をばさん、重子さん、ゑみちやん、女中一人、それに今度は清ちやんも一緒で上京、清ちやんと女中は四五日で帰るが、をばさん達は少くも今月一杯在京の予定、
ミシンは十一月に新しいのを此方の会社で買つて送り届ける、それまで待つて下さい（十一月にならないと前の分の月賦が済まないから）お金は月曜には送れると思ふ
目下「蜻蛉」の半ばまで到着、九月下旬に完成して上京します
七日朝

父

アユ子殿

六〇　昭和十三年八月二十五日

受　東京市小石川区関口町二〇七　佐藤春夫様方　谷崎あゆ子殿（消印13・8・25）封緘葉書
発　廿五日〔印　兵庫県武庫郡住吉村反高林　谷崎潤一郎〕

お金のこと、月末頃にならなければ這入つて来ないからそれまで待つて貰ひたい
パーマネントは小生が趣味として不賛成なのではなく、あれをすると毛が赤くなり減る恐れがどうしても
あるからお前には止させた方がいゝと云ふをばさんや重子さんの意見なのだが、その辺の心配さへなけれ
ばよい。私には何とも分らないことだがお母さんなどの意見はどうか。森田へ行つても一度相談してみる
のも宜しからん、
只今「手習」の中途まで進行、来月中旬ぐらゐ迄には片づいて上京の予定
廿五日
父
アユ子殿

六一　昭和十三年九月六日

受　東京市小石川区関口町二〇七　佐藤春夫様方　谷崎あゆ子殿（消印13・9・6）官製はがき
発　六日〔印　兵庫県武庫郡住吉村反高林　谷崎潤一郎〕

いよ〳〵今夢浮橋を書いてゐます、多分九日の夜行で上京　そちらへ行くのは二三日おくれると思ひますが、どうせ今度は十日間ぐらゐはゐます、今度の宿屋は渋谷区大和田町九十三いとう旅館（シブヤ二五五三）につきもし行く前に用があつたら電話をおかけなさい

六二　昭和十三年九月十九日

受　小石川区関口町二〇七　佐藤春夫氏方　谷崎あゆ子殿　速達（消印13・9・19）官製はがき

発　芝区新橋一丁目第一ホテル85号室　谷崎

先刻速達出しましたが又廿一日に変更しました、同日午前十時に間違なく白山御殿町森田家の方へ来て下さい、（をばさんは明晩森田家へ泊ります、小生はずつとホテル泊り、室の番号は八五号に変更）

六三　昭和十三年十一月十八日

受　小石川区関口町二〇七　佐藤春夫様方　谷崎あゆ子殿　速達（消印13・11・18）官製はがき

発　芝区新橋一丁目第一ホテル　谷崎

明十九日午後五時なるべく龍児君も一緒に偕楽園へ来て下さい
（万一都合わるければ偕楽園あて返事下さい）

六四　昭和十三年十二月十二日

受　東京市小石川区関口町二〇七　佐藤春夫氏方　谷崎あゆ子殿　（消印13・12・12）封緘葉書

発　十二日　（印　兵庫県武庫郡住吉村反高林　谷崎潤一郎）

本日コート裏地共汽車便で送つたからそちらで仕立て、下さい
毛皮も年内に到着します
小生は十四日夜汽車で上京、をばさんも二三日後に上京、
十六七日頃に行きます
十二日
父
あゆ子殿

六五　昭和十三年十二月二十七日

受　市内小石川区関口町二〇七　佐藤春夫様方　谷崎あゆ子殿　速達（消印13・12・27）　官製はがき

発　廿七日　第一ホテルにて　父

泉先生のお歳暮偕楽園へ頼んでおきましたからいつでも取りにおいでなさい、尚、僕の方はお酒にして、これも偕楽園へ頼んでおいたから少し重くて気の毒だけれど龍児君と二人だらうからついでに持つて行つて下さい、僕等今日立ちます、よき年をお迎へなさい

六六　昭和十四年（推定）一月（推定）五日

受　東京市小石川区関口町二〇七　佐藤様方　谷崎あゆ子殿　（消印?・?・6）　官製はがき

発　五日　〔印　兵庫県武庫郡住吉村反高林　谷崎潤一郎〕

コートの寸法ばかりでなく、着物、羽織、長襦袢、帯の幅等も此の際今一度正確綿密に記して至急に知ら

せて貰ひたいとの事です

＊　前後の内容から年月を推定した。

六七　昭和十四年一月十八日

受　東京市小石川区関口町二〇七　佐藤春夫様方　谷崎あゆ子殿　（消印14・1・18）　封緘葉書

発　十八日　〔印　兵庫県武庫郡住吉村反高林　谷崎潤一郎〕

毛皮がやう〳〵到着、一番上等の品を市価の半値（¥.180）で買ひました、二十二日に上京するから持つて行きます、

当日は日曜で、中央公論の用がないから多分午後にそちらへ行けるつもりです

今度は四五日の予定

十八日

父

あゆ子殿

コート到着、今ぬはせてゐる

六八　昭和十四年一月二十三日

受　小石川区関口町二〇七　佐藤春夫氏方　谷崎あゆ子殿　速達（消印14・1・23）　官製はがき

発　新橋　第一ホテル　谷崎

明廿四日相撲見物につれて行くから午後二時ホテルへ来て、一階ロビーで待つてゐなさい、小生はその時分まで外出してゐるがその頃帰つて来ます、(二三十分おくれるかも知れぬが) 龍児君も同道の事。万一都合悪ければ他の人を誘ふから、一人でも来られなければ電報よこしなさい

六九　昭和十四年二月四日

表　東京市小石川区関口町二〇七　佐藤春夫方　谷崎あゆ子殿　速達　書留 (消印14・2・4) 封書

裏　二月四日 〔印　兵庫県武庫郡住吉村反高林　谷崎潤一郎〕

○支度金のうち六百円こゝに封入したから此の間のものをこれでお買ひなさい
○紋付の紋は佐藤家の紋にするのか竹田家のものにするのか、至急決定の上、図を画いて送つて下さい、染め物の都合上、至急を要します
○披露会に呼ぶ人達の顔ぶれを大体思ひ出したゞけでもよいから、これも至急に書いて送つて下さい
○お前はいつ頃此方へ来る予定ですか

二月四日

父

あゆ子殿

七〇　昭和十四年二月七日

受　東京市小石川区関口町二〇七　佐藤春夫様方　谷崎あゆ子殿 (消印14・2・7) 封緘葉書

発　七日〔印　兵庫県武庫郡住吉村反高林　谷崎潤一郎〕

紋のこと、此方で決定するのは困るし、春夫をぢさんの意見だけでも心もとないから、孰方にするか北海道へ電報で聞き合はして、その返事をすぐ又此方へ知らして下さい。もし夏樹さんが孰方でもよいと云ふならお前の好きな方にするがよし、

今月上京の際いろ〳〵打合せしたいと思ふが、それには矢張お前がゐた方がよいから、僕の行くまで其方で待つてゐなさい。多分二十日前後の予定。但し今度は中央公論よりその打合せの方が重だから二三日ですぐ帰るつもり、その時お前も一緒に来て来月廿日頃まで滞在しては如何、その時分又僕は上京する

七日

父

あゆ子殿

七一　昭和十四年二月十六日

受　東京市小石川区関口町二〇七　佐藤春夫様方　谷崎あゆ子殿〔消印14・2・?〕　封緘葉書

発　十六日〔印　兵庫県武庫郡住吉村反高林　谷崎潤一郎〕

○コートはお前が書いて来た寸法ではどうも長過ぎるやうに思つたので、あれでも一寸ほど短く作つたのださうだ。そちらで丈を詰めさせるか、でなければ今度来る時持つて来たらどうか

○龍児君其後どうか案じてゐます　終平と云ひ、お前と云ひ、前にも怪しいことがあつたのから察すると、小石川の家に菌がゐるのではないか、家を一度消毒しては如何。そしてビリワクチンを飲んで予防しなさい。赤痢のワクチンは非常によく利くのだと云ふから医者と相談して御覧なさい

○半ゴートはそちらで買つた方が宜しからん
○三つ割茶実とやらは普通の紋帳にはないさうだから五三桐にします
○廿三日大阪で講演会をすることになつたから廿四五日頃上京します
○終平に源氏送つてやります
十六日

父

あゆ子殿

＊「源氏物語」刊行記念文藝大講演会が、一月二十四日の日比谷公会堂につづいて、二月二十三日に大阪軍人会館で開催されている。二月十二日付の嶋中雄作宛書簡には、「廿三日の講演会今日大毎紙上に広告に出てしまひました以上は、どうでも出なければなりますまいが、どうかもうこれで公衆の前に顔を出すことは止めにして頂度くれ〴〵も懇願いたします」とある。

七二　昭和十四年二月十六日

受　東京市小石川区関口町二〇七　佐藤春夫氏方　谷崎あゆ子殿　（消印14・2・16）　官製はがき
発　十六日　（印　兵庫県武庫郡住吉村反高林　谷崎潤一郎）

別便に書き洩らしたが終平の住所をお知せなさい

七三　昭和十四年二月二十二日

受　東京市小石川区関口町二〇七　佐藤春夫様方　谷崎あゆ子殿　（消印14・2・22）封緘葉書

発　廿二日〔印　兵庫県武庫郡住吉村反高林　谷崎潤一郎〕

○龍児君はもう退院したらどうですか、お前はいつでも出て来られるやうになつてゐますか、今度はお前を迎へかた〴〵祝言の相談に行くのが主だから、そちらの都合が悪い時に行つてもいけないと思ふので様子を至急知らせなさい

○嶋中社長廿六日まで滞阪　多分一緒に上京するやうになると思ふ、さうすると廿七日になる、そして二三日で帰るつもり

○昨日三越三彩会でお前の羽織と単衣買ひました、丸帯ももう買ひました、指輪もお前が滞在中に買ひます

○龍鳴館のこと西村伊作氏にきいておいて下さい

○龍児君に北京に口がありさうなのだが外出可能になつたら森田へ行て貰ひたい、早い方がいゝと云ふのだが生憎な時に病気になつたもの也

廿二日

父

あゆ子殿

七四　昭和十四年二月二十六日

受　東京市小石川区関口町二〇七　佐藤春夫氏方　谷崎あゆ子殿　速達（消印14・2・26）官製はがき

発　廿六日〔印　兵庫県武庫郡住吉村反高林　谷崎潤一郎〕

廿六日寝台が取れず廿七日上京します、そして廿八日ひるまは中央公論へ行くから夕刻頃お訪ねします

七五　昭和十四年四月八日

受　東京市小石川区関口町二〇七　佐藤春夫氏方　谷崎あゆ子殿（消印14・4・8）封緘葉書

発　八日〔印　兵庫県武庫郡住吉村反高林　谷崎潤一郎〕

それでは頭のものは此方で拵へて届けさせます
結婚披露案内状明朝刷れてきますから、直ちにそちらへ発送します、十八日迄に出席欠席の返事を貰ふやうにしましたが、余日少き故、着いたら直ちにそれ〴〵の向きへ出して下さい　返事のハガキは全部そちらへ行くやうにしてあります
源氏の仕事が後から〳〵出て来るので上京がおくれ気が気でない、十五十六の土曜日曜は寝台券が取れないからその前か後になります

八日　　父

あゆ子殿

買物で分らないことができたら偕楽園をばさんにきいてごらんなさい

七六　昭和十四年四月十五日

受　東京市小石川区関口町二〇七　佐藤春夫氏方　谷崎あゆ子殿　速達（消印14・4・15）官製はがき

発　十五日（印　兵庫県武庫郡住吉村反高林　谷崎潤一郎）

十六日夜行で出発十七日朝着、午前中　中央公論社へ行き午後なるべく早くそちらへ行きます、（式服は今日あたり佐〻木呉服店より発送ずみの筈、高嶋屋のものは小生持参、アタマのものは東京へ行つてから買て上げる）

七七　昭和十四年五月十日

受　東京市淀橋区下落合一ノ七二二　グリーンコートスタヂオアパート　竹田鮎子殿　速達（消印14・5・10）封緘葉書

発　十日（印　兵庫県武庫郡住吉村反高林　谷崎潤一郎）

花岡が十一日の晩偕楽園へ泊るさうだから龍児君に会へたら会つてくれるやう頼んでおいた、電話をかけて都合をきいてから行つたら宜しい
文楽の人形は昨年大毎の和気君に譲つてしまつた
長野さんがお前に絵をくれたから表具して上げる

小生上京は十五日頃の予定、菊五郎の吃又を見たいと思てゐる
けふ夏樹さんが来るといふ電報が来た
十日
父
あゆ子殿

七八　昭和十四年五月十四日

受　和歌山県東牟屢《ママ》郡下里町　佐藤豊太郎様方　竹田あゆ子殿　親展〔消印14・5・14〕　封緘葉書
発　十四日夕〔印　兵庫県武庫郡住吉村反高林　谷崎潤一郎〕

十二日附龍児君の御ハガキ拝見、多分お前も一緒にそちらへ行つた事と思ひます、小生は今十四日上京なるべく早く帰つて来るつもりです
〔破レ〕おぢいさんに御見舞の手紙を上げたいのだが忙しいので書いてゐる暇がない、何卒宜しく伝へて下さい、御病人一日も早く全快なさるやうに祈つてゐます　ホンタウなら私もお見舞に行きたいのだが生憎忙しい時で残念です
そんなことがあつてはならぬが万々一の事があつたらお前から住吉宅の方へ電報で知らして下さい、私も今夜か明日は見舞状を出すつもりです
十四日
父
あゆ子殿

七九　昭和十四年七月九日

受　和歌山県東牟婁郡下里町　佐藤豊太郎様内　竹田鮎子殿（消印14・7・9）官製はがき

発〔印　兵庫県武庫郡住吉村反高林　谷崎潤一郎〕

お母さんはまだその地にゐますかそれとも帰京しましたか、お知らせ下さい、一昨日御母さん宛手紙をそちらへ出しましたが立つた後だつたら至急東京へ廻送して下さい御老人その後元気にしてをられ候哉　案じてゐます

八〇　昭和十四年七月九日

受　和歌山県東むろ郡下里町　佐藤豊太郎様御内　竹田鮎子殿（消印14・7・9）官製はがき

発　九日〔印　兵庫県武庫郡住吉村反高林　谷崎潤一郎〕

行ちがひにハガキ受取りました　当方十六、七日両日は不在、又十八日から三日間燈火管制の由につきなるべく二十日過ぎに来るなら来なさい、

八一　昭和十四年七月二十二日

受　和歌山県東牟婁郡下里町　佐藤豊太郎様方　竹田あゆ子殿（消印14・7・22）封緘葉書

発　廿二日〔印　兵庫県武庫郡住吉村反高林　谷崎潤一郎〕

其後様子如何ですか

小生は精二方四十九日法会出席をかねて二十九日上京四五日滞在、帰途箱根沼津辺に一二泊して五日頃迄

に帰宅したいと思てゐます
今度根津の清ちゃん東京へ転校することになり暫く森田が預るので廿四日こいさんが附いて出発。母、重子嬢、恵美ちゃんも僕と一緒に出発、家族は僕より五六日おくれて十日頃帰宅。〔九日小生書斎建築タテマへ式あり〕お前はまだ当分乗り物などは不可であらうから来月その時分に出て来て今度は暫く住吉に滞在しては如何
廿二日
父
あゆ子殿
御老人、その他皆さんに宜しく

八二　昭和十四年九月七日

受　東京市小石川区関口町二〇七　佐藤春夫様方　竹田あゆ子様　〔消印14・9・7〕官製はがき
発　七日〔印　兵庫県武庫郡住吉村反高林　谷崎潤一郎〕

草風氏がお前のために画いてくれた掛軸二本　すでに表具箱書もでき上り偕楽園にあるさうだから取りにいらつしやい。〔行間に〔草風氏へ礼状を出すことを忘れずに〕〕但し十日頃まで皆塩原に行つて不在の由だが不在でも差支へありますまい（一つは鮎の絵で季節のものだから）

八三　昭和十四年九月八日

受　東京市小石川区関口町二〇七　佐藤春夫様方　竹田鮎子殿　速達〔消印14・9・8〕官製はがき

発〔八日か　切手に隠れて判読不能〕朝〔印　兵庫県武庫郡住吉村反高林　谷崎潤一郎〕

今八日夜上京玉家旅館（芝区田村町五ノ一八）に投宿の予定。そして十一日頃帰るつもり。十日お葬式の日の昼飯か夕飯にお前達二人が今東光を偕楽園へつれ来て貰へぬか（今夫人はできれば敬遠したし）時間はそちらに任せる。玉家迄至急返事をよこして下さい

＊「十日お葬式」は、九月七日に亡くなった泉鏡花の葬儀である。

八四　昭和十四年九月九日

受　市内小石川区関口町二〇七　佐藤春夫様方　竹田龍児　鮎子殿　速達〔消印14・9・9〕官製はがき

発　芝田村町五ノ一八　玉家内　父

明十日はとても夜おそくなりさうだし疲れて駄目だと思ふから十一日夜六時偕楽園へ今さんと一緒に来て貰へないだらうか、十一日が駄目なら又今度にする。十日に会ふ時迄にきめて返事して下さい

八五　昭和十四年十月十九日

受　東京市小石川区関口町二〇七　佐藤春夫様方　竹田あゆ子殿〔消印14・10・19〕官製はがき

発　十九日〔印　兵庫県武庫郡住吉村反高林　谷崎潤一郎〕

廿二日ツバメで上京、同夜はおそいから多分廿三日朝一寸行きます、廿三日午後歌舞伎へ行きたいと思ふがお前は行かれるかどうか、兎に角切符だけ取つておきます、廿四日朝東大医科へつれて行つて診て貰ふつもりです

父

八六　昭和十四年十一月六日

受　東京市小石川区関口町二〇七　佐藤春夫様方　竹田鮎子殿（消印14・11・6）封緘葉書

発　六日〔印　兵庫県武庫郡住吉村反高林　谷崎潤一郎〕

こいさん、東京森田から帝釈さまの御符を飲むやうにと云つて送つて来たので、それを飲んだ日から不思議に熱が下り出し、余病も大したことなく治りさうになり今朝は六度七分、先づは峠を越したらしい、お前から一度見舞状でも出して貰ひたい（西宮市与古道町勝呂病院階下六号室森田信子宛）そして、何か食べられるやうになつたら知らせるからお菓子でも送つてよこすべし

夏樹さん着京の由、お待ちしてゐる、お前はその後どんな工合か、龍児君からは昨日初めてエハガキが来た、体格試験にもパスした由でめでたい

お母さんのコートが非常によく染まつた

六日

あゆ子殿

こいさんへの見舞状は簡単の方がよし　当人は一時そんなに悪い状態だつたことを何も知らないのだから

八七　昭和十四年十一月九日

受　東京市小石川区関口町二〇七　佐藤春夫様方　竹田あゆ子殿　（消印14・11・9）官製はがき

発　九日〔印　兵庫県武庫郡住吉村反高林　谷崎潤一郎〕

今東光が何と云つたか知れぬが名前など絶対変へるに及ばず、嗤ふべきこと也
夏樹さん西下の日決定次第　電報被下度候　こいさん日ゝ快方に向ひ居られ候

＊全集書簡番号一八九。

八八　昭和十四年十二月十八日

表　市内小石川区関口町二〇七　佐藤春夫様方　竹田あゆ子殿　速達（消印14・12・18）封書（玉家旅館用箋）

裏　昭和十四年十二月十八日〔印刷　東京市芝区田村町五丁目十八番地　玉家旅館〕谷崎生

歌舞伎は廿一日になりました
但し切符は廿四日まで全部売れ切れなので、補助椅子で見ることになりました、で、切符なしに付　別々に行くことが出来ないから廿一日午後三時迄に玉家旅館に来て下さい、四時開幕で、最初がなか〳〵いゝさうです
出発は廿二日夜行（多分午後一〇時五〇分）の予定、笹沼夫婦、清ちやんも一緒です、お前と清ちやんだ

け三宮へ直行して貰ひます
玉家煖房設備なし、朝湯なしでフルへてゐます、とう〳〵ヘントウセンになりましたが熱はなさゝうです
十八日　　　　　　　　　　　　　　　　　父
あゆ子殿

八九　昭和十四年十二月二十日

受　市内小石川区関口町二〇七　佐藤春夫様方　竹田あゆ子様　速達（消印14・12・20）官製はがき
発　廿日夜　日本橋茅場町偕楽園にて　父

明廿一日午後三時。。迄に玉家へ来て下さい、午後四時迄と云つたやうな気がするから一寸念のためハガキ出します

九〇　昭和十五年二月十三日

受　東京市牛込区北町二番地　泉田病院六号室　竹田あゆ子殿　和嶋せい子殿　速達（消印15・2・13）封緘葉書
発　十三日（印　兵庫県武庫郡住吉村反高林　谷崎潤一郎）

十二日朝差立の手紙拝見　先づ〳〵安心しました
当人が自分でとても助からないものと思つてゐると、つい自暴自棄的になり医者の注意を守らなくなつたりするものだから、「助かるのだ」と云ふことを信じさせるのが第一です（此の手紙を見せるがよし）

プロントジール注射液必要だつたらまだもう一箱でも二箱でも送るから電報およこしなさい
泉田病院の電話番号を今度ついでの時お知らせなさい
源氏のあとの校正が東京からまだ来ないので、それが来て再校をすますまでは上京できない、まだ早くとも五六日はかゝるでせう
十三日
潤一郎
せい子殿
あゆ子殿

九一　昭和十五年三月五日

受　東京市牛込区北町二　泉田病院六号室　佐藤内　竹田あゆ子殿　（消印15・3・6）封緘葉書
発　三月五日〔印　兵庫県武庫郡住吉村反高林　谷崎潤一郎〕

その後病状如何、まだ退院と行きませんか、あまり永引くやうなら誰かえらい博士に見て貰つておく方がよくはないか
龍児のこと如何決定いたし候哉　一昨日北京より来書、ひどい神経衰弱で眠れぬことや北京の生活の不快な事など訴へて来たがあの事は何も書いてなかつた
楢原氏住所御知らせありたし
三月六日
父

あゆ子殿

ギクターより小生朗読吹込の春琴抄レコードが出ます

九二　昭和十五年三月十九日

受　東京市牛込区北町二　泉田病院六号室　竹田あゆ子殿　（消印15・3・19）　官製はがき
発　十九日　〔印　兵庫県武庫郡住吉村反高林　谷崎潤一郎〕

その後病状如何に候哉　楢原氏住所まだ分らず候哉
右御尋ねいたし候

九三　昭和十五年（推定）四月二十四日

受　東京市小石川区関口町二〇七　佐藤春夫氏方　竹田あゆ子殿　（消印？・4・24）　封緘葉書
発　廿四日　〔印　兵庫県武庫郡住吉村反高林　谷崎潤一郎〕

病人多分もはや退院のことなるべく祝着に存候　楊守教の書は大へん結構にて気に入りました　志賀家の披露来月十日らしいから小生上京もその前後になるべく候
こいさんより洋服送つたのは届いたゞらうかきいて見てくれとの事、こいさん上京は中止し清ちやんが二日間の休みに一寸帰つて来る由、
それからあのボタンは誰かにくれたのか、お前の洋服につけるのかこれもきゝたしとの事
龍児君と二人で一度偕楽園へ挨拶に行くべし、登代ちやん男子出生の由也

廿四日

あゆ子殿　　父

＊昭和十五年五月十日に志賀直哉の次女留女子が結婚披露宴を行っており、「登代ちゃん男子出生」とある、鹿島次郎と結婚した笹沼家の長女登代子が長男の長次を産んだのが昭和十五年三月三十一日であるところから、昭和十五年と推定した。

九四　昭和十五年五月十五日

受　小石川区関口町二〇七　佐藤春夫様方　竹田あゆ子殿　速達（消印15・5・15）官製はがき

発　十五日　芝区田村町五ノ一八　玉家旅館内　谷崎

明十六日午前十時参上しますから風呂を沸かしておいて下さい　それから朝飯三人前（清ちゃんも明日は遠足の明くる日で休み）日本米がなければトーストか干うどんにても結構です

＊全集書簡番号一九六。

九五　昭和十五年六月七日

受　東京市小石川区関口町二〇七　佐藤春夫氏方　竹田あゆ子殿　速達（消印15・6・7）封緘葉書

発　七日朝（印　兵庫県武庫郡住吉村反高林　谷崎潤一郎）

精二方の一周忌お前のお母さんの話では七月といふ事だつたのでそのつもりでゐたら今月十四日にて九日の日曜に法事をするとの事、急なことで僕は行かれないから代理としてお前が行つて下さい　小生名儀にて香奠十円お寺へ御布施一円包むこと、九日都合悪ければ十三日お逮夜に牛込宅へ参つてもよし
大阪府下の親類のお寺に滞在中のちゑ子さんが子供二人つれて昨夜から泊つてゐます　今日帰る筈
七日

父

あゆ子殿

九六　昭和十五年六月二十八日

受　東京市小石川区関口町二〇七　佐藤春夫様方　竹田あゆ子殿〔消印15・6・28〕封緘葉書
発　廿八日〔印　兵庫県武庫郡住吉村反高林　谷崎潤一郎〕

おそくなりましたが今日洋服送ります　着いたら必ずこいさん宛礼状出して下さい
鮒佐の佃煮と開進堂のデセール送つて下さい、佃煮はヱビ、ハマグリ、ノリ、鮒等最もよろし、昆布は止めて下さい、これは上方の方がずつとおいしい
それからいつぞや話の沢庵はどうなつたのですか、岐阜の田舎の漬物といふものもあつたら送つて下さい
廿八日

父

あゆ子殿

九七　昭和十五年七月三日

受　東京市小石川区関口町二〇七　佐藤春夫様方　竹田鮎子殿　〔消印15・7・3〕　封緘葉書
発　〔印　兵庫県武庫郡住吉村反高林　谷崎潤一郎〕

東京へはなるべく行かない算段をしてゐるのだが事に依ると今月は余儀なく出かけるかも知れない、その場合玉家は水が甚だ不自由で風呂と便所に差支へるのだが金須さんの所はどうだらうか、もし泊めて貰へるなら
1　風呂は何時から何時まで這入れるか
2　便所は大丈夫か
3　米はどのくらゐな割か
4　一番近い省線電車は何処か　そこから歩いて何町ぐらゐか
5　自動車（ハイヤでもタクシーでもよし）の便はあるか
6　正確な町名番地家号電話番号
等至急きいて返事頼む
三日

父

あゆ子殿

行けば小生一人二三泊の予定

九八　昭和十五年七月七日

受　東京市小石川区関口町二〇七　佐藤春夫様方　竹田あゆ子殿（消印15・7・7）官製はがき

発　七日〔印　兵庫県武庫郡住吉村反高林　谷崎潤一郎〕

昨日を以て品ゝ全部到着、御返書も落手致候　或は浦和大宮与野辺に宿を取らうかと云ふ考も有之、万一金須さんに御厄介になるやうなら改めて御願可致候

九九　昭和十五年八月七日

表　東京市小石川区関口町二〇七　佐藤春夫氏方　竹田鮎子殿　書留（消印15・8・7）封書（巻紙）

裏　八月七日〔印　兵庫県武庫郡住吉村反高林　谷崎潤一郎〕

お葉とうがらしたしかに賞味、まだ沢山ありますがなくなつたら又頼みます　今度作る時はなるべく実を入れないでお葉ばかりに願ひたし

たんすそんな品は又と出ないであらうと思ふから買つておきなさい此処に金子封入します　兎に角此の金の範囲内で何とか好きなやうになさい

靴は一遍直つて来たのだが直す所を間違へてゐたとかにて又近日靴屋へ持つて行くことになつてゐます

洋服もこ《ママ》さんに云つておきます、こいさんも暑いので精が出ずまだその前に仕上げるものが出来ずにゐます

菊池幽芳の家作とやら私の方からも幽芳氏に頼んでみようか如何

七日

あゆ子殿

父

一〇〇　昭和十五年八月十二日

受　東京市小石川区関口町二〇七　佐藤春夫様方　竹田鮎子殿　（消印15・8・12）　官製はがき

発　十二日〔印　兵庫県武庫郡住吉村反高林　谷崎潤一郎〕

泉先生法事には是非参列しますが御命日は何日でしたか　一寸都合があるので至急知らして下さい　七日会があるから七日かと思ふが

一〇一　昭和十五年八月三十日

受　東京市小石川区関口町二〇七　佐藤春夫様方　竹田あゆ子殿　速達（消印15・8・30）　封緘葉書

発　三十日〔印　兵庫県武庫郡住吉村反高林　谷崎潤一郎〕

昨日おかあさん達が立ち寄つた時の話に泉先生御法事は燈火管制のため七日以後になるかも知れないとの事、それなら僕も上京を延引するから

東京地方燈火管制は何日より何日までか

泉家法事はほゞ何日頃になる様子か（コレは電話できいて見るべし）

右二項至急速達便かできれば電報で返事を下さい（寝台券の都合があるから）

卅日

あゆ子殿

父

沢庵を又頼みます

一〇二　昭和十五年九月十四日

表　市内小石川区関口町二〇七　佐藤春夫様方　竹田あゆ子殿　速達（消印15・9・14）　封書（玉家旅館用箋）

裏　昭和十五年九月十四日〔印刷　東京市芝区田村町五丁目十八番地　玉家旅館〕谷崎潤一郎

昨夜伊香保から帰京手紙を見ましたら今十四日は先約があるので都合が悪い、もし晩に八百善へ来るならその時会へると思ふが、兎に角二三日中に私の方から新居を訊ねるから番地と道順をもう一度図解入りでよく教へて下さい

十五日は取込み中のことゝ思ふが　十六、七日頃は如何、何時頃なら二人共在宅してゐますか

右御手数ながら速達便を以て御返事ありたし

十四日朝

父

あゆ子殿

小生は十八日頃帰京の予定

一〇三　昭和十五年九月十六日

受　渋谷区神南八番地　竹田龍児殿　あゆ子殿　速達（消印15・9・16）官製はがき

発　十六日夕　芝田村町五ノ一八　玉家方　父

明十七日午後三四時頃行きます、もし都合できたら晩飯でもたべに一緒に銀座まで来ませんか、十八日か九日に帰ります

一〇四　昭和十五年十月十三日

受　東京市渋谷区神南町八　竹田あゆ子殿（消印15・10・13）官製はがき

発　十三日〔印　兵庫県武庫郡住吉村反高林　谷崎潤一郎〕

其後新居の居心地如何にや少しは板につき候哉　小生十一月末か十二月上京　その折は一晩ぐらゐ厄介になります　近日松茸を送ります、お母さんに沢庵と海苔どうなつたのか至急頼むと云て下さい

一〇五　昭和十五年十一月二十日

表　東京市渋谷区神南町八番地　竹田あゆ子殿　速達（消印15・11・20）封書（原稿用紙）

裏　二十日〔印　兵庫県武庫郡住吉村反高林　谷崎潤一郎〕

病気其後如何にや

女中お春では役に立つまいと云ふので夏をやることにした、但し代りの見つかるまで暫くの間と云ふ条件で当人も承知した

一寸当方都合で二三日おくれるが神戸発カモメに乗せて、清ちやんに東京駅へ迎へに出てもらひお前の家まで案内して貰ふ手筈になつてゐる、いづれ日を電報で知らせる
来月は当方も女中が一人帰国するし、殊に夏がゐないと小生が一番不便を感ずるに付なるべく早く帰してもらひたく、来月（十日頃）小生上京の際東京見物でもさせて連れて帰るやうにしたいと思つてゐる、どうかそれまでに代りを見つけてもらひたい、私の方でも捜すやうにするが東京行を嫌ふ者が多いので困つてゐる、矢張東京の女中は関東者がよさゝうだ、私の方をアテにしないで其方で極力見付けてほしい
では委細後便にて
十一月廿日
父
あゆ子殿

一〇六　昭和十五年十一月二十二日

受　東京市渋谷区神南町八　竹田あゆ子殿　速達（消印15・11・22）　封緘葉書
発　廿二日（印　兵庫県武庫郡住吉村反高林　谷崎潤一郎）

女中は夏をやめて半月程前から使つてゐる月枝と云ふ児をやることにした、これならずつと永くそちらに奉公すると云つてゐる、森田詮三氏が廿五日の夜行で東京へ帰られるので同行され、一旦森田家へつれて行つた上で清ちやんがそちらへつれて行くことにならうと思ふ、非常によく働く気の利いた女だ、顔だちもわるくないし応対も田舎者らしくない（カゴシマ生れだが）今まで余所で二十円以上給金を貰つてゐたらしいのだが夏と同県なので此方へ来たのだ、拙宅では十七八円やるつもりでゐたがなるべく沢山やつて

ほしい（二三日使つてみれば役に立つことは分る筈、時節柄こんなのは少い）
十一月廿二日
父
あゆ子殿

一〇七　昭和十五年十一月二十四日
受　東京市渋谷区神南町八　竹田あゆ子殿　速達（消印15・11・24）封緘葉書
発　廿四日〔印　兵庫県武庫郡住吉村反高林　谷崎潤一郎〕

女中之件二十五日のつもりの処森田詮三氏之帰京が廿七日夜に延びたので廿八日朝東京着と云ふことになつたから多分その日のうちに清ちやんがそちらへ連れて行くことになるだらう、森田のをばさんは当分あとに残つて拙宅に滞在、小生上京の時頃一緒に立たれる予定、（小生より一足先にお前の病気見舞旁〻当方母同道上京するかも知れぬ）レントゲンの結果はどうであつたかお知らせありたし
十一月廿四日
父
あゆ子殿

一〇八　昭和十五年十一月二十五日
受　東京市渋谷区神南町八番地　竹田あゆ子殿　速達（消印15・11・25）封緘葉書
発　廿五日朝〔印　兵庫県武庫郡住吉村反高林　谷崎潤一郎〕

取急ぎ申入候
森田詮三氏二十七日夜行にて帰京の筈のところ、又変更になり二十七日ひるのツバメで大阪発に決定した、東京駅着は午後九時だから龍児君が駅まで迎ひに出て直ぐ女中を受け取つてほしい、列車番号は多分詮三氏より電報で知らせると思ふが三等に乗られるらしい
女中給金は、拙宅のやうに大勢と違ひ一人で働く事故二十円ぐらゐはやつてほしいとの事、但し当人には何とも云つてないから直接交渉せられたし
二十四日夜
父
あゆ子殿
万一都合悪く迎ひに出られなければ森田方に一晩とめて翌日送りとゞけるから心配に及ばずとの事也

一〇九　昭和十五年十二月一日

表　東京市渋谷区神南町八番地　竹田あゆ子殿　速達（消印15・12・1）封書（原稿用紙）
裏　十二月一日　兵庫県武庫郡住吉村反高林　谷崎潤一郎

拝啓
病気追ひ〳〵快方之由安心いたし候　重信さんにきいてみたらお前の年齢頃には来潮時に代償月経と云つて口の方へ血が出ること往〻あり　決して珍しからぬ現象の由多分それではないか、レントゲンでみて肺門に曇りのある程度なら肺よりの喀血とは思はれず兎に角レントゲンを信じて可なるべしとの事なり

次に森田伯母同道当方母小生より一足先に上京いたすべし、実は森田の伯母さん昨日過労のため脳貧血を起し　なるべく当分安静を要すとの事にて、途中を慮り母の外に夏も附添ひ汽車に乗せるつもりなり、上京の後は母と夏とお前の処へ泊めて貰へるか如何　尤もさうなれば根津の清ちやんもママの所へ毎日泊り込むべく寝道具食料の都合如何にや　或は当方の食べる米だけは持参いたしても宜しけれど迷惑ならば遠慮なく申越さるべし　尤も小生上京の後はあまり大勢になる故　玉家へ宿を取ることにいたし度　但し夏だけは我等滞京中そちらに預かつて貰ひたし

右至急御返事被下度候（速達便にて願候）

一日

父

あゆ子殿

追伸

終平に先達の行李を至急返送するやう伝言頼む

一一〇　昭和十五年十二月十三日

受　東京市渋谷区神南町八番地　竹田あゆ子殿　速達（消印15・12・13）　封緘葉書

発　〔印　兵庫県武庫郡住吉村反高林　谷崎潤一郎〕

明十四日かもめで上京、着いたらすぐに偕楽園へ行つて晩めしをたべ、そのあとで小生だけ夏をつれて其方へ泊りに行きます　をばさんと清ちやんは玉家泊りと云ふことにします、

ついては神山行きのバスは何時までありますか、小生は渋谷駅へ十時迄に着くつもりだが、その時分までバスが通つてゐればよし、もし通つてゐないと、神山迄の道を覚えてゐないので、渋谷駅バス停留場前まで月枝を迎へに出しておいてもらひたい、長く待たせないやうに正確に十時に行くつもりだ、兎に角右打合せのため　明夜七時より九時迄の間に偕楽園へ龍児君でも電話かけて下さい

十三日　父

あゆ子殿

一一一　昭和十五年十二月十四日

受　市内渋谷区神南町八番地　竹田あゆ子殿　速達（消印15・12・14）官製はがき

発　十四日夜　日本橋かやば町　偕楽園　谷崎

只今「明朝行く」と電報しましたが、法事が朝になつたので午後五時頃そちらに行きます　清ちやんと僕と二人です（をばさんは急に風邪を引いて止めになり夏も止めました）あゆ子が外出できなければそちらで御馳走になります

一一二　昭和十六年一月十三日

受　東京市渋谷区神南町八番地　竹田あゆ子殿　速達（消印16・1・13）官製はがき

発　十三日（印　兵庫県武庫郡住吉村反高林　谷崎潤一郎）

昨日の普通便もう着きましたか、お前が外出できればそのつもりで芝居の切符今から予約しておきますか

ら此のハガキ御覧次第速達便で返事して下さい、小生等ハ多分十九日朝発途中熱海に一二泊して上京します

一一三　昭和十六年二月十七日

受　東京市渋谷区神南町八番地　竹田あゆ子殿　〔消印16・2・17〕封緘葉書
発　二月十七日　〔印　兵庫県武庫郡住吉村反高林　谷崎潤一郎〕

そちらも追〻快方の由安心いたし候　本日佐藤夫婦より金須さんおめでたの案内状着　実は御祝に米国製コムパクトを買つてあるのだが途中こわれるといけないと思ひ今度上京の節持つて行くことにしてゐますゑみちやんもはや平熱に復し近日離床可能になつたが今月は女学校入学試験があるので心配してゐる。小生の流感も今度は中〻シツコク臥床半月に及び漸く一昨日起きるには起きたがまだ咳も痰も完全には取れず熱も六度七八分より七度と云ふ程度を上下し入浴も外出も許されてゐない始末、重子さん縁談の打合せもおくれてゐて気になるので事に依れば家内とこいさんとが代理に上京し結納の手筈をとりきめた上であとから重子さんが行くことにならう、（ゑみちやん試験のため誰かゞ交代に残る必要あり）そのうちには小生も上京可能になると思ふ、女中の件はどうせあの女は長つゞきしないだらうから早く代りを見つけることに賛成也

十七日

父

あゆ子殿

一一四　昭和十六年三月十日

受　東京市渋谷区神南町八　竹田あゆ子殿　（消印16・3・10）　封緘葉書

発　十日　〔印　兵庫県武庫郡住吉村反高林　谷崎潤一郎〕

僕は十三日朝東京に着きます、十七日が結納ニ付十八九日まで滞在、今度は母が住吉に残り重子嬢こいさん（清ちやん看護のため）上京です。歌舞伎へ行くがお前は行かれるかどうか、此の手紙着次第玉家宛に返事をよこしておいて下さい　挙式は多分四月二十九日（地久節）に帝国ホテルといふことになりさうです、松平家一統が皆出席相当盛宴になる筈です、新夫婦の家は東横線渋谷終点より四つ目停留場下車五六分の処にすでに新築の家を買ひ入れたさうです、お前の処とも連絡がよいので喜でゐます、今度上京中に一度渡辺氏をそちらへもつれて行きます、夏樹さんによろしく

十日　谷崎父

あゆ子殿

一一五　昭和十六年三月十三日

受　渋谷区神南町八　竹田あゆ子殿　速達（消印16・3・13）　官製はがき

発　十三日　芝田村町五ノ一八　玉家方　谷崎

只今玉家着　御手紙拝見、明十四日御馳走してもいゝがお前が外出できないのでは駄目ではないか、一寸ぐらゐ出られるかどうか、又夏樹さんも御都合どうか至急速達にて返事頼む

一一六　昭和十六年三月十五日

表　市内渋谷区神南町八　竹田あゆ子殿　速達（消印16・3・15）　封書（玉家旅館用箋）

裏　昭和十六年三月十五日〔印刷　東京市芝区田村町五丁目十八番地　玉家旅館〕方　谷崎潤一郎

明十六日の昼の部の歌舞伎の切符があるが行く気はないか、（正午より四時頃まで）但し十九日の夜の部の切符も取れたからそのつもりで。

なほ重子さんがカツラを注文するにつきお前に案内してもらひたくどちらにしても明日午前十時までに玉家へ来てもらへまいか（芝居はもし行けないならカツラの方だけにても頼み度、時間は十時でないと都合がわるい）

右もし御差支の節は電話か速達たのむ（電話なら明朝に願たし）

三月十五日　父

あゆ子殿

一一七　昭和十六年三月二十八日

受　東京市渋谷区神南町八番地　竹田あゆ子殿（消印16・3・28）　封緘葉書

発　三月廿八日〔印　兵庫県武庫郡住吉村反高林　谷崎潤一郎〕

拝復

久衛ちやんの件は久衛ちやん自身に会ひよく希望を聞いた上で取計らひますからとお前より田端へ伝へて

下さい、来月廿日過ぎ上京する故なるべくその前に久衛ちやんの来訪を待つてゐます
重子さん御嫁入りの日につける髪かざり（べつかふの品〻）お前のがあれば借りたいとの事だが如何にや
至急御返事ありたし
廿八日

父

あゆ子殿

＊「久衛ちやん」は二代目谷崎久右衛門（庄七）の子。

一一八　昭和十六年四月二日

受　東京市渋谷区神南町八　竹田あゆ子殿　（消印16・4・2）　封緘葉書
発　二日（印　兵庫県武庫郡住吉村反高林　谷崎潤一郎）

御返事拝見、牛込の婚礼披露等ある様子にや　あれば何日頃にや　承知いたしたし、きいて貰ひたし
重子さんべつこふ髪かざりの外にハコセコ、かゝへ帯等も借用したしとの事
右品〻破損等のことなきや一応しらべておいて下さい
二日

父

あゆ子殿

一一九　昭和十六年四月二十日

受　東京市渋谷区神南町八　竹田あゆ子殿　（消印16・4・20）　封緘葉書

発　四月二十日　〔印　兵庫県武庫郡住吉村反高林　谷崎潤一郎〕

廿九日の案内状とゞいた事と思ひますがお前達は親戚として式に列席して貰ひ度、式は三時から故二時半までにホテルへ来て貰ひたいが如何にや

僕等は廿六日夜行にて上京、玉家に泊ります、すみと云ふ女中を一人つれて行きます、これは当分渡辺氏新家庭の方へ留守番にとめておきます（新夫婦は廿九日夜より新婚旅行に立ち関西へ立ち寄り関西方面だけの披露宴を五月七日にすませ十日頃帰京、その頃小生も亦上京することゝなるべし）

式の当日附添女中一人必要なのだがすみはあまり山出しで言語不都合ニ付当日だけ一言居士を借用し、すみを代りにそちらの留守番におく事にしたし

尚東京へ奉公に行つてもいゝと云ふ女中の候補者一人見つけたので多分お前の処へ向けられると思ふが（目下拙宅まで来てゐる）事情があつて今月はダメ　来月になると思ふ

廿日

父

あゆ子殿

一二〇　昭和十六年（推定）四月二十一日

受　東京市渋谷区神南町八　竹田あゆ子殿　（消印？・4・21）　封緘葉書

発　廿一日夕〔印　兵庫県武庫郡住吉村反高林　谷崎潤一郎〕

前便に女中の候補者があると云つたのは小生の思ひちがひでした、矢張東京はイヤだと云つて既に両三日前より他家へ行つてゐたのを知らなかつたのです
依つて右取り消しますが又そのうち捜します
多分廿七日中にそちらへ一寸訪ねます、女中を二三日泊めて貰ふことになるかも知れない（但しお米は持参す）森田側の出席者が少くて困るので金須さんにも是非出席して貰つて下さい、宗ちやんも喜美ちやんも皆駈り出しました
四月廿一日　　父
あゆ子殿

＊前後の内容から昭和十六年と推定した。

一二一　昭和十六年五月十日

受　東京市渋谷区神南町八番地　竹田あゆ子殿　速達（消印16・5・10）　封緘葉書
発　十日〔印　兵庫県武庫郡住吉村反高林　谷崎潤一郎〕

御手紙拝見、つきに盗癖ありし由御気の毒いたし候　此之際三十円は痛事と御案申候　扨すみは新婚夫婦十三日かめにて帰京ニ付その上にてそちらへ行かせます　それまでお待被下度と重子さん申居られ候
尤も当人は東京に長く居るのは御免と最初より申居り一と月位といふ条件にて手伝ひに行かせし事故その

つもりにて至急代りを御見つけなされ度、こちらにても精〻心がけ東京行を厭はぬ者さへあらば御世話可致候へどもアテにならず候　精二方十五日挙式之由小生当日朝東京着　披露に出席の上同日直ちに夜行にて帰宅、廿一日の偕楽園の式には又改めて出京之予定　源氏もいよ〱最終巻の校正のみとなり非常に忙しく両度ともそちらへ行つてゐる暇なからん、但し本月下旬か来月上旬には又仕事のため上京すべし

十日

父

あゆ子殿

＊「廿一日の偕楽園の式」とあるのは、五月二十二日の笹沼源之助の次女喜美子と江藤哲夫との結婚式のこと。

一二二　昭和十六年五月十四日

表　東京市渋谷区神南町八　竹田あゆ子殿　〔消印16・5・14〕　封書（原稿用紙）

裏　五月十四日　〔印　兵庫県武庫郡住吉村反高林　谷崎潤一郎〕

渡辺さん夫婦昨日晩帰京、今日あたりすみを連れて行くことゝ思ふ

渡辺さんがお前の所へ度〻来てゐるのに此方から一度も訪ねないでは悪いし龍児君にも先日紹介するのを忘れたから一度訪問した方がよいと思ふ、家は別紙の通り也、（御祝まだなら何かその時持て行つては如何）

十四日

父

あゆ子殿

今日祖母祥月命日ニ付宅へ大阪の坊さん来て貰つてゐます
小生今夜上京明日結婚式列席即夜帰宅

一二三　昭和十六年六月一日

受　東京市渋谷区神南町八　竹田あゆ子殿　速達〔消印16・6・1〕封緘葉書
発　一日〔印　兵庫県武庫郡住吉村反高林　谷崎潤一郎〕

国字解到着御手数有り難う
その後元気にて帯もすました由祝着に存ます
小生来ル五日かもめにて、上京今回は少くも一週間は滞在、最初の一晩か二晩玉家にとまりあとはそちらに厄介になります、尚今度はなつを連れて行きますが、五日夕六時頃偕楽園まで御飯をたべに来てもらひたい　そして偕楽園でなつを渡すからお前の方へつれて帰つてもらひたい、龍児も一緒に来てもらひたい、
（御都合如何速達にておしらせありたし）
すみからなつに来た手紙では、矢張すみは此方へ早く帰りたいらしい、何にしても代りの女中早く見つけてもらひたし
六月一日　父
あゆ子殿

一二四　昭和十六年八月九日

受　東京市渋谷区神南町八　竹田あゆ子殿（消印16・8・9）封緘葉書
発　九日〔印　兵庫県武庫郡住吉村反高林　谷崎潤一郎〕

兵隊さんはまだ泊つてゐるのですか　トーナスは一ケ月位は風通しのよい所へ置けば保管できるときいたので送つたのです、数は矢張三個四貫目以上は許されないのです　尚今朝神戸三ツ輪より牛肉味噌漬発送しますが近頃の時局故万一来ル十三日以後に着いたら（十三日迄はよし）たべるのを止めて下さい、五日間しか保証しないと云つてゐますから
お前は最も滋養分を取られね《ママ》ばならぬ時だのに東京の物資不足が案ぜられます　今最も不足してゐるのは何か云つてよこしなさい
お産の時に必要なバイヱルの薬（プロントジール、コラミン、促進剤等）一通り手に入れてある故安心しなさい　勿論そんなものは必要なく軽くすむとは思ふが
小生は中旬過に上京今度は偕楽園にとまる予定
小田原のちゑ子さんの住所知りたし
八月九日　父
あゆ子殿

＊「小田原のちゑ子さん」とは、三好達治の妻、千恵子（のち離婚）。龍児の妹。

一二五　昭和十六年八月十七日

受　東京市渋谷区神南町八　竹田あゆ子殿（消印16・8・18）封緘葉書

発　十七日〔印　兵庫県武庫郡住吉村反高林　谷崎潤一郎〕

果物、野菜、チキン等生のものも缶詰もいろ〳〵送つたからぽつ〳〵到着すること、思ふ　ハムもいづれ上京の節持参いたすべし

小生は明十八日夜行にて出発一旦葉山へ落着き二十日か廿一日頃上京　一晩ぐらゐは泊めて貰ふべし、

十七日　父

あゆ子殿

一二六　昭和十六年八月二十一日

受　市内渋谷区神南町八番地　竹田あゆ子殿　速達（消印16・8・21）官製はがき

発　廿一日　日本橋茅場町二ノ八　偕楽園にて　父

今廿一日出京　偕楽園か玉家へ泊るつもり、明二十二日夕刻までにそちらへ行きます、もし近所へでもお前が出られゝば北京亭あたりで夕飯御馳走してもよろしいが如何

一二七　昭和十六年八月三十日

受　渋谷区神南町八　竹田あゆ子殿　親展（消印?・?・30）封書（玉家旅館用箋）

発　昭和十六年八月卅日〔印刷　東京市芝区田村町五丁目十八番地　玉家旅館〕内　谷崎生

只今手紙拝見
本日よりヱミちやんを渡辺家に預け夫婦で両三日伊香保へ行かうと思ひ、只今出発の間際です
品物はよこすに及ばず、お金は都合しますが、来月三日頃に帰つて来るまでお待ちなさい
〔欄外に　品物をよこすと云ふのは龍児君の気持かも知れぬがそれは絶対に困るから止めて貰ふ〕
その時取りあへず五百円上げます、アトは月が変つてからの方が都合がい、が急ぐなら小生帰京の時分（十日頃）に何とかしてもい、、三日午後に行くから在宅してゐて貰ひたい
三十日

父

あゆ子殿

体の調子よろしき由安心いたし候　来月入院の頃又上京可致候

一郎

一二八　昭和十六年九月二日

表　市内渋谷区神南町八番地　竹田あゆ子殿　書留（消印16・9・2）封書（中央公論社用箋）
裏　昭和十六年九月二日〔印刷　東京市麹町区丸の内ビルヂング五八八区　中央公論社〕方　谷崎潤

只今伊香保より下山しましたが、あまり同地の気分が爽快だつたので家族の出立を見送つてから又引き返し、七日朝まで滞在しようと思ふ

で取りあへず五百円だけ玆に封入、他は七日以後に訪ねるからその時の都合にする、七日の晩偕楽園で龍児君に会ふだらうからその時委細打合せします

九月二日

父

あゆ子殿

一二九　昭和十六年九月二十日

受　東京市渋谷区神南町八番地　竹田あゆ子殿　速達（消印16・9・20）封緘葉書
発　廿日〔印　兵庫県武庫郡住吉村反高林　谷崎潤一郎〕

御手紙拝見、其後の容態泉田氏診察の結果等直ちに御知らせあるべし又万一出産を早めるやうな場合には入院決定次第電報にて通知ありたし直ちに上京可致候
昨日笹沼の宗ちやんが一泊本日昼の汽車で帰京さるゝ故薬を托したり《ママ》、龍児君にても偕楽園まで取りに行つて下さい、宗ちやん留守にても夫人が預かつてゐる筈也
但し促進剤は強力のものにて一回のお産に半筒以上を注射しては危険の事あり若輩の医者は往〻失敗することある由　聞き居り候故これを用ひる時はよく老練の医師にたしかめ多量に用ひぬやう龍児君にでも立ち会つてもらふべし　あとの金子は月曜日頃送ります

廿日

父

あゆ子殿

一三〇　昭和十六年十月七日

受　東京市渋谷区神南町八　竹田あゆ子殿　（消印16・10・7）　官製はがき

発　七日　〔印　兵庫県武庫郡住吉村反高林　谷崎潤一郎〕

引続き順潮の由結構に存候
月末頃ならば小生も防空演習後に上京可致候　猶〻その後の診察の結果も報告ありたく候
紀州老人上京は何日頃に候哉もしまだならば途中是非拙宅にて両三日休養される方殊に近頃は便利なるべし　小生本日直接書状差出し候へどもお前よりもその旨申送るべし大阪まで迎に出てもよろしく候

一三一　昭和十六年十月十二日

受　東京市渋谷区神南町八番地　竹田あゆ子殿　（消印16・10・12）　封緘葉書

発　十二日　〔印　兵庫県武庫郡住吉村反高林　谷崎潤一郎〕

懸泉堂の御ぢいさん御来泊に付高齢の事故粗相があつてはならぬと存じ左の件問ひ合せます
○朝、昼、夕、食事の時間は何時頃に候哉
○おかづはどんなものを好まれ候哉　菜食が主にや
○起床及び就床時間
○東京行の汽車は寝台がよきや昼の特急がよきや
以上

尚泉田先生診察も今明日中之筈ニ付その結果も御知らせありたし
十二日
父
あゆ子殿

一三二　昭和十六年（推定）十月（推定）二十三日

受　東京市渋谷区神南町八番地　竹田あゆ子殿（消印?・?・23）封緘葉書
発　二十三日〔印　兵庫県武庫郡住吉村反高林　谷崎潤一郎〕

紀州の御祖父さん御上京を中止せられ候由まことに残念ながら御事情を伺つてみれバ御供をする小生も心配ニ付矢張今回は見合せられた方宜しかるべくそのうち御前達の方から一度帰省して喜ばして上げる方可然歟
自然小生上京はお前の廿九日の診察の結果報告を待ち決定可致　実はもはや小生もシビレを切らして居り一日も早き事を望み居候
ジヤガ芋その他赤ん坊のたべる野菜だけにてもとれるやう畑を作る必要なき乎
では報告を待つてゐる、病院の名、所番地、道順等知らせておいてもらひたし
二十三日
父
あゆ子殿

＊　佐藤春夫の父豊太郎の上京の取り止め、谷崎の二十九日の上京予定など、昭和十六年十月二十七日付の鮎子宛書簡（本書書簡番号一三三）に照応しているところから、昭和十六年十月と推定した。

一三三　昭和十六年十月二十七日

受　東京市渋谷区神南町八番地　竹田あゆ子殿　速達（消印16・10・27）官製はがき

発　廿七日〔印　兵庫県武庫郡住吉村反高林　谷崎潤一郎〕

下里へ問ひ合せたがおぢいさんは矢張上京なさらぬ由、小生は廿九日夜の寝台が取れず已むを得ず同日早朝の「さくら」で上京。もし小生出発するまでにお前の方の返事が着かなかつたら電報を打つから玉家宛速達にて告別式の時間と道順知らして貰ひたい（廿九日夜玉家か偕楽園へデンワかけてくれてもよし）

＊　「告別式」とは、十月二十五日に亡くなった春夫の末弟秋雄の告別式である。

一三四　昭和十六年十一月一日

受　渋谷区神南町八番地　竹田あゆ子殿　速達（消印16・11・1）官製はがき

発　一日　芝田村町五ノ一八　玉家内　谷崎

明二日は夕五時参上、目黒の渡辺さんの近所に牛肉のうまいのがあると云ふのでそれを清ちやんが夕刻までに其方へ届けてくれる事になつてゐるから其他スキヤキの材料何にてもそろへておいて下さい（肉は二百目頼み候）

一三五　昭和十六年十一月七日

受　渋谷区神南町八番地　竹田あゆ子殿　速達（消印16・11・7）　封緘葉書

発　七日朝　芝区田村町五ノ一八　玉家旅館内　谷崎潤一郎

清水さまのことは早速住吉へ申送り候処去る五日京都へ参り御祈禱をしそちらへ直接御札を送つた由母より来書あり
五日の端書は昨六日夕刻着せり今日の結果は矢張早速《ママ》にて知らせてよこすべし（毎朝十時迄は在宿ニ付それまでに電話かけてくれてもよし）
小生は来ル十日と十一日の箱根行を除きてハ東京を離れることとなし、十日は箱根芦の湯温泉松坂屋本店泊りに付その晩おめでたがあつたら電報か電話（宮の下七番八番）で知らせてよこすべし、十一日の夜は玉屋《ママ》へ帰るべく、もう他に用事なけれど孫の顔を見るまで待機のつもりなり、小石川森田の伯母さんの話では今年のお産はおくれるのが多く一と月ぐらゐ延引は普通之由也

七日朝

父

あゆ子殿

一三六　昭和十六年十二月一日

受　東京市麴町区九段　一口坂　木下産科病院方　竹田あゆ子殿　速達（消印16・12・1）　封緘葉書

発　一日〔印　兵庫県武庫郡住吉村反高林　谷崎潤一郎〕

先日ハムを送つたが鉄道便故早く届いた事と思ひます、セキのドロップはもはや品切れ故拙宅にあるのを四つ五つ今度持つて行きます、ソーメンは消化がよくないやうに思ふからいづれ退院できる時分に家の方へ送りませう
あまりおくれるので心配になり徳岡先生によく説明して意見をきいたところ、木下さんや石川さんなら万事委せておいて大丈夫決して間違ひはなし、と云はれて安心しましたがしかし待ち遠です。お産ばかりは又別で、日頃丈夫な体質と否とはさう関係なしと、これも徳岡さんの説です。しかし関西では胎児の頭が骨盤に固定してから入院するのを普通とし、それ以後一週間乃至二週間と云ふ由也。入院の時期が早過ぎた事だけは事実ならん　兎に角吉報あり次第又上京します

十二月一日

父

あゆ子殿

一三七　昭和十六年十二月四日

表　東京市麴町区九段三丁目四番地　木下産婦人科病院廿三号室　竹田鮎子殿　〔消印16・12・4〕
封書（巻紙）
裏　四日　〔印　兵庫県武庫郡住吉村反高林　谷崎潤一郎〕

拝啓
今暁ハ電話難有存候　一姫出生之由此上なくめでたく祝着至極に御座候　八日参上の筈に候へ共先ハ書中を以て慶び申述候　只今紀州の老人の許へも賀状差出申候　猶ゝ申すまでもなき事なから此上とも養生専

一に被成べく候

十二月四日

匆々

潤一郎

龍児殿

あゆ子殿

熊本そうめん（三輪のものに劣らず）五十把　明後日渋谷宅へ向け発送いたし置候

一三八　昭和十六年十二月十四日

受　東京市麴町区九段三丁目四　一口坂　木下産科婦人科病院廿三号室　竹田鮎子殿（消印16・12・14）官製はがき

発　十四日（印　兵庫県武庫郡住吉村反高林　谷崎潤一郎）

たゝかひを宣らせ給へる詔

下りし今日ぞ初孫を見る

偉いなる時に生れてそだち行く

子のおひ先よ光りかゞよふ

一三九　昭和十七年一月六日

受　東京市渋谷区神南町八番地　竹田あゆ子殿（消印17・1・6）官製はがき

発　六日〔印　兵庫県武庫郡住吉村反高林　谷崎潤一郎〕

終平方女子分娩の由まことにめでたく本日祝詞申送候　百ゝ子も機嫌宜敷とか　追ひ〳〵寒くなる一方故十分気をおつけ可被成候

お前に上げる源氏蒔絵本箱出来、運送に頼み破損してハならぬと存じ来ル十日までに偕楽園へ届けるやう申付候ニ付龍児君に年始旁ゝ取りに行つて貰ふべし、十分注意してお持ち帰りありたし、受取つたら御一報を乞ふ

一四〇　昭和十七年（推定）二月八日

受　東京市渋谷区神南町八番地　竹田あゆ子殿（消印判読不能）官製はがき

発　二月八日〔印　兵庫県武庫郡住吉村反高林　谷崎潤一郎〕

歌舞伎の切符を取らうと思ふがお前は見に行けるかどうか、全部見ないでも二三時間でも見たらどうかと思ふが如何、此のハガキ御覧次第熱海ホテル宛速達で返事しなさい

＊　熱海ホテル滞在中に歌舞伎を観劇したのは、熱海の西山に別荘を購入してその手続きのために上京した折のことで、昭和十七年三月二十一日付の松子宛書簡（『谷崎潤一郎の恋文』書簡番号一四四）に「歌舞伎座ハ最終日の廿六日に四枚取り申候」とあるのに照応している。この折の観劇は谷崎、松子、恵美子、重子の四人であ

って、鮎子は産後間もないこともあって、観劇を希望しなかったようだ。

一四一　昭和十七年二月十日
受　東京市渋谷区神南町八　竹田あゆ子殿　（消印17・2・10）　官製はがき
発　十日　〔印　兵庫県武庫郡住吉村反高林　谷崎潤一郎〕

一寸風邪の気味なので本日の出立を見合せ二三日後にくり延べる、今度は熱海へ行つてから又改めて通知する
一昨夜ふぐの干物をもらひ昨日小生がたべる前にコイさんが一きれ、タイが又別な切身を二たきれたべたところ、コイさんは無事だつたがタイは身体シビレ、医者を呼び百方手をつくしたが昨夜死去。小生ハたべずにすんだ

一四二　昭和十七年二月十九日
受　東京市渋谷区神南町八　竹田あゆ子殿　（消印17・2・19）　絵はがき（「熱海ホテル全景」）
発　十九日　静岡県熱海市　熱海ホテル　谷崎潤一郎

昨日到着まだ風邪がすつかり直り切らないので両三日休養の上天気のよい暖かい日を見て上京の予定なり

一四三　昭和十七年二月二十四日
受　東京市渋谷区神南町八　竹田あゆ子殿　（消印17・2・24）　絵はがき（「熱海ホテル全景」）

発　静岡県熱海市　熱海ホテル　谷崎潤一郎

登代ちゃんの御主人鹿嶋次郎氏突然重病にて手術を受けたらしい見舞に行くかでなければ見舞状でも出して貰ひたい病況不明ニ付偕楽園へ問合すべし小生も近日上京すべし

一四四　昭和十七年三月七日

表　東京市渋谷区神南町八番地　竹田あゆ子殿　（消印17・3・7）　封書（熱海ホテル用箋）

裏　三月七日　〔印刷　静岡県田方郡熱海町　熱海ホテル〕方　谷崎潤一郎

別荘家屋登記のため十日まで熱海に滞在せねばならず留守宅に用事山積したので十日夜直ちに帰宅することになりました　又月末頃に出て来られると思ひます、もうこれからは熱海まではチヨイ〳〵来るわけです

懸泉堂おぢいさんに宜しく云つて下さい、そしてお帰りには三宮までお迎へに出ますから御立寄下さいと云つて下さい、（但し小生がゐない時では不都合故前以て打合せが是非必要です）

百〻子の衣裳ハ百貨店で可然品を御見立てなさい代金ハ請求次第送りますが申す迄もなくさう高い物を買ふ必要ハありません

龍児君に宜しく

七日　　　　父

あゆ子殿

乳母車着き候哉如何、四五日中に届けると申候故あまりおくれたら例の領収書を調べ御催促なさるべく候

一四五　昭和十七年三月（推定）十七日

受　東京市渋谷区神南町八番地　竹田あゆ子殿　（消印17・□・17）　封緘葉書
発　十七日　〔印　兵庫県武庫郡住吉村反高林　谷崎潤一郎〕

御ぢいさん其後如何に候哉バスで六時間も揺られてハ若い者でもたまらず心配してゐます、小生明十八日出発熱海ホテルに四五日滞在家屋引継の手続を終へて上京いたすべし、今回ハ家族三人にて参るべく、廿八日に恵美ちやんの学校がある由にてあまり長くハ滞京できないが皆にて百〻子を見に参上いたすべく候
椎茸のあとで沢庵一樽発送いたし置候御入手の事と存候
十七日　父
あゆ子殿

＊　昭和十七年三月二十一日付の松子宛書簡（『谷崎潤一郎の恋文』書簡番号一四五）に「廿二日午前を以て熱海を引き上げ東京に参り紀州のおぢいさんの病気見舞、百〻子訪問」とあり、また同日付の重子宛書簡（『同』書簡番号一四六）に「ゑみちやんも廿八日には一度登校せねばならぬとの事に候」とあるところから、昭和十七年三月と推定した。

一四六　昭和十七年三月二十一日

受　東京市渋谷区神南町八　竹田あゆ子殿　（消印17・3・21）　絵はがき（「熱海ホテル全景」）

発　廿一日　静岡県熱海市　熱海ホテル　谷崎潤一郎

御ぢいさん御快方之由安心いたし候当方出立の前日恵美ちゃん発熱のため小生のみ先日当地に参り家族は後より参る事になり居候小生も又〻多少風邪気のため両三日上京は見合せ家族の到着を待つて一緒に上京可致候多分廿四五日頃になるべきかと存候
女中無くて御忙しき事と同情いたし候

一四七　昭和十七年四月十九日

受　東京市渋谷区神南町八番地　竹田あゆ子殿　（消印17・4・19）　封緘葉書

発　十九日　静岡県熱海市西山五九八　谷崎潤一郎

空襲下の感想ハ如何ですか　小生ハ昨十八日午前十一時三十分の汽車にて出立、今一汽車おそかつたら川崎辺でスリルを味ひ得しやも不知一寸残念な気もいたし候　当地ハ至つて平穏ニ付　御安心被下度こゝ一両日の様子を見て或ハ一度神戸へ帰るやも知れずその場合にハ又御知らせいたすべし
アドレスは表記の通り也
百〻子によろしく
十九日
父

あゆ子殿

一四八　昭和十七年四月二十四日

受　東京市渋谷区神南町八　竹田あゆ子殿〔消印17・4・24〕　封緘葉書

発　廿四日　静岡県熱海市西山五九八　谷崎潤一郎

百ゝ子の風邪は其後如何
先達の空襲に早稲田鶴巻町辺が大分やられたらしいが終平一家ハ如何なりしや安否御きかせ被下べく候
小生ハ廿六日に住吉へ帰り来月また出て参るつもりに候　依て此の返事ハ住吉宛に願ひ候
廿四日
父
あゆ子殿

空襲に関する御返事ハ
必ず封書たるべく候

一四九　昭和十七年四月三十日

表　東京市渋谷区神南町八　竹田あゆ子殿　書留〔消印17・4・30〕　封書〔巻紙〕

裏　四月三十日〔印　兵庫県武庫郡住吉村反高林　谷崎潤一郎〕

初着代封入致候間御受取被成べく候

空襲皆〻無事安堵いたし候　当方来月五六日頃には又熱海へ参り今度ハ月のうちハ滞在の予定ニ付　暇を見て御訪ね可致候　猶〻そのうちお客用寐道具の用意が出来たら百〻子をつれて御いで下さるべく候　但し適当なる留守番の人を早く御見つけなされ度候

四月卅日

父

あゆ子殿

一五〇　昭和十七年五月七日

表　東京市渋谷区神南町八　竹田あゆ子殿　（消印17・5・7）　封書（巻紙）

裏　七日〔印　静岡県熱海市西山五九八　谷崎潤一郎〕

御手紙拝見、昨六日夜に来ました　十一日法事なるべく行きたいと思ふが今度は一寸仕事の都合かあるので九日頃になつてみなければ分らないから九日中か十日朝までに小石川へつくやうに返事します　百〻子と来てくれる由待つてゐますが龍児君留守番でハ土曜日曜にでなければ駄目なるべく、それから十六、七の両日が好都合です〔行間に　〔目下ハ温泉を工事中で湯が濁てゐます〕〕知らせてくれゝば小生迎へに行くか〔行間に　〔土曜の朝早く小生迎へに行つた方よろしかるべきか〕〕清ちやんが熱海を知つてゐるから迎へに出します　今度はをばさんも一緒です、訪ねるつもりでゐたが来てくれるなら此方で待つてゐると申してゐます　兎に角至急様子を知らせて下さい

七日夜

父

あゆ子殿

土曜に来て日曜の夜帰るのでハ空襲等のあつた場合危険です（静岡県は中部防衛区に属してゐるので此方ハ何事もなくても東京の方ハ分らないことあり）から少くとも二泊以上して昼間帰る必要あり勿論帰りにも送つて行きます、でなければ駅まで龍児君に迎へに出てもらひます　よくそれらの手筈をきめてお置きなさい（一晩ぐらゐ小石川の女中か終平でも頼んでハ如何、そのうち終平一家も呼んでやります）

一五一　昭和十七年五月二十六日

受　東京市渋谷区神南町八　竹田あゆ子殿　（消印17・5・26）　封緘葉書
発　廿六日　〔印　静岡県熱海市西山五九八　谷崎潤一郎〕

去る廿四五両日一泊上京致候へ共其方へ行く暇なく帰候　レントゲンはまだに候哉　結果待居候　小生ハ来月早ゝ一旦住吉へ帰り両三日して直ぐ又出て可参候　いつ頃来泊可能ニ候哉　近頃ハ温泉も調子宜敷候　きみちやん廿七日頃退院当分偕楽園に滞在して御医者さんの診察を受ける由に候　お前の病気の事ハ何も知らせて無之候　都合御知らせ被下度候

五月廿六日

父

あゆ子殿

一五二　昭和十七年六月四日

受　東京市渋谷区神南町八　竹田あゆ子殿　（消印17・6・4）官製はがき

発　四日〔印　静岡県熱海市西山五九八　谷崎潤一郎〕

沢庵先日到着の事と存候　小生本日一旦住吉に帰り十日頃出て参り候　百〻子はしめ　お前達の寝具もすつかりそれまでに出来上る予定ニ付是非今月ハ御いでなさるべく候　レントゲンまだに候哉　外出可能ならばそのうち小生が上京何処か専門医のところへ同行いたしても宜敷存候　お前病気の事偕楽園へハ知らせてなき故龍児君一度御祝に行かるべし

一五三　昭和十七年六月十三日

受　東京市渋谷区神南町八番地　竹田あゆ子殿　速達（消印17・6・13）封緘葉書

発　十三日〔印　兵庫県武庫郡住吉村反高林　谷崎潤一郎〕

熱海宛手紙昨日披見、其後引つゞき快方、レントゲンの結果も分り安心いたし候　百〻子も元気との事大慶に御座候　龍児君の多忙な事ハよく分つてゐたが偕楽園にはお前の病気といふ事を隠してゐるので龍児君の事も説明するわけに行かなかつたのだ、しかし御祝物は拙宅からの祝物があまり立派なものになり過ぎ、登代ちやんの時とのつり合上困ると思つてゐた際なので、丁度よいからそれを二包に分け谷崎と竹田と二軒の名儀にして持つて行かうと思ふ、依つて其方でまだ買つてなかつたら中止してもらひたいし　もう買つて届けたあとならば至急その旨当方まで知らしてもらひたい、（小生ハ十五日のサクラで立つから十六日以後は熱海宛のこと）

その祝物を持つて二十日頃出京するから　その時お前の所へも寄り熱海行の打合せをしよう、なほ一度泉田先生に直接会つてきいてみたいが、何曜日何時頃何処へ行つたら会へるだらうか、これも御知らせを乞ふ

十三日　　　　　　　　　　　　　　　　　　　　　　　　　　　　　　　　父

あゆ子殿

一五四　昭和十七年七月一日

受　東京市渋谷区神南町八番地　竹田あゆ子殿　〔消印17・7・1〕　官製はがき

発　一日　〔印　静岡県熱海市西山五九八　谷崎潤一郎〕

其後如何に候哉　百〻子も機嫌宜敷候哉　今度行つた時は祖父を覚えてゐてくれるやうに御頼み申度候明日より書斎の修繕に大工が這入る、それは四五日ですむ筈なれども温泉が今度は根本的修理とやらにて二十日間もかゝるとの事これには困り申候　それならその間に一度住吉へ帰つて来たく兎も角も近日、大工の方がすんだ時分に上京相談可致候

一五五　昭和十七年七月三日

受　東京市渋谷区神南町八　竹田あゆ子殿　〔消印17・7・3〕　封緘葉書

発　三日　〔印　静岡県熱海市西山五九八　谷崎潤一郎〕

行ちかひに速達便到着、まことに残念だが前述の次第で小生も工事中昼間は旅館の一室を借りて仕事をし

に行つてゐる、尤も此の方はぢきに済むが温泉は矢張今月の十五六日頃になつても怪しいとの事、此の辺全体が駄目なのだから外へ這入りに行くと云つても遠方になり坂道が多く赤ん坊を抱いて行くのは心配だ、勿論自動車はなし、日中は暑し夜は燈火管制だし、それに共同温泉の女湯は狭いのでどうも赤ん坊の入浴には都合がわるい　それも二三日のことならいゝが半月以上もそんな状態では仕様がない、女中の事はたとへば重子さんの所の女中を暫く留守番に借りるなり何とか方法を考へるから矢張温泉が直るまで待つて貰つた方がいゝ、家内の胆石病も全快したがこれも来るのを差控へてゐる、兎に角近日上京の上相談しよう、又早く転地する必要があるなら暫く他の場所を考へよう　百ゝ子に宜しく

三日

父

あゆ子殿

一五六　昭和十七年七月五日

受　東京市渋谷区神南町八番地　竹田あゆ子殿　〔消印17・7・5〕官製はがき

発　五日〔印　静岡県熱海市西山五九八　谷崎潤一郎〕

今度ハ来ル七日夜上京八日のおひるちよつと前頃に参上いたすべく候

一五七　昭和十七年七月十六日

受　東京市渋谷区神南町八　竹田あゆ子殿　〔消印17・7・16〕官製はがき

発　十六日〔印　兵庫県武庫郡住吉村反高林　谷崎潤一郎〕

あれから一旦熱海へ帰り　するゐ風呂の製作を注文して十二日此方へ帰り候　熱海よりずつと暑いので閉口いたし居候　風呂が出来るか温泉が直るかしたら熱海へ行き、迎へに上京いたすべく候　暑さの折柄御自愛なさるべく候　百ゝ子によろしく

一五八　昭和十七年七月二十一日

表　東京市渋谷区神南町八番地　竹田あゆ子殿　速達（消印17・7・21）封書（巻紙）
裏　二十一日（印　兵庫県武庫郡住吉村反高林　谷崎潤一郎）

温泉が二十五日頃復旧すると云つて来た、さう云つてもどうせ又いくらかおくれる事とは思ふが　待ちくたびれたので来ル二十四日頃家内とゑみちやん同伴で出発する、小生ハ此の処一寸忙しいので家内が多分廿六日の朝あたり迎へに行く、前に電報で知らせるから支度をしてゐてもらひたい　清ちやんは八月になつてからも当分東京を離れられない事があるさうで　当方はこゝ暫くは三人だけ、重子さんが時ゝ遊びに来る程度、又人数がふえても収容力は大丈夫のやうにしてあるから遠慮なくいつ迄でもゐてもらひたい、皆百ゝ子を見るのを楽しみにしてゐる、枕がやは適当なのを日本橋で買つて熱海別荘宛に発送しておいてもらひたい（代金たてかへておいてもらひたい、これは別荘用のものとして当方で備へつけておく）もしなければ現在使つてゐるものを持て来るより仕方がない、マホービン華紐つきのは住吉宅より持つて行く、ミルクは大概大丈夫らしいが猶もう一度熱海へ行つてしらべて見る、（果物も）では百ゝ子によろしく、今度は泣かないやうに頼む

廿一日

父

あゆ子殿

一五九　昭和十七年七月二十一日

受　東京市渋谷区神南町八　竹田あゆ子殿　速達〔消印17・7・21〕　封緘葉書
発　廿一日〔印　兵庫県武庫郡住吉村反高林　谷崎潤一郎〕

前便御落手の事と存候　二十三日に小生一人先に出発、二十四日夜出京偕楽園に泊り二十五日朝自動車を以て迎へに行くから出られるやうに支度してゐて下さい　他の家族は両三日後に出て来る予定です　二十六日は日曜にて汽車がこむ故是非二十五日の午前中それも涼しいうちが宜しく午前八時二十五分東京駅発に間に合ふやうに迎へに行きます　もしそれが都合が悪ければ九時五〇分発になりますが　これだと日中に着き、坂道を上るのが大変です、何か打ち合はせることがあつたら二十四日夜十時頃偕楽園へ電話をしなさい

二十一日

父

あゆ子殿

一六〇　昭和十七年七月二十二日

受　東京市渋谷区神南町八　竹田あゆ子殿　速達〔消印17・7・22〕　封緘葉書
発　廿二日〔印　兵庫県武庫郡住吉村反高林　谷崎潤一郎〕

大事なことを書き洩らした

熱海は米がキチ〳〵だからお前と看護婦さんとは熱海で配給が受けられるやうに転出届をして手続きをしておいてもらひたい、尤も龍児君が時〻泊り来るぐらゐの分は差支ない
それから百々子の掛布団とお前達皆のシーツだけは持つて来てもらひたい
二十五日天気が非常にわるくない限り、小雨ぐらゐなら迎へに行くがその日のうちにでも晴れ次第行く
廿二日
父
あゆ子殿

一六一　昭和十七年八月十七日

受　東京市渋谷区神南町八　竹田あゆ子殿　〔消印17・8・17〕官製はがき
発　十七日〔印　兵庫県武庫郡住吉村反高林　谷崎潤一郎〕

今朝住吉に帰宅、其後如何に候哉　いつ頃熱海へ来られるか　模様分り次第御知らせ被下度　残暑の折柄一層の養生祈居候

一六二　昭和十七年九月九日

受　東京市渋谷区神南町八　竹田あゆ子殿　〔消印17・9・9〕官製はがき
発　九日〔印　兵庫県武庫郡住吉村反高林　谷崎潤一郎〕

小生八十一日熱海へ参り十三四日頃上京両三日滞京いたし候間その節参上いたし候　泉田先生への御礼も今度はすませ度レバノールは前から頼まれて注文してあるのだがまだ入手しないのです、ヴィタミンCは

飲み薬以外入手困難、但し東京に心当りがあるから上京して調べてみませう、コナミルクだと思つたら煉乳だつたのでこれはダメでした、オバエルモンだけは入手しました

一六三　昭和十七年九月十七日

受　東京市渋谷区神南町八　竹田あゆ子殿　速達〔消印17・9・17〕官製はがき
発　十七日〔印　静岡県熱海市西山五九八　谷崎潤一郎〕

風邪のため熱海で静養　明後十九日頃上京、二十日の午後に御訪ねするつもりです　百ゞ子によい御土産を持て行きます
半折六枚住吉より届く筈
右の中四枚ハ泉田先生行也
ウィスキーハ持参ス

一六四　昭和十七年（推定）十月（推定）五日

表　あゆ子殿　すみ持参　封書（巻紙）
裏　五日朝　父

今日は待つてゐます
近頃の汽車は二等でも中ゞ込むから必ず東京駅よりお乗りなさい、午後の来宮行は東京発

二・一五　　三・〇五　　三・二五
熱海着（大概こゝにて乗りかへになるのか多し）
四・三一　　五・一九　　五・四八
来宮着
四・四八　　五・三四　　六・〇三

等かありますが最後のは来宮へ着いてから暗くなるから、前の二つのうちになさい、勿論早い方が便利です、（熱海はずつと燈火管制をしてゐるから夜は不便です）
オバホルモンとヴィタミンCは此方にあります
バタは少しもありませんから、あつたら持つて来て下さい、（マーマレイドもジヤムもありませんがこれは或は売つてゐるかも知れません）砂糖もあつたら少し持つて来て下さい、少ゝは此方にもありますが、もし時間かあつたらスミに御飯をたべさせて下さい、時間がなかつたら汽車で弁当を買はせて下さい
必要な物が出来たら又明日にも東京へ使を出す方法もありますから兎に角早く御いでなさい
をばさんは今朝のつばめで上方へ立ちました
五日
父
あゆ子殿

＊　昭和十七年十月六日付の潤一郎宛松子書簡（『谷崎潤一郎の恋文』書簡番号26）に「漸くに百ゝちやん一行入

来定めし御満足の御事と御様子心にゑがいて居ります」とあるところから、昭和十七年十月と推定した。

一六五　昭和十七年十一月十六日

受　東京市渋谷区神南町八　竹田あゆ子殿（消印17・11・16）封緘葉書
発　十六日〔印　静岡県熱海市西山五九八〕

百〻子はもう立つちやあんよが出来る時分と楽しみに致居候処百日咳とハ厄介な事に候　然し近頃の医術にてハ昔程の苦痛はなしと聞き及び候へど如何にや、誰しも一度ハするもの故これも仕方なく候
オバホルモン此処に残つてゐたのを一箱取あへず御送いたし候　小生ハ腕の痛み一向に快方に向はず難渋いたし候　今月中ハ新年号の原稿にて忙しく候間月末か来月上旬出京参上可致候　御誕生までにハ是非百〻子、快癒させ度存候
十六日

父

あゆ子殿

一六六　昭和十七年（推定）十一月（推定）十九日

受　東京市渋谷区神南町八　竹田あゆ子殿（消印?・?・19）封緘葉書
発　十九日〔印　兵庫県武庫郡住吉村反高林　谷崎潤一郎〕

其後百〻子機嫌如何、此方ハヱミちやんが、腎盂炎になりその回復を待つてから熱海へ行くつもりにて目下治療につとめてゐますが幸ひ大分軽快に向ひつゝあります

そんなわけで年内に熱海までハ行けても上京はできさうもなく　お正月になつてから行きます、羽子板も買つて上げようと思つてゐたのだが暮には間に合はなくなりました、此方にあるお前の羽子板はとても運送に托してハ送るわけに行きません
寒さのために小生腕の痛みがひどくなり弱つてゐます、此の程度で、執筆にも障るやうになりました
熱海へ行つたら知らせます、皆ゝ風邪を引かぬやうになさい
十九日　　　　　　　　　　　　　父
あゆ子殿

＊　前便の昭和十七年十一月十六日付の鮎子宛書簡と内容的に照応しているところから、昭和十七年十一月と推定した。

一六七　昭和十七年十一月二十一日

受　東京市渋谷区神南町八　竹田あゆ子殿　〔消印17・11・22〕　官製はがき
発　廿一日　〔印　静岡県熱海市西山五九八　谷崎潤一郎〕

百ゝ子病状わりに軽き由安堵いたし候　御誕生祝い何にしたら宜しきや　注文あらば御申越あるべく候
当方何も思ひつかず困り申候

一六八　昭和十七年（推定）十二月二十七日

受　東京市渋谷区神南町八　竹田あゆ子殿　速達（消印？・12・28）封緘葉書
発　廿七日〔印　静岡県熱海市西山五九八　谷崎潤一郎〕

一昨夕此方へ来ました、家族も明廿八日あたり来る事になつてゐます、オバホルモン一箱届いた事と思ひます、約束の下駄を買つてあるのだが（鎌倉彫手彫リアトマル）送るとキズがつくといけないからお正月持つて行きます　七草すぎでないと汽車が大変だらうと思ふからその時分に行きます
皆〻よきお正月をお迎へなさい　百〻子によろしく
廿七日朝

父

あゆ子殿

＊　東京市と書いていることと、オバホルモンの内容から昭和十七年と推定した。

一六九　昭和十七年十二月二十九日

受　東京市渋谷区神南町八番地　竹田あゆ子殿　速達（消印17・12・30）封緘葉書
発　廿九日〔印　静岡県熱海市西山五九八　谷崎潤一郎〕

只今お餅を二枚カバンに入れてチエツキで発送しました、二枚と云つても当地のしろうとが搗いたので非

常に厚いから三四枚分あります、堅かつたら湯の中に五六時間漬けてから切ると楽にきれるさうです、（カバンにはカギをかけてありません）カバンのポッケットの中に女持ちスエードの手袋が這入つてゐます、松平の和子さんが買つたのだけれども小さくて誰の手にもハマらなさ《ママ》い、お前ならハマるだらうといふ事ですが試してごらんなさい
よきお正月をお迎へなさい

廿九日

父

あゆ子殿

一七〇　昭和十八年一月六日

受　東京市渋谷区神南町八番地　竹田あゆ子殿（消印18・1・6）封緘葉書
発　六日〔印　静岡県熱海市西山五九八　谷崎潤一郎〕

新年御めでたう
先達餅ならびに野菜少ゝ送りましたが着いた事と思ひます
東京は大分寒さうだが此方ハ実に暖かです、今日こいさんとゑみちやん住吉へ出発、家内と重子さんだけになりました、中旬頃から小生一人になります、いつ頃此方へ来られますか、今度は飯嶋さんがゐないのだからお前達の来る時ハ女中を二人泊めておかうと思ひますがそちらの都合御知らせなさい、一番寒い期間から立春ぐらゐまでを此方で過すのがよくはないかと思ふが如何

六日

あゆ子殿

父

一七一　昭和十八年（推定）一月（推定）七日

表　東京市渋谷区神南町八　竹田あゆ子殿（消印不明）　封書（巻紙）
裏　七日〔印　静岡県熱海市西山五九八　谷崎潤一郎〕

冠省
前便に書き洩し候へ共昨冬志賀君の長女留女子嬢目出度再婚なされ候事多分御承知と存候　ついては小石川にてハすでに御祝ひ被成候哉如何　もしまだならば時節柄何品も高価ニ付当方と連名にて可然もの買ひとゝのへてハ如何にや　小生の考にてハ白生地など宜しからんと存候処当地にてハとゝのひ難く候ニ付其方にて御調へ可被下（衣料切符ハ此方にもあり）勿論他によき品あらば何にても結構故至急小石川へ御問ひ合せの上御返事願度候

早ゝ

六日

父

あゆ子殿

さうすれば近ゝ上京の節佐藤と一緒に志賀家訪問可致候

* 志賀家の祝儀に関する内容が後便につづいているところから、昭和十八年一月と推定した。

一七二　昭和十八年一月二十三日

表　東京市渋谷区神南町八　竹田あゆ子殿　（消印18・1・23）封書（巻紙）
裏　廿三日　〔印　静岡県熱海市西山五九八　谷崎潤一郎〕

御手紙拝見
女中ハ今のところなつ一人だかお前達の来る事を考へ月末頃までに今一人来ることになつてゐる、もしその時分までに来なかつたら来るまで小石川の女中を借りてもよろしい
今度中央公論の締切が十日程早くなり　そのため小生来月三日頃まで多忙　それまでハ上京できない、但しお前達の来るのは一日でもその前でもい丶、どうせ小生ハ腕が痛く荷物など持てないから龍児君でもつれて来てくれるかなつを迎へ出すかしよう
志賀君の御祝は既に小生ハ御祝に参上する旨を通知してあり　先方でも大層喜びわざ〳〵小生の手紙を留女子さんの処へ持つて行つて見せたりし　是非御待ちとすると返事が来てゐるので矢張行くつもりでゐるが、行くのは来月中旬宗ちゃんの御目出たの前後にならう、佐藤家の方無理にはすゝめないが一緒に祝ふ気があるなら品物を調へておいてもらひたいし、止めるなら小生何か考へなければならないから早く知らしてもらひたい（これだけ直ぐ御返事を待つ）
では又一日頃に打ち合せしよう
廿三日　　　　　　　　　　　　父

あゆ子殿

＊「来月中旬宗ちゃんの御目出た」とは、二月十八日に笹沼源之助の長男宗一郎と犬丸千代子との結婚式が偕楽園の百畳敷きの大広間で挙行され、翌十九日には帝国ホテルで披露宴が行われたことをいっている。

一七三　昭和十八年一月二十七日

受　東京市渋谷区神南町八番地　竹田鮎子殿　速達〔消印18・1・27〕官製はがき
発　廿七日〔印　静岡県熱海市西山五九八　谷崎潤一郎〕

女中此方も一寸間に合ひかねるかも知れないのだが小石川の女中たしかに借りられ候哉　アテにしてゐて大丈夫かどうか、それから先日の志賀家祝儀の事と両方何卒至急御返事被下度候

一七四　昭和十八年一月二十九日

表　東京市渋谷区神南町八　竹田あゆ子殿　速達　書留〔消印18・1・29〕封書〔巻紙〕
裏　廿九日〔印　静岡県熱海市西山五九八　谷崎潤一郎〕

風邪その後如何に候哉
志賀家御祝の品ハ両人にて五六十円位のものと存居候へ共　一寸小生に心あたりの品あり候故それを当つて見るつもり　先づ小生に任しておいて貰ひ度候　ユタンポは有之、燃料アルコールは無之御用意被下べく候　パンも持参願候　女中さへ連れて来てくれゝば当方はいつにても都合宜敷　一寸前日御知らせ被下度候　汽車賃その他入費として茲許封入致置候　然らば今度は迎へハ出さず候ニ付　女中と三人で来るか、

龍児君御同道有度候
（龍児君差支あらば矢張此の前の時間ぐらゐにナツを遣しても宜しく候）
廿九日
父
あゆ子殿

一七五　昭和十八年一月三十日

受　東京市渋谷区神南町八　竹田あゆ子殿　（消印18・1・30）　封緘葉書
発　卅日　〔印　静岡県熱海市西山五九八　谷崎潤一郎〕

昨日行ちがひにハガキ拝見、どうも百ゝ子と云ふ千両役者の登場には中ゝ手数がかゝる事です、風邪が直つたら兎に角知らせてよこしなさい
しかし住吉もスミばかりでなく他にも一人帰つてしまひ残る一人も嫁に行くと云つてをり　小母さんも風邪気味といふ状態で中ゝ女中の融通ハ困難ですが目下方ゝへ口をかけてゐるから此方も都合ができ次第しらせます
来月五日過ぎに一度出京、その時寄ります、お前の下駄もとうから出来てゐるのだがその時持参します、
（その前にでも直つたら兎に角知らせなさい）
卅日
父
あゆ子殿

一七六　昭和十八年（推定）二月一日

受　東京市渋谷区神南町八　竹田あゆ子殿　（消印？・2・1）　封緘葉書
発　一日　〔印　静岡県熱海市西山五九八　谷崎潤一郎〕

志賀さんの御祝物ハ当地漆器店にて上等の吸物椀五客（四十六円程）にきめました　箱が少し粗末なので今作らせてゐますが箱代共五十円程になるでせう、売れてしまふといけないので（佳い品がやつと五客だけ残つてゐたのです）相談してゐる暇がなかつたがもし不賛成なら小生一人にて持つて行くが半分乗つてくれゝば助かります返事をきいて下さい
百ゝ子が直つたら女中のあるまで派出婦を頼まうかと思つてゐます　泉夫人の御説では熱海の派出婦ハ割合によろしき由、一日一円八十銭といふのが少し馬鹿々々しいけれどもそのうち女中が来ると思ふから暫く使つてもよい　兎に角直つたら知らせなさい
一日　　父
あゆ子殿

昨日東京大雪の由
当地ハ春日和

＊　志賀家の引き出物の件、東京市と書いていること、及び天候から昭和十八年と推定した。

一七七　昭和十八年二月四日

表　東京市渋谷区神南町八　竹田あゆ子殿　（消印18・2・4）　封書（巻紙）
裏　四日　〔印　静岡県熱海市西山五九八　谷崎潤一郎〕

いよ〳〵寒もあけ当地はこれよりだん〳〵暖かになる事と存候　小生も昨日を以て仕事すみ本日より暫く閑日月を楽しむつもりの処　昨日来久ぶりの冷雨にていさゝか閉口致居候　百ミ子まだはか〳〵しからぬ由但し腎盂炎たけならば転地してもよくハ無之候哉　泉田先生に御聞きなさるべく候　次に方哉の事、恋月荘に限らず近頃の旅館ハ木炭不足にて日に一回しか火鉢の炭をつがずムヤミに温泉にでも入つてゐるより外しのぎやう無之、然るにその温泉も御承知の如く時間制に相成いくら熱海が暖い所にてもこれにてハやり切れ不申　此の正月拙宅満員にてこいさん夫婦を夜だけ旅館へ追出し候処　毎朝ふるへて逃げて来る始末、思ふに医者が病後の療養に転地をすゝめるなどハ今日の旅館の実情を知らざる認識不足も甚しきものにて別荘でもあるか余程懇意な我儘のきく旅館でもあらざる限り家にゐて養生いたす方遥か安全に候尤も起きてブラ〳〵してゐる程度の病人なら一週間ぐらゐならこゝへ預かつてやつても宜しく　その場合ハ申す迄もなきことながら御母さんは遠慮してもらひ、来る時も帰る時もお前か龍児君が同伴し　それまでに女中見つからぬ時ハ女中一人貸してくれる事、但し小母さんがそのうち出て来る筈故　一度都合を問ひ合せ、小母さんの来る前か後にして貰度候（お前だけはいつ来ても宜しく候へ共あまり　小母さんが来ればきつと重子さんも来るし　満員になつてハ困り候故）多分小生両三日中に出京可致候間　それまでによく相談して可置候　でなければ紀州へ行くのが一番よろしくと存候　いづれお目にかゝりよく御話し申べく候

龍児君に日本語の百科辞典のなるべく完全にて大部なるものは何がよろしきや御きゝおき被下度（わかれば値段も）候
節分の日
父
あゆ子殿

一七八　昭和十八年二月五日

受　東京市渋谷区神南町八番地　竹田あゆ子殿　（消印18・2・6）　封緘葉書
発　五日　〔印　静岡県熱海市西山五九八　谷崎潤一郎〕

宿屋のことで思ひ出したが伊豆の大仁ホテルは如何、彼処ハ小生ハ知らないがわれ〳〵作家たちを優待するので有名で物資も極めて豊富ときいてゐる、里見君や久保田君がよく知つてゐるからきいて見てハ如何
小生ハ九日に上京、十日の午後に御伺ひする、今度は宿は重子さんの所、両三日滞在（電話、渋一七一四田中氏取次）
初昔の本を創元社から届けさせます
五日
父
あゆ子殿

一七九　昭和十八年二月十四日

受　東京市渋谷区神南町八　竹田あゆ子殿　（消印18・2・14）封緘葉書
発　十四日　〔印　静岡県熱海市西山五九八　谷崎潤一郎〕

此の間の箱へほうれん草少〻（下の方に椎茸少〻）入れ御送いたし候　箱は又新聞紙でも何でも詰めて御返送被成度　又そのうちにそれへ入れて御送いたし候

十四日

父

あゆ子殿

けふをばさんが来る筈、東京今度ハ帝国ホテル泊り

一八〇　昭和十八年二月二十六日

受　東京市渋谷区神南町八　竹田あゆ子殿　（消印18・2・26）封緘葉書
発　廿六日　〔印　静岡県熱海市西山五九八　谷崎潤一郎〕

温泉が故障を起してゐるが今度はすぐ直ると思ふから月が変つたらなつを迎へにやるが其方ハ一日以後いつでも宜しきや如何、今度ハ直通の汽車がなくなり且数が減つたので午後二時前後の一番客の少い時を見て乗車する必要あるべし　米が少〻不足故持つて来てもらひ度　かけ布団も一枚ぐらゐ用意した方宜しくパンも当地ハ入手困難也　都合御しらせ被成度候

廿六日

父

あゆ子殿

一八一　昭和十八年二月二十八日

受　東京市渋谷区神南町八　竹田あゆ子殿　速達〔消印18・2・28〕封緘葉書

裏　廿八日〔印　静岡県熱海市西山五九八　谷崎潤一郎〕

汽車時間左之如し

東京駅　　　熱海着　　　来宮のりかへ
一二時〇五分　一四時一七分　一四時五三分
一三時一〇分　一五時二九分　一五時四六分
一四時一〇分　一六時四〇分　一六時四六分

此のうち一三時一〇分発が一番よろしかるべきか、以前のやうに直通はなく　皆熱海にて伊東行にのりかへ故　熱海駅前よりタキシーにて来宮神社前まで来る方よろしからん　電報で東京を立つ汽車の時間を知らしてくれたら小生かなつが熱海まで迎へに出てゐる、電報は此の頃始終延着する故　至急報の方がよろし、女中は近〻住吉より今一人来る事になつてゐるが小石川の女中が帰るまでに来なかつたら暫く家政婦を雇ふことにする、

温泉は一日だけの故障で直り　又出てゐる、但し一週一度節電日だけ朝は休み　ピラミドンはありません

バイエルアスピリンはあります　早く御いでなさい

廿八日

父

あゆ子殿

一八二　昭和十八年四月七日

受　東京市渋谷区神南町八　竹田あゆ子殿　（消印18・4・7）　官製はがき

発　七日　〔印　静岡県熱海市西山五九八　谷崎潤一郎〕

小生九日頃久〻にて住吉へ帰り二十日頃又出て参り候　クリームとコップたしかに預かり居候　今度出京の時持参可致候　百〻子はいつ頃入院いたさせ候哉　入院期間ハ何日ぐらゐにや　もし急ぐ必要ないなら余程よき時期を御えらび被成べく候　御返事待候

一八三　昭和十八年四月二十五日

受　東京市麴町区飯田町二ノ十　日本医大第一病院内　竹田あゆ子殿　速達（消印18・4・25）　封緘葉書

発　廿五日　〔印　兵庫県武庫郡住吉村反高林　谷崎潤一郎〕

本日漸〻締切がすみ手紙を書くひまが出来た　入院の前に一寸知らせてくれるものと思つてゐたら突然の通知にてびつくりした、一年以上も毎日マッサーヂに通ひギプスもはめたまゝとは聞いたゞけにて　小生も暗澹とした、そんな犠牲を払はないで何とかならなかつたものか、御産の時の不手際と思ふと石川先生とやらが恨めしい、老練な産婆の方が却つてよかつたかも知れない、熱海の家ハ今カギをかけてあるが近々熱海に行き翌日上京見舞に行く、退院したら電報で（住吉宛）知らせてほしい
廿五日
父
あゆ子殿

一八四　昭和十八年四月三十日

受　小石川区関口町二〇七　佐藤春夫様方　竹田あゆ子殿　（消印18・4・30）封緘葉書
発　三十日　静岡県熱海市西山五九八　谷崎潤一郎

今朝出京したところ急用出来、只今熱海へ引帰すことになつた　小石川にゐるなら別に心配なこともあるまいと思ひ、九日法事で出て来た時に会ふことにします
九日の日曜午後二時迄にお寺へ来て貰ひ度、龍児君と二人で出席してもらひ度、これを以て案内状にかへるから熱海宛返事をもらひたし　当日午後五時より偕楽園にて特別の料理してもらふからこれにも是非出てもらひたし　精二の方も皆出てくれるやうに頼んである、今度ハ堀口町の小母さん家内同道にて東上
九日まで熱海にゐる筈
三十日夕
父
あゆ子殿

一八五　昭和十八年五月五日

受　東京市渋谷区神南町八番地　竹田あゆ子殿　（消印18・5・5）　封緘葉書

発　五日　〔印　静岡県熱海市西山五九八　谷崎潤一郎〕

本日土地の八百屋に頼みりんご一箱送らせ申候
猶〻九日服装ハ当方ハ色変り紋附にて参り候由若き人は訪問服ぐらゐにてもよろしからんと存候
右御しらせまで
五日
父
あゆ子殿

一八六　昭和十八年五月六日

受　東京市渋谷区神南町八番地　竹田あゆ子殿　速達（消印18・5・6）　官製はがき

発　六日　〔印　静岡県熱海市西山五九八　谷崎潤一郎〕

只今龍児君より御返事落掌いたし候　小生八日朝上京同日午後二時頃に参上、五時頃一寸かんたんな夕食御馳走に相成度候
右御しらせまで

一八七　昭和十八年五月十四日

受　東京市渋谷区神南町八　竹田あゆ子殿　速達（消印18・5・14）封緘葉書
発　十四日〔印　静岡県熱海市西山五九八　谷崎潤一郎〕

清ちやんが来たので今朝メリケン粉五升と外に青い物少〻持たして帰した、今渡辺方には女中が居ず清ちやんも忙しいから渡辺まで取りに行つてもらひたい、泉田さんの氷嚢も来てゐる由、向うから度〻来てゐるのに龍児君まだ一度も行つてゐないからかう云ふ機会に行つてくれるとい丶と思ふ、日曜以外は渡辺氏は留守だが留守でも構はない、番地は上目黒五ノ二四六二、新しく出来た交番の前の渡辺明ときけば分る、氷嚢は資性《ママ》堂が一手販売の権利を持つてゐる由ニ付　渡辺から貰つた事をくれ〴〵も口外せぬやう泉田さんに御注意ありたし
十四日

父

あゆ子殿

一八八　昭和十八年五月二十一日

受　東京市渋谷区神南町八番地　竹田あゆ子殿　（消印18・5・21）封緘葉書
発　二十一日〔印　静岡県熱海市西山五九八　谷崎潤一郎〕

百〻子本日又二十日頃に入院の筈であつたが何日頃入院し何日頃退院なされ候哉　御しらせ被下度候　小生二十五日過ぎに住吉へ帰るつもりなれどもその前に一寸上京　様子を見に参るべく前日電報いたすべく

候
今日又野菜少〻籠に入れて小包に托し候　今度行つた時此の籠をもらつて帰り可申候
二十一日
父
あゆ子殿

一八九　昭和十八年六月一日

表　東京市渋谷区神南町八番地　竹田あゆ子殿　速達　書留（消印18・6・1）　封書（巻紙）
裏　六月一日〔印　静岡県熱海市西山五九八　谷崎潤一郎〕

小生明二日のつばめにて帰西、中旬に又出て参るべく候
今朝庭の夏みかんをもぎ取候処七十五個あり、うち三十五個を其方へ進上、あとを目黒と住吉に分け可申候　猶外にりんご九十個入手、これも住吉と折半いたすべく候
ところで運搬の方法無之ニ付、住吉の分は小生持参目黒の分は女中が持ち帰り、お前の方へ上げる分は木箱に詰め、別紙名刺の名宛の所へ預け置き候ニ付　面倒でもカズちやんにでも日帰りで取りにおやりなされ度候　野口氏宅は来ノ宮駅のすぐ近く　火の見櫓の近所なり　尋ねればすぐ分ると思ふが　野口と云ふ家が二軒ある故　名前を云つて御尋ねあるべし　そして此の名刺を見せれば渡してくれる筈なり
熱海行は切符を買ふのが大変故封入の回数券を用ひらるべし（東京駅から乗る場合は品川までの電車切符を買ひ、これと共にさし出すべし）回数券は切り離して使つては無効になります、猶使用後は直ちに住吉宅宛書留速達便にて返送されたし

木箱をつゝむのに大きな風呂敷が必要なり　夏みかんは禁制品にあらざる故りんごを下に入れておきます、もしきかれたら夏みかんと云つて開けて見せたらよろし　相当に重きものと思ふべし（或は帰途りんごだけカバンにでも入れて持ち込み夏みかんをチエツキにするもよろしからん）

以上

一日

父

あゆ子殿

〔添付文書1　同封の名刺〕

御預けいたし候木箱

此の使の者に御渡し被下度候

〔印刷　谷崎潤一郎〕印

熱海市×××××

野口××様

〔添付文書2　至急電報〕（消印18・6・1）

四三

ウナ　二〇五　アタミ　九二　コ六丶三

ジ　ンナンテウ八」

タケダ　アユコ
イマフミダ　シタガ　アトノフミツクマデ　マテ」チチ
コ八、二〇　ヌ

一九〇　昭和十八年六月一日

受　東京市渋谷区神南町八番地　竹田あゆ子殿　速達（消印18・6・1）　封緘葉書
発　一日〔印　静岡県熱海市西山五九八　谷崎潤一郎〕

前便の件　木箱へ詰めてみたら　とても重くてカズちゃんに持てさうもない　依て結局運送屋に頼むことにしたから取りに来ないでもよろしい
回数券はすぐ住吉へ返送してもらひたい
百ゝ子によろしく
一日夕
父
あゆ子殿

一九一　昭和十八年（推定）六月（推定）四日

受　東京市渋谷区神南町八番地　竹田あゆ子殿（消印なし）　封緘葉書
発　四日〔印　兵庫県武庫郡住吉村反高林　谷崎潤一郎〕

運送荷物到着いたし候哉　着いたら一寸御知らせ被成べく候　回数券も御返送可被下候
夏みかんは数へたら四十個有之候　りんごは四十五個と存候
今度はまだ当分此方に居るつもりに候
百ゝ子によろしく
四日
父
あゆ子殿

＊前便の昭和十八年六月一日付の鮎子宛書簡二通と内容的に照応しているところから、昭和十八年六月と推定した。

一九二　昭和十八年七月二十三日

表　東京都渋谷区神南町八　竹田あゆ子殿　〔消印18・7・23〕　封書〔巻紙〕
裏　廿三日　〔印　静岡県熱海市西山五九八　谷崎潤一郎〕

メリケン粉が沢山あるのだが送る方法がなくて困つてゐる、ついては先日のカバンに古雑誌でも何でも詰めて至急送り返すべし　もし粉を入れる袋があつたらそれも入れてよこすべし　直ちに送つて上げます
月末頃上京御訪ね可致候
廿三日
父

あゆ子殿

一九三　昭和十八年（推定）八月五日

表　東京都渋谷区神南町八　竹田あゆ子殿　（消印？・8・5）　封書（巻紙）
裏　五日〔印　静岡県熱海市西山五九八　谷崎潤一郎〕

えらい長い事御無沙汰いたし居候処引続き百〻子も元気の由何よりに御座候　近頃ハ例の東京熱海間の回数券にてチエツキがいつでも送り出せる事を発見したので品物ハ送り出すけれども小生ハ中〻此の夏ハ暑さがこたへ一寸東京へ出る勇気がない、先達も中央公論社までやむを得ぬ用で行つたけれども直ちに引返して来てしまつた　ことしハ熱海も今のところ我等夫婦だけにて清ちやんもヱミちやんもいろ〳〵の奉仕に引張り出されてゐるらしくまだやつて来ないが十日過ぎにハ賑かになる筈、小生ハ九日の夜行で住吉へ帰り廿日過ぎに出て来るから　さうしたら今度ハ百〻子に会ひに行く、お前のうちの女中に中元の品も買つてあるのだがこれは住吉へ置いて来たので帰つたら小包で送ります　龍さんにも宜しく云つて下さい暑さの折柄暑気あたりをしないやうに　それからカバンやライファンを送り返しておいてくれると又何か送つて上げます

五日　　　　　　　　　　　　　　　　　　　　　　父

あゆ子殿

＊「小生ハ九日の夜行で住吉へ帰り廿日過ぎに出て来るから」とあって、熱海の西山に別荘を購入して以後、こ

の期間に住吉村反高林の家に滞在していたのは、昭和十八年のことである。

一九四　昭和十八年八月十七日

受　東京都渋谷区神南町八　竹田あゆ子殿　〔消印18・8・18〕官製はがき
発　十七日〔印　兵庫県武庫郡住吉村反高林　谷崎潤一郎〕

残暑の折柄皆元気にしてゐますか　先達の写真　龍ちゃんが抱いてゐるのは殊に百ゝ子が成長して見え急に会ひ度なりました、ハンドバッグを送るのだが、それでは近日もう一つ神戸で買て一緒に送るか持て行くかします

一九五　昭和十八年八月二十三日

受　東京都渋谷区神南町八　竹田あゆ子殿　〔消印18・8・23〕官製はがき
発　廿三日〔印　兵庫県武庫郡住吉村反高林　谷崎潤一郎〕

本日別便にてハンドバッグ二個発送いたし候　赤い方のがお前の所の女中のに候　小石川の女中へハ竹田の名を以て御贈りなさるべく候〔熱海へ来た時は小生より遣はすべく候〕百ゝ子は今度はいつ頃入院いたし候哉　御知らせ被下度候

一九六　昭和十八年九月十六日

表　東京都渋谷区神南町八　竹田あゆ子殿　書留〔消印18・9・16〕封書〔巻紙〕
裏　十六日〔印　静岡県熱海市西山五九八　谷崎潤一郎〕

其後お前は体の工合どうですか　百々子元気の由よろこんでゐます　僕も一度出京しようと思ひながら今少しく涼しくなつてからと思ひ控へてゐますが今月中には出かけます　本の代金茲に封入いたします　品物ハ熱海へ送つて下さい、カバン返送して下されば又野菜送ります〔ジヤムの容器があれば入れてよこしなさい〕お前にも何かお中元をと思つてゐるのですが今度行く時に持参します

十六日

父

あゆ子殿

神田に一寸特別にしてくれる支那料理屋を紹介してもらつた　又行つてみないが夕方一寸一二時間ぐらゐなら出られるか如何

一九七　昭和十八年十月四日

受　東京渋谷区神南町八　竹田あゆ子殿（消印18・10・4）官製はがき

発　四日〔印　静岡県熱海市西山五九八　谷崎潤一郎〕

百科辞典一巻たしかに落掌　二巻はまだに候哉　尚封入の色紙二枚ハ誰のものに候哉

〔行間に朱で　カバンを早く送りなさい〕

扨御約束之支那料理大概来ル十一日か十二日頃のつもりにて　あけてお置き被成度候　龍児君も御いでありたく候　当方ハ渡辺夫婦と清ちやんなり

一九八　昭和十八年十月八日

受　東京渋谷区神南町八　竹田あゆ子殿　速達（消印18・10・8）官製はがき
発　九日《ママ》〔印　静岡県熱海市西山五九八　谷崎潤一郎〕

十一日御ひる頃に参上いたすべく候　事に依ると簡単なる昼食御馳走になるかも知れずパンでも宜しく候
支那料理ハ十二日夕と決定　その節委しく申べく候（支那料理は目蒲電車洗足の由）

一九九　昭和十八年十一月二十日

受　東京渋谷区神南町八　竹田あゆ子殿（消印18・11・20）封緘葉書
発　二十日〔印　静岡県熱海市西山五九八　谷崎潤一郎〕

熱海も大分窮屈になつてジヤムなども早朝より行列を作り一人に一つしか売らず且フタの金も持つて来なければ駄目になつてゐる　山のをばさんも収穫時で忙しいらしくさつぱり来ずあるのは生魚だけ、そのうちに何か送つて上げるが暫く待つて貰ひたい
但し氷見さんに頼でミカン一箱発送の手配をしたから近日届くことゝ思ふ
百ゝ子によろしく
二十日
父
あゆ子殿

二〇〇　昭和十八年十二月五日

受　東京渋谷区神南町八番地　竹田あゆ子殿　速達（消印18・12・5）封緘葉書

発　五日〔印　静岡県熱海市西山五九八　谷崎潤一郎〕

七日に上京　渡辺方に泊り八日の午後に行きます、そして同日午後六時例の支那料理屋へ行く事にしてあります　龍ちやんもなるべく出席してもらひ度　五時ぐらゐまでに学校から帰つて来れば一緒に行かれますが都合で直行してくれてもよろしい

〔地図〕

図の所です

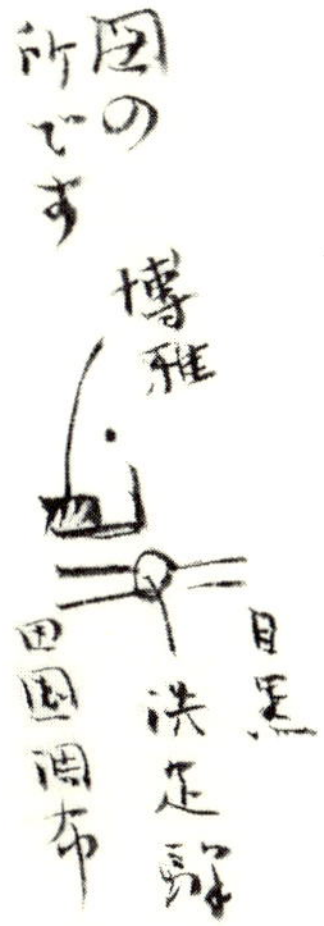

もし二人共都合が悪かつたら七日中に渡辺方（シブヤ一七一四）まで電話しておいて下さい

五日

父

あゆ子殿

二〇一　昭和十八年十二月七日
受　渋谷区神南町八　竹田あゆ子殿　速達（消印18・12・7）　官製はがき
発　七日　日本橋茅場町二ノ八　偕楽園方　谷崎潤一郎

明八日の夜ハ大詔奉戴日ニ付駄目でありました、小生ハ午後ナルベク早く行きます

二〇二　昭和十八年十二月二十六日
受　東京渋谷区神南町八番地　竹田あゆ子殿　（消印18・12・2?）　封緘葉書
発　廿六日〔印　兵庫県武庫郡魚崎町魚崎七二八ノ三七　谷崎潤一郎〕

其後百〻子機嫌よく致居候哉　皆〻元気の事と存候　当方ハ来ル廿八日皆〻熱海へ参り越年可仕候　餅ハ正月十五日まてハ発送できず候故　取あへず少〻清ちやんにでも頼み御届け可致あとハ正月中旬に別に寒餅搗かせて御送可申候　先ハよき御正月御迎へ被成べく候　羽子板も心がけ可申候
廿六日夕　父
あゆ子殿

二〇三　昭和十九年一月十日
受　東京渋谷区神南町八　竹田龍児方　あゆ子殿　（消印19・1・10）　封緘葉書
発　十日〔印　静岡県熱海市西山五九八　谷崎潤一郎〕

百〻子の事ニ付まことにめでだ《ママ》き便を聴き欣喜に不堪候　もはや熱海へ入浴ニ来られる時期も近かるべくと存候　偕楽園宗ちゃん夫人は旧臘中旬女子を分娩　小生もまだ祝に参らず候へ共お前達も一度御祝儀に参る方可然候
去る六日高木定五郎氏逝去十一日告別式ニ小生も一寸上京致候へ共　風邪気味故何処へも寄らす日帰りに可致候
餅はそのうち送れると存候へ共　羽子板ハ遂に入手できず候
十日

父

あゆ子殿

＊「疎開日記」の「正月九日」に、「午後アユ子より六日附のハガキ来る、今日百々子をつれて病院へ行きたるところ経過良好にて昼間だけギプスを外してよしと云はれ、一週間に一度入浴を許可されたる由万歳」とある。

＊昭和十八年十二月十二日、笹沼宗一郎と千代子の長女登喜子誕生。

＊高木定五郎に関しては、「疎開日記」の昭和十九年正月八日、および「高血圧症の思ひ出」を参照。

二〇四　昭和十九年一月十五日

受　東京渋谷区神南町八番地　竹田あゆ子殿　（消印19・1・16）　封緘葉書
発　十五日　〔印　静岡県熱海市西山五九八　谷崎潤一郎〕

本日重子さんが帰京なされ候ニ付粟餅少〻托し申候　重いので沢山は持たされず一枚を渡辺家とそちらで

分けてもらひ度候　昨年のやうに沢山は手廻りかね候へ共又そのうちにもう一度ぐらゐは御送りできると存候　沢庵此頃ハ発送取扱居候ニ付近日一箱御届け可申候　野菜ならばまだ〳〵送れ可申候へ共いつもながら容器がないので困り申候　至急例のカバンかいつぞやの竹の行李にても御送り被成度候　月に一回か二回女中を取りによこす事にしてハ如何に候哉　十分その価値ありと存候

百ゝ子によろしく

十五日

父

あゆ子殿

二〇五　昭和十九年一月二十日

受　東京都渋谷区神南町八番地　竹田あゆ子殿　速達（消印19・1・20）　封緘葉書

発　正月廿日　〔印　静岡県熱海市西山五九八　谷崎潤一郎〕

疎開の事僕も蔭ながら案じてゐたところだが鎌倉にても渋谷にゐるよりは安心故賛成します、是非さうきめなさい、僕も今月中に上京しますからその時又意見を云ひませう、しかしキスさんの家が他にきまらぬうちにきめてはどうです、

只今当方馬鈴薯一貫目、メリケン粉も一二升、粟餅も先日ぐらゐ　その他米、モチゴメ等分けて上げたいもの沢山あり、あの鞄ではとても入りきれぬ故、龍ちやんか数さんが容器（カバンの外に一二升入りの袋二三枚）を持つて来てハどうですか、一二時間カギをかけて留守の事があるから前日に電報くれゝば好都合です、土曜日曜以外の日だつたら朝七八時頃までに行けば切符買へるでせう（小田急で小田原まで来る

法ありこれなら大丈夫）もしどうしても来ることができないなら小生上京の時持参してもよいがそれではとても沢山は持つて行けません、此の文見次第返事を電報か速達で下さい

二十日　谷崎

あゆ子殿

餅だけハ早くしないとカビが生へます　内〔上記、松子の添え書き〕

＊「キスさん」は本書にも出てくる「金須さん」のこと。「疎開日記」の「正月十九日」に、「あゆ子より来書、あゆ子食料不足にて日に二度は粥を食ひつゝありといふ。鎌倉の金須氏の家が空くので疎開せんか煩悶中の由、あゝ戦争はいつの日にか終らん」とある。

二〇六　昭和十九年一月二十一日

受　東京都渋谷区神南町八　竹田あゆ子殿　速達（消印19・1・21）官製はがき

発　二十一日〔印　静岡県熱海市西山五九八　谷崎潤一郎〕

急に二十四日に上京する用ができたから同日の午後そちらへ行きます、荷物はチエツキか何かにして送るやうにするから人をよこすには及びません、

二十四日目黒に一泊します

二〇七　昭和十九年一月二十七日

表　東京都渋谷区神南町八番地　竹田あゆ子殿　速達　書留（消印19・1・27）封書（巻紙）

裏　廿七日〔印　静岡県熱海市西山五九八　谷崎潤一郎〕

衣料切符確に落掌いたし候　百科辞典お送被下候由　先日右代金を御渡しするのを忘れ申し候ニ付　茲許封入仕候　今後は取りに行く前に御知らせ下され候はゞ御送可申候

百ゝ子元気にいたし候哉　偕楽園にて百ゝちやんを連れて来る時ハ一日前に知らせて被下度　さうすれば喜美ちやんの子なども呼び集めておき一遍に見せ合ふ事にするからと申し居られ候

右御伝へ申し候

佐藤春夫の荷風読本といふものを（小生も持てゐたのだが見当らない）一冊欲しいのだがどうかならないだらうか　已む得ずんは借りるのでもよいが相当長期借りねばならん　春夫が帰つてからでもよいから頼んでくれないか

廿七日　　父

あゆ子殿

＊　全集書簡番号二四二。

二〇八　昭和十九年一月二十九日

受　東京渋谷区神南町八　竹田あゆ子殿　（消印19・1・29）官製はがき

発　廿九日〔印　静岡県熱海市西山五九八　谷崎潤一郎〕

百科辞典只今到着、別の二冊は未着、御ついでの節御送被下度候

二〇九　昭和十九年二月十五日

表　東京都渋谷区神南町八番地　竹田あゆ子殿　速達（消印19・2・15）封書（巻紙）

裏　□〔破損〕五日〔印　静岡県熱海市西山五九八　谷崎潤一郎〕

恵美ちやん転校の件ニ付どうしても私が一度兵庫県へ帰り向うの女学校へ了解を求むる急用が出来たので多分十七日から大体一週間の滞在の予定で魚崎へ行つて来ます　ナツがゐるから留守中でも無論来たければ来てもよいがなるべく私のゐる時の方が好都合だから　一寸待つてハ如何、帰り次第知らせます　しかし入浴はこれから始終必要の事故至急に風呂を直すなり家を変るなりしてハ如何　又さしあたり小石川へ泊り込んでゞも百ゝ子を入浴させてハ如何〔行間に　百ゝ子だけなら腰湯を使はせてハどうか〕方法ハ必ずあるのだから一日も早く百ゝ子を直す事を考へなさい　グヅ〳〵してゐて直らなくなつたら大変ではないか、

次に先日も申す通り必ず本年こそハ空襲あるものと考へ四月頃までに是非疎開の方法を講ずべし、勿論万一の時ハいつにても熱海へ逃げて来て差支ないが（熱海も満員になるかも知れぬが非常の時はそんな事ハ遠慮するにハ及ばぬ、御互に不自由は忍び合はねばならぬ）龍ちやんや小石川なども考もあらうからよく

相談して最も都合のよい方法を考へなさい、そして必ず実行しなさい　已むを得ずんば龍ちやんだけ東京に下宿し土曜日曜に帰る程度の場所にても仕方なかるべし　決しかねる事あらば私にも相談してくれたらよい
そしてお前も百〻子も風邪を直しておきなさい
十五日
父
あゆ子殿

留守中万一お前達が来てもよいやうにナツに云ひつけておく、来るなら一日前にナツに電報で知らせなさい（ナツの本名ハ×××××）ナツが鍵をかけて外出する事もあるから不意に来てハダメです、お米を多少持て来ること、芋もさう前のやうには買へません　先達のハ貴重な芋です

二一〇　昭和十九年二月十七日

受　東京都渋谷区神南町八　竹田あゆ子殿　速達（消印19・2・17）官製はがき
発　十七日朝　〔印　静岡県熱海市西山五九八　谷崎潤一郎〕

渡辺さんの処に病人が二人（主人と女中）出来たので事に依るとナツを手伝ひにやらなければならないから矢張追て知らせるまで来るのは見合せて下さい

二一一　昭和十九年二月二十七日

受　東京都渋谷区神南町八　竹田あゆ子殿　速達（消印19・2・27）封緘葉書
発　廿七日〔印　兵庫県武庫郡魚崎町魚崎七二八ノ三七　谷崎潤一郎〕

明二十八日夫婦にヱミちやんこいさん四人にて熱海へ出立の予定、ヱミちやんは今学期より伊東の女学校へ転校（校長は白秋門人、小田原時代旧知人）三日頃夫婦にて出京　入院中の渡辺さんを見舞に行きますがそちらへ寄れるかどうか疑問、事に依つたら三日の晩に僕だけ泊りに行くかも知れない、その時ハ電報します
魚崎の家には多分こいさん夫婦が這入ることになる、来月は暫く僕とヱミちやん二人だけになり、そこへ堀江町のをばさんが泊りに来る（十日頃）からその時分にお前たちも来てくれたら好都合です　委細後便
渡辺方女中は真正パラチブス、渡辺さんもその疑濃厚にて帝大に入院　しかし危険は通り過ぎました　原因は生ガキ（重子さんと清ちやんは嫌ひで食べず逃れました）
二十七日　父
あゆ子殿

二一二　昭和十九年三月二十三日

受　静岡県熱海市西山五九八　谷崎方　竹田あゆ子殿　速達（消印19・3・23）封緘葉書
発　廿三日〔印　兵庫県武庫郡魚崎町魚崎七二八ノ三七　谷崎潤一郎〕

只今手紙見ました、廿五六日頃帰京の由、もしナツをつれて行くなら廿六日中には熱海へ帰らしておいて下さい、二十七日にクニが此方から行きますから。百〻子のレントゲンの結果を一日も早く知らして下さい、四月二三日ぐらゐ迄ハわれ〳〵はまだ此方にゐます

東京の切符　野口さんがどうかしてくれるでせうが駄目だつたら岸沢か恋月荘の主人に相談して御覧なさい或は抽出しにある小生の名刺を持ち交番か警察へ行てごらんなさい　委細後便

廿三日夕

父

あゆ子どの

＊「疎開日記」の「三月廿三日」に、「あゆ子より来書、来宮にても午前○時より窓口に立ちて東京の切符を争ひ買はんとする有様なりと」とある。

二一三　昭和十九年三月三十一日

受　東京都渋谷区神南町八　竹田あゆ子殿　速達（消印19・4・1）　封緘葉書

発　三十一日夜したゝむ　〔印　兵庫県武庫郡魚崎町魚崎七二八ノ三七　谷崎潤一郎〕

無事帰京被成候由安心致候　ナツも一昨日帰て参り候　百〻子の診察の様子早速御知らせ被下べく候

去る二十五日菊原検校遂に阪大病院にて逝去いたされ候

嶋川に召集令下り四月四日姫路へ入営することゝ相成候　そのため当方引揚げ準備にも種〻手違ひ起り熱海行は予定より二三日おくれ可申候　こいさんは嶋川にも別れ　又われ〳〵にも行つてしまはれるとて声

を挙げて泣く始末に候　四月中に一度何とかして上京可仕候
荷物整理中お前宛の書類を発見別便に托し候
三十一日
父
あゆ子殿

二一四　昭和十九年四月十八日

表　東京都渋谷区神南町八番地　竹田あゆ子殿　速達　書留（消印19・4・18）封書（巻紙）
裏　十八日〔印　静岡県熱海市西山五九八　谷崎潤一郎〕

御手紙拝見
当方疎開の荷物積出しが手間取り何やかやで漸く去る十五日に此方へ全家無事引揚候　まだ荷ほどきや整理に追はれゆつくり手紙書く暇もないが又一つお前の品物が出て来たから別便に托し送ります（その包の中に椎茸少〻入れ置候）渋谷の家を変る機会に是非疎開するやうになさい　お金の事ハ移転費用の外に月〻百円ぐらゐまでハ補助してもよろしい、龍ちやんが土曜日曜に帰れる範囲のところで（切符は何とか方法が打開されると思ひます小生その方も友達の役人に頼で見ませう）お捜しなさい、小生もこれから荷物の方一段落ついたら藤沢大磯辺を捜して見ませう、あの辺ならば毎日通勤できるから勿論その方が一層理想的です　メリケン粉の件承知　但し例のカバンを渡辺家まで届けておきなさい、熱海へついでがありますから（渡辺さん十日に退院近日療養に当地へ来る筈　カバンを届けかた〴〵一度龍ちやんかお前が顔を出した方よろし）

金子百円封入しておきましたから当座の入用に御使ひささい《ママ》　春夫をぢの其後の消息ハ分らぬか如何案じてゐます　委細後便

十八日

父

あゆ子殿

百ゝ子によろしく

藤沢辺に適当な所があつたら小生一存にて手金を打つてもよいか如何返事なさい

二一五　昭和十九年四月二十六日

表　東京渋谷区神南町八番地　竹田あゆ子殿　〔消印19・4・26〕封書（巻紙）

裏　廿六日　〔印　静岡県熱海市西山五九八　谷崎潤一郎〕

疎開のこと手紙で相談してゐたのでハ中ゝ埒が明かないが今一度小生の意見を云つて見る

龍児君の通勤できる範囲と云ふことが駄目だとすると、さしあたりお前たちと女中だけで小田原のちゑ子さんの所へ同居するか熱海へ間借りをするより外はない、その場合龍児君が土曜日曜毎に帰つて来るといふことは切符の関係上むづかしいと思ふが二週間に一遍ぐらゐなら出来ないことはない、今でも東京との往復切符は売つてゐるのだから早朝から列に立てば買ふことができる、小田原ならば小田急が利くから此の一点は心配はないが熱海でも多少の面倒をすれば買へる、たゞ土曜日曜毎となると煩に堪へないから月二回ぐらゐなら責任を持つてもいゝ、勿論お前なりクツちやんなりが列に立つことを厭はなければもつと

頻繁にも買へる　これからは暖かくなるから立つこともさう辛くはあるまい　物資の点ハ熱海なら知つての通りで今のところ東京よりずつとよい　昨今などは魚の配給が毎日あり(公)で安く買へる、たゞ借家はとてもなさゝうだから部屋を捜すより外はない
それにしても百〻子の病院通ひがいつ迄つゞくのかそれも知つておきたい
クツちやんがゐなくなつた場合にも熱海なら時〻手を貸して上げるくらゐはできると思ふ（但し此方もいつ迄女中が今のまゝでゐられるかは分らない）
小田原もちゑ子さんと一緒なら経済でもあり安心でもあり熱海から始終行つて上げられるから悪いとは思はない　大体こんなところで考を決めてみてハどうか

目黒へカバン届けた由その前に此方のカバンで少〻物を送つたがもう届く頃と思ふ　粉はなかつたので昨日入手したからいづれ送る、目黒のカバンも近日此方へ届くからさうしたら何かおくる
沢山物がたまつた時分に切符を送るからクツちやんを日帰りで取りによこしたらどうか、それには何曜日が都合がよいか知らせなさい
春夫をぢは帰宅したか如何
二十六日
父
あゆ子殿

二一六　昭和十九年五月十日

受　東京都渋谷区神南町八　竹田あゆ子殿　速達（消印19・5・10）封緘葉書

発　十日〔印　静岡県熱海市西山五九八　谷崎潤一郎〕

昨日又鞄発送致候ニ付御受取なさるべく候　粉ハ当分麦の収穫あるまで待つてもらひたしとの事に候

疎開之事ニ付問合せたのに先日の手紙にはその返事が書いてなかつたが如何するか

佐藤も帰つて来たこと故よく小石川とも相談して返事しなさい

百ゝ子もいつ迄病院通ひせねばならぬのか知らせなさい〔破レ〕

保子さんに送る色紙ハ書けてゐる、今度ついでの〔破レ〕時に送る

十日

父

あゆ子殿

二一七　昭和十九年五月二十一日

受　東京都渋谷区神南町八　竹田あゆ子殿　（消印19・5・21）封緘葉書

発　二十一日〔印　静岡県熱海市西山五九八　谷崎潤一郎〕

カバンを送り出しましたからもう着いた頃と思ひます　近頃重子さんの所は女中がゐないで忙しいからお前の方から又カバン目黒まで届けておきなさい

小田原疎開の事賛成ですが早く龍ちやんの宿を捜して移つて来なさい、猶又ちゑ子さんの所書を紛失した

からもう一度教へて下さい（小生から手紙等出しても宜しきや如何）磯八へは永見さんが来ることになりましたヱミちゃんが又甲南へ逆戻りすることになりさうだから来月その後で百〻子といらつしやい、終平にもその時分に来るやうにと伝へておいて下さい、此方から都合知らせます
清ちゃんが百〻子の立つてゐる所を見て来た由、東京に用はないがそれを見に行かうかとも思つてゐます、しかし来月来るなら待つてゐようか考へてゐます

父

あゆ子殿

＊「磯八へは永見さんが来ることになりました」とあるが、「磯八」は温泉つきの古くからの旅館で、谷崎の別荘の近くの熱海市西山五六六番地にあった磯八荘のこと。「永見さん」は、長崎市銅座町に生まれ、南蛮美術を研究し、当代の多くの文人・画家と交遊した永見徳太郎のこと。

二一八　昭和十九年六月二日

受　東京都渋谷区神南町八番地　竹田あゆ子殿　速達（消印19・6・2）官製はがき
発　二日〔印　静岡県熱海市西山五九八　谷崎潤一郎〕

手紙拝見いたし候　今度渡辺さん函館ドックへ赴任の事になり近日夫婦にて暇乞に見え（但し重子様ハ北海道へ行かれず）四五日滞在の予定ニ付それが済次第御案内可申候ニ付いつにても来られるやう支度しておかるべく候　多分女中を迎へにやり申候

二一九　昭和十九年六月六日

表　東京都渋谷区神南町八　竹田あゆ子殿　速達　書留（消印19・6・6）封書（巻紙）

裏〔印　静岡県熱海市西山五九八　谷崎潤一郎〕

多分一両日中に迎へに行くことになると思ふからそのつもりで支度しておきなさい　迎へは目下目黒へ留守番に行つてゐるアサと云ふ女中が行くことになるでせう、お前のまだ知らない年上の女中です　お前のところまで前の日に清ちやんが連れて行くから一泊させて翌朝一緒に来なさい　電話で清ちやんと連絡を取つてくれてもよろしい　こゝに旅費として五十円封入しておきます

六日

父

あゆ子殿

二二〇　昭和十九年六月十四日

受　東京都渋谷区神南町八　竹田あゆ子殿　速達（消印19・6・14）官製はがき

発　十四日〔印　静岡県熱海市西山五九八　谷崎潤一郎〕

百ゞ子快方の由安心いたし候　ところで今度ハ当方温泉故障雨天つゞきのためまだ工事できず　直り次第前日打電　迎ひ差遣すべく候（今度のは拙宅だけの故障ニ付そんなに手間はかゝらずと存候）

二二一　昭和十九年七月二十二日

受　神奈川県小田原市十字町三丁目七一〇　三好様方　竹田あゆ子殿　速達（消印19・7・22）　封緘葉書

発　二十二日〔印　静岡県熱海市西山五九八　谷崎潤一郎〕

明後二十四日（月曜）阿部ちやんを藤沢へ見舞ひに行き帰途夕刻そちらへ行き持参の弁当を食べさせてもらひます　何かお土産を持つて行きますが近頃は熱海も払底で困つてゐます　ちゑ子さん百〻子によろしく

二十二日夕　　父

あゆ子殿

＊「阿部ちやん」とは、奇術師の阿部徳蔵のこと。「疎開日記」の「七月二十四日」にこの日のことが記述されており、「三つの場合」の「一　阿部さんの場合」に詳しい。

＊全集書簡番号二四八。

二二二　昭和十九年七月二十五日

受　神奈川県小田原市十字町三丁目七一〇　三好達治様方　竹田あゆ子殿　速達（消印19・7・25）　封緘葉書

発　廿五日〔印　静岡県熱海市西山五九八　谷崎潤一郎〕

明後廿七日午前十時三十八分小田原発沼津行に乗り真鶴に十時五十八分着が好都合です　小生もそれより十分程おくれて着きます、猶帰途箱根へ一泊のつもりで来なさい、ちゑ子さんの御子達二人も入れて部屋を申し込であります から万一同日泊れなければ日帰りでも是非御同行下さい（勿論お泊りなる方を希望します）そこで真鶴でたべる御飯の外に箱根の宿屋へ持つて行くお米二食分ぐらゐ各自御持参下さい以上要用のみ、警報発令の場合は見合せ

廿五日

父

あゆ子殿

二二三　昭和十九年七月二十六日

受　神奈川県小田原市十字町三丁目七一〇　三好達治様方　竹田あゆ子殿　速達（消印19・7・26）

官製はがき

発　廿六日〔印　静岡県熱海市西山五九八　谷崎潤一郎〕

昨日御約束いたし候処今朝より風邪之気味にて微熱あり　依て明日は一先づ取消しに致度来ル日曜（三十日）朝雨天ならざれば〔行間に　雨天ノトキハ止メ　ケイカイケも止め〕真鶴行だけ決行致度候ニ付同日その時刻に真鶴駅へ御いでなされ度候　箱根行ハ又来月にいたすべく候（尤もそれまでにも風邪が直つたら突然御訪ねするかも知れず候）

二二四　昭和十九年（推定）八月十五日

受　東京都渋谷区神南町八　竹田あゆ子殿　〔消印？・8・15〕　官製はがき
発　十五日　〔印　静岡県熱海市西山五九八　谷崎潤一郎〕

小田原へハ矢張お前たちが来てから行くことにします、なるべく方哉のゐるうちに来なさい　来たらすぐ知らせなさい　二十日過ぎに小生一寸関西へ出かけるかも知れません

＊　三銭の官製郵便はがきを使用しているところから、昭和十九年と推定した。

二二五　昭和十九年九月一日

受　東京都渋谷区神南町八　竹田あゆ子殿　速達〔消印19・9・1〕　官製はがき
発　一日　〔印　静岡県熱海市西山五九八　谷崎潤一郎〕

其後さつぱり便りがないので案じてゐる　先日も急用出来上京したので泊めて貰はうかと思つたが荷物など送り出したあとでは駄目かと思ひ、夜あそこまで歩いて行つて又引返すやうではと、止めてしまつた、送りたいものもあるのだが小田原へ来るならそれからにしようと思ひ様子が分らず困つてゐる、その家は明け渡し龍ちやんは小石川へお前は小田原へ来る事になるのかどうか、時期はいつ頃か至急知らすべし、小生五日頃西下十五日頃までに帰宅の予定

二二六　昭和十九年九月四日

表　あゆ子殿　重子様御持参　封書（便箋）

裏　四日　父

手紙拝見、
そんなに困つてゐるのなら一寸相談の手紙でも寄越してくれたらよかつたのに　二十日過頃小田原へ来るときいてゐたから此方ハ今日来るか〳〵と待つてゐた次第、それにつけても、もつと早く僕がやい〳〵云つてゐた時分に疎開してゐたら荷造りなどももつと容易に出来たであらうに、僕はそれを思つたから早くせよと云つたのだつた、今更そんな事を云つても仕方かないが
そこで
一、小田原はそんな事情なら止めにして矢張熱海にしたらどうか、熱海でよいとなれば方法はある、実は今度急に別荘の空いたのが二軒見付かつた、こいさんも舅さんと疎開してくるので二軒とも借りる運動をしてゐる、一軒は確実だが他の一軒も借りられると思ふ、子供がゐてハ困ると云ふのだが　お前達ハ西山にゐて僕が其方へ勉強部屋を移すことにし、小母さん三軒を彼方此方泊り歩くと云つてゐる、
二、さうきまれば荷造りの資材についてハ箱でもワクでも此方で都合つける（終平がゐるからそんなものはどうにか調つてゐると思つてゐたのだが）詳細は重子さんから聞き取つてもらひたい、僕は六日から十二三日頃まで不在になるから　家を借りるのはその後になるが資材はその前にでも整ふのからいつでも手続きができるやうに荷造りだけしておいたら如何
三、それまでの間　百ゞ子だけなら小生留守中と云へどもいつでも熱海へよこしてもらひたいと　小母さ

んが云つてゐる、よければ「なつ」を迎ひに出す、百〻子さへ承知したら勇気を振つてさうしてハ如何
四、食料ハ東京にゐる間は時〻気をつけて送つて上げる、熱海も一般には困つてゐるが拙宅は困つてゐない（しかしそれも熱海へ早晩来るものとしてその間ぐらゐにしてもらはないと、長くは面倒でつゞけられない）

要するに熱海へ来ることをきめるのが先決問題だ（これより他に方法なし）どうするか至急　魚崎（武庫郡魚崎町魚崎七二八ノ三七）小生宛返事をよこしなさい

九月四日　　父

あゆ子殿

○北海道ニシンは非常にうまいから是非たべて御覧、但しこれは灰汁《アク》（火鉢ノ灰ニ水ヲ交ゼレバヨシ）に六七時間漬けてよく洗ひ、煮る場合には直ちに煮てよし、焼く場合には又清水に半日ぐらゐ漬けて附け焼にするとカバ焼のやうになる、必ず此の手つゞきを怠つてはならない（米のトギ汁ではダメ）
○封入の名刺を持ち内田さんの会社（京橋二丁目明治製菓会社ビル四階）へ行けばバタをくれると思ふから使ひなさい、終平にでも頼みさい《ママ》、但しこれから内田さんへ依頼状を出すから四五日後がよし

＊「疎開日記」の「九月四日」に、「あゆ子より来書、まだ東京にゐる由なり、疎開の荷まとめ中々出来ず困つてゐるところへＣ子（引用者注、智恵子）さんより来書、小田原の方が都合が悪くなりたる由、又東京はいよ

〳〵何もなくゴマ味噌と御飯に醤油をかけてたべてゐる由なり、依つて重子さんの帰京さるゝに托し、ムツの乾物、ニシン、ワカメ、野菜など少々届ける、又今度熱海に別に家を借りるにつき、疎開するなら当地に来るやう手紙を書いて托す、重子さん二時三十九分にて立つ」とある。

二二七　昭和十九年九月十二日

受　東京都渋谷区神南町八　竹田あゆ子殿　速達（消印19・9・12）官製はがき
発　十二日〔印　兵庫県武庫郡魚崎町魚崎七二八ノ三七　谷崎潤一郎〕

至急申入候　借りる筈になつてゐた熱海別荘持主より一寸待つてくれ（今月一杯ぐらゐ）その上で又返事をするからと申て参り聊か心細くなり候〔行間に朱で　小生は二十日以後に帰宅いたすべく候〕他の一軒も故障生じ要するに二軒とも怪しくなり候、極力他を捜して見るけれども熱海でハ他に急には見付かりさうもなし、いつそちゑ子さんと一緒に紀州へ帰る勇気はなきやよく相談して御返事下され度候　小生もなほ方法を考へて見申候

二二八　昭和十九年九月十三日

表　東京都渋谷区神南町八番地　竹田あゆ子殿　速達（消印19・9・13）封書（便箋）
裏　十三日〔印　兵庫県武庫郡魚崎町魚崎七二八ノ三七　谷崎潤一郎〕

前便見てくれたことゝ思ふ、しかしまだ全然絶望と云ふわけではないから兎も角も今月末先方から返事があるまで待つことにし、その間に、それが駄目になつた（多分望なしと思ふが）場合の策を考へて置くがよい、小生も極力熱海で家を捜してみることにする、さしあたり考へられることは

一、孰方にしても荷物だけはさう熱海へ預かるわけに行かぬ故　此の送り先を考へること、或は渋谷の家へ荷物をそのまゝにして終平にでも這入つて貰ふことは出来ないであらうか、（その場合家賃の半分以上小生負担してもよし）
一、籠は東京―熱海間なら借りられるけれども紀州等へ送るには借りるわけに行かない　故に闇で木箱でも買ふより外はなし、費用は小生負担する故　終平の親類の運送屋さんにでも相談して見るべし
一、荷物さへなければお前たち母子の身柄だけはいざと云ふ場合どうにでも方法あるべし
一、熱海の家が駄目の場合、そして龍ちやんが応召の場合、紀州へ行くか、小石川と合併するか、
一、熱海も気長に捜せば必ず貸し部屋ぐらゐなら見付かると思ふのだが此の十月十一月が危険といふ説があるのでなるべくその前に渋谷を引上げる方よしと思ふなり、一時何処かに避難して熱海に家が見付かるのを待つことができればそれが一番よし
以上手紙で書いてゐてハ埒が明かない故小生熱海へ帰宅したら相談のため出京いたすべしよく考へておかれたし
本日鉄道便を以て
飴玉（これは百々子のお菓子なり、見たところ沸いてゐて汚いけれども味は変りなし）
砂糖百目、椎茸、カンピヨウ、ソバ粉、メリケン粉等少〻送り申候
カンピヨウは虫がつきかけてゐるから直ぐ干しなさい、これは味噌汁の身に最もよし、煮て百〻子にたべさせてもよし、バスロープはヱミちやんのおふる、ネマキにしてやりなさい
九月十三日

父

あゆ子殿

小生熱海へ帰るのは早くても二十日過ぎになり申候　知らせる迄ハ此方に居り申候

〔欄外に　コノ鞄ハコイサンノダカラ　ツイデノ時何カ疎開ノ荷物デモ入レテ熱海マデ届ケテオクベシ〕

二二九　昭和十九年九月二十九日

表　東京都渋谷区神南町八番地　竹田あゆ子殿　書留（消印19・9・29）封書（巻紙）

裏　二十九日〔印　兵庫県武庫郡魚崎町魚崎七二八ノ三七　谷崎潤一郎〕

拝啓

秋冷相催し候処其後皆〻元気にいたし居候哉　百〻子も機嫌宜しく候哉　小生予定よりも滞在長びき早くも来月五日過ならでは帰宅いたすまじく候　いろ〳〵東京に用事も有之候間来月ハ是非そちらへも参り泊めてもらふつもりにてその節何かと相談致度存居候　先達の別荘もまだ全然絶望と申すわけでハ無之、他にも二三口をかけて有之候へ共今度ハ十分確かめてから御知らせ致べく候　龍児君点呼ハ如何相成候哉人の噂に本年の召集ハ本月下旬より来月十日ぐらゐまでが最後にてそれに洩れゝば先づ本年ハ大丈夫との事に御座候　同封の御守りは小生先日清水さまへ参り候節万一の時の用意にもと龍児君のために頂て参り候もの御受納被下べく候　猶先日の汽車便の鞄、返事のなきハ無事到着いたし候事と存候居《ママ》へ共万一不着の節ハ御一報下さるべく候

九月二十九日　　父

あゆ子殿

＊　音羽山清水寺「武運長久　剣難除お守」「航海安全御守」の二種御守が同封してある。

二三〇　昭和十九年十月九日

受　東京都渋谷区神南町八　竹田あゆ子殿　（消印19・10・9）私製はがき
発　九日〔印　兵庫県武庫郡魚崎町魚崎七二八ノ三七　谷崎潤一郎〕

一昨日百ゞ子宛に先日と同じもの小包便にて発送いたし候　小生ハ明十日朝出発、両三日熱海にて休養の後上京御訪ね可致候　お前一人にて気之毒故お米持参で女中を連れて行くか泊るのは止めるか孰方かにいたすべく候　なるべく早く御知らせいたすべく候

二三一　昭和十九年十月九日

受　東京都渋谷区神南町八　竹田あゆ子殿　速達（消印19・10・9）私製はがき
発　〔印　兵庫県武庫郡魚崎町魚崎七二八ノ三七　谷崎潤一郎〕

前便に書き洩らしたがおひるの御飯を何処かで御馳走したいと思ふが留守番がなければ家を明けることはできないか如何（正午の前後二三時間）此のハガキ見次第熱海へ返事をよこされたし（此の速達便の方が先につくかも知れぬ）

二三二　昭和十九年十月十一日
受　東京都渋谷区神南町八番地　竹田あゆ子殿　速達（消印19・10・11）封緘葉書
発　十一日〔印　静岡県熱海市西山五九八　谷崎潤一郎〕

昨夜帰宅いたし候　多分土曜か日曜午後に参上いたすべく候　切符の都合故はつきり予定が立たないが大概に日曜になると存候
右要用まで
十一日
父
あゆ子殿

二三三　昭和十九年十月二十日
受　東京都渋谷区神南町八　竹田あゆ子殿　速達（消印19・10・20）封緘葉書
発　熱海市西山五九八　谷崎潤一郎

拝復
百ゝ子の小包到着の由安心いたし候
バタその値段にて結構に付とりあへず二ポンド御注文被下度　一ポンドはそちらに差上げ申すべく候　代金いつにても送金致すべく必要の時に申越され度候
荷物の話如何相成候哉　これは必ず早速御報告被下度と龍ちやんに御伝へ被下べく埒明かざれば又小生出

馬いたすべく候

廿日

父

あゆ子殿

二三四　昭和十九年十月三十一日

受　東京都渋谷区神南町八　竹田あゆ子殿　速達（消印19・10・31）私製はがき

発　卅一日夕〔印　静岡県熱海市西山五九八　谷崎潤一郎〕

只今電報拝見、小生近頃当地有者とも懇意に相成、他にも心当り有之候ニ付至急当地を物色する故四五日お待ちなされ度候　それまで事情を話し小田原行荷物積み出しを秋山氏に待つて貰ふやうなされ度（小石川や紀州行ハ出しても宜しく御座候）小生ハ重子様北海道行を見送り旁ゝ歯の治療を受けるので来ル十一月六日上京一泊可致　兎に角六日夕刻までにハ余程の悪天候ならざる限り御訪ね可致候（このハガキ人に頼み東京にて投函いたし候）

二三五　昭和十九年十一月一日

受　東京都渋谷区神南町八番地　竹田あゆ子殿　速達（消印19・11・1）私製はがき

発　〔印　静岡県熱海市西山五九八　谷崎潤一郎〕

秋山氏と龍ちやんと両方から書面到来先づ〳〵安心いたし候　色紙揮毫のことも承知したと御伝へ被成べく候　此方より送る煉炭の箱は間に合ひかね取消しにいたし候間　秋山氏に頼み全部そちらで容器調へ被

下度候　小石川へ立ち退いたら早速御知らせ被下度、此方の貸してくれる家ハ来月になりさう故準備でき次第御通知いたすべく候、しかしその前にても情勢次第いつでも恋月荘へおいでなさるべく候、（米は持参の必要あり）なついよ〳〵帰国に付御一報次第小生が迎へに行くか龍ちやんが連れて来て被下度候

二三六　昭和十九年十一月二日

表　東京都渋谷区神南町八番地　竹田あゆ子殿　速達（消印19・11・2）　封書（便箋）

裏　二日〔印　静岡県熱海市西山五九八　谷崎潤一郎〕

取急ぎ申入候

いよ〳〵東京に空襲の危険迫りたるやうに存ぜられ候　万一の時ハ申す迄もなけれどその前にても百〻子が怯えるやうならばいつにても預かり申候　お前が連れて来て置いて帰れば大丈夫と存じ候　ナツを迎へにやりても宜しく候　又お前たちも万一の時ハ逃げておいでなされ度候　たゞ荷物の事だけが困る故大至急に預かる所を捜索いたすべし　六日に上京と申候へ共或はその以前に午前中御訪ねいたすかも知れずそのつもりにてなるべく家を明けぬやう願ひ度、空ける場合には近所に伝言をし、何処の家へ行つて尋ねたら分るか門に貼り紙でもして置かれ度候

龍ちやんの学校休みの日を控へおくのを忘れた故　折返し速達便にて御知らせ被下度候　当方なるべく上京の前日打電可致候へ共近頃ハ何か事務の電文でないと局で受け付けてくれず依つて妙な電文を書くかも知れないがその積りにて判読なされ度候

二日朝

父

あゆ子殿

二三七　昭和十九年十一月四日

受　東京都渋谷区神南町八　竹田あゆ子殿　速達（消印19・11・4）私製はがき
発　四日〔印　静岡県熱海市西山五九八　谷崎潤一郎〕

六日頃行くつもりでゐたがまだよい所が見付からないのと両三日風邪之気味なので或は一日二日おくれるかも知れぬ、なるべく今度ハ日帰りで行きたいので、龍ちやんの在宅の日をすぐ折返し速達で知らせてほしい　重子さんも松平の令兄が送つて行く筈のところ此の間の空襲で松平家より電話がかゝり当分見合せることゝなつた、百ゝ子あの日はどうしたかそれのみ案じてゐる

二三八　昭和十九年十一月五日

受　東京都渋谷区神南町八　竹田あゆ子殿　速達（消印19・11・5）私製はがき
発　五日〔印　静岡県熱海市西山五九八　谷崎潤一郎〕

前便の後にて突如一つよき話を聞込み只今交渉中にて多分六日中に返事をきけること、存候へども　万一七日に行けなかつたら八日に参上可致警報発令の前後は状況に依り中止可仕候

二三九　昭和十九年十一月十日

表　東京都渋谷区神南町八　竹田あゆ子殿　速達　書留（消印19・11・10）封書（便箋）
裏　十日〔印　静岡県熱海市西山五九八　谷崎潤一郎〕

一昨日あれから偕楽園へ参り秋山氏へ電話してリアカーのことを頼みました、煉炭の運搬のことは頼むのを忘れたが帰宅して話すと御寮人も重子さんもそれは是非頂く方がよいと云ふことになりました、依つて此方より木箱と行李を早速送りますからそれへできるだけ詰め、残りは秋山さんの方の運送屋に頼んで箱を何とかして見て下さい、費用はいくらかゝつても構ひません、此方から送る木箱と行李に多分二十個以上三十個近くは這入ると思ひます、（行間に　こはれても構ひません）（木箱や行李の中に運送用の縄莚等入れておきます）その他芋のやうな食量《ママ》も余つてゐたら皆送つて下さい

資材は秋山氏から運送屋の方へよく話してあるのかそれが一寸疑問です、中々埒が明かなかつたら手紙や電話でなく龍ちやんが今一二度ライファン会社まで足を運んでくれることを望みます　秋山氏が不在でも笹沼に会つて頼むなり偕楽園夫人に会つて頼むなりしなさい、誰でも皆疎開の荷物のためにハ勤め先を休んで奔走するくらゐにしてゐます、余程熱心に動いてくれなければ早急には運ばず、と云つて、おくれゝばおくれる程困難になりますから何卒忙しいだらうがそのつもりで奮発して下さい　此際どうしても解決してしまはなければいけません　それでも埒が明かなかつたら必ず放つておかないで此方へ知らして下さい、何にしても今四五日立つたら秋山氏に催促をして見る必要があります、小生も事情に依つてハ何度でも出京しますがくれ〴〵も小生へ中間報告をすることを怠らないで下さい、

玆に百円封入しておくから諸雑費に使ひなさい（但し前申す通り人夫に祝儀等は払はないで下さい）以上要用のみ

十日

父

あゆ子殿

追伸
猶〻申す迄もなき事ながら熱海へ来ることは東京よりも生命の安全率が高いやうに思はれるといふのみで、これからの熱海ハ今迄のやうな訳には参らず物資人手等の不足は東京とあまり変らぬものと思ひ来てもらひ度、ナツがゐなくなれば女中も一人故少くとも東京にゐる時ぐらゐ働いて貰はなければならない、しかし小生としてハ重子さんとお前たちさへ東京を離れてくれゝば先づほつとする、龍ちやんのやうな任務のある男子は仕方ないし、偕楽園も一家団結してゐる故まああれはあれでよい
〔欄外に　バタを待ちこがれてゐます　都合で七八ポンドぐらゐ貰ひたいと思ひます〕

二四〇　昭和十九年十一月十六日

受　東京都渋谷区神南町八　竹田あゆ子殿　速達（消印19・11・16）私製はがき
発　〔印　静岡県熱海市西山五九八　谷崎潤一郎〕

速達便拝見、皆〻大事になさるべく候　龍ちやん風邪が直つたら一度自身催促に行くやうなされ度、あまり電話でばかり申てゐても悪いやう存ぜられ候　当方行李は止めにして木箱のみ一個発送いたすべく候　しかし残りは何か秋山氏に相談して箱を都合してくれるやう頼で見て被下度候　近頃の事故木箱がいつそちらに着くか疑問だが間に合はなかつたら全部そちらで調へて被下度候

二四一　昭和十九年十二月五日

表　小石川区関口〔破レ〕町二〇七　佐〔破レ〕藤春夫様方　竹田あゆ子殿　速達（消印19・□・□〔破レ〕）封書（原稿用

紙）

裏　五日〔印　静岡県熱海市西山五九八　谷崎潤一郎〕

拝啓

昨夜電報拝見、後便いまだ到着せざれどもそれでは多分九日にお前達も龍ちゃんと一緒に来ること、存じ待ち居候　当方も今一寸用事ありそれまでは迎へに参りかね候

荷物昨日到着、広い道路のところに捨て、行つた、め家に運び込むのに大騒ぎいたし候

龍ちゃん公用は兼て覚悟も出来てゐる事と存候へ共何卒立派に御働き被下度何も〳〵拝顔の上御話いたし候

熱海も爆弾の危険は先づ〳〵無之候へ共帝都空襲以来物資極端に途絶、且人手不足に悩み居り、今なら此の家も高く売れる故もつと片田舎へ移らうなどの考も有之、お前達が行くなら紀州にても宜しくと存居候しかし差当り東京よりは遥か安全故お前達母子ハきつと御預りいたし候　いづれ龍ちゃんの意見もきゝ将来の事共も相談いたすべく候

十二月五日

父

あゆ子殿

〔欄外に　そんなわけ故是非九日に一緒においで被下度候　此事につきてハもはや手紙差上げ不申候　熱海へ来る時情況に依り東横小田急等を一切利用し京浜間を避けて来るのも一方法と存候へ共如何　新聞に依れば帝都空襲ハ大体三日目〳〵にて今度は六日次は九日と云ふことに相成り候、もし六日にあつたら九

日は変更しては如何、当方は突然いつ来てくれても待つて居り候〕

＊「疎開日記」の「十二月四日」に、「夜八時頃電報コウヨウノタメシモサトへカヘル」九ヒソチラへユクアトフミ」リヨウジとあり」とある。また「十二月一日」に「あゆ子より来書、すでに荷物をまとめ、小石川に引上げて毎日渋谷の家の跡片づけに通ひ居る由、荷物運び出しは三十日か一日頃の由にて五日頃熱海へ来る由なり」と、「十二月三日」に「あゆ子等より手紙来ル、（中略）あゆ子荷物の積出しもすんだ由なり」とある。

二四二　昭和二十五年一月六日

受　東京都文京区小石川関口町二〇七　竹田龍児殿　鮎子殿　（消印25・1・6）私製はがき
発　〔印　静岡県熱海市上天神町　山王ホテル内別荘六一号〕〔印刷　谷崎潤一郎〕

新年御慶目出度申納候　陳者来ル十五日上京　福田屋《ママ》に投宿、〔行間に　十五日差支あらば都合よき日至急御一報あるべく候〕一両日滞京致候　同日は日曜ニ付又皆にて夕飯たべに御越し被成度候　来る前に一寸電話（芝二六二三）をかけ小生到着をたしかめてから御出かけ被成べく候

二四三　昭和二十五年六月九日

表　東京都文京区関口町二〇七　竹田あゆ子殿　速達（消印25・6・9）封書（潺湲亭用箋）
裏　六月九日〔印　京都市左京区下鴨泉川町五番地（電上一八四四）谷崎潤一郎〕

御無沙汰致候　当方明十日家族一同にて熱海へ参り約一ケ月滞在可致候　目下熱海別荘修理中にて使へぬ部屋があり近日中に修理完了致し候上にてお前たちを招く積りに候　猶十三日上京福田家に一泊の予定故

同日夜十時過か十四日朝午前十時迄に福田家へ電話被成度候（電、芝二六二三番、終平その他誰にも福田屋《ママ》投宿の事を知らせぬやう頼入候）
十四日演舞場観劇の予定なるところ切符一人分余裕あり希望ならバその旨十二日中に熱海まで御返事被成度候、但し昼の部だけなり、十二日夜熱海へかけてくれてもよし（アタミ二七四三番）
六月九日

潤一郎

あゆ子殿

二四四　昭和二十五年六月二十一日

表　東京都文京区関口町二〇七　竹田鮎子殿　（消印25・6・21）　封書（潺湲亭用箋）
裏　六月廿一日　〔印　静岡県熱海市仲田八〇五　谷崎潤一郎〕

御葉書拝見致候　先日の電話の時なるべく先へ行つてからの方好都合と承り当方ハ大体来月八日九日の土曜日曜をあて居り候へども子供たちがもつと早きを望み候節ハ一日二日両日にても結構に御座候　猶汽車の時間お知らせあらバ熱海駅まで出迎へ可申候　又帰りハ東京まで誰かに送らせ候ても宜しく候　しかし龍児君も一緒に一家全部にて御来遊を希望致候
当方支度も有之候ニ付日取、宿泊日数、人数等折返し御一報被下べく候（日取ハ一応きめておいて当日余り天気悪けれバ次の土曜日曜にするも宜しからん）御返事御待ちいたし候
六月廿一日

父

あゆ子殿

小生ハ今月中に一度上京致し候へ共今回ハ連絡を取り難く候ニ付六月《ママ》一日午前中にハ必ず熱海に帰つて居り候

二四五　昭和二十五年六月二十四日

受　東京都文京区関口町二〇七　竹田鮎子殿　（消印25・6・24）　私製はがき
発　〔印刷　谷崎潤一郎　熱海市仲田八〇五〕　電、アタミ二七四三

御返事披見、それでハ八日の土曜日より御待ち致候　学校休暇になるならバ幾日にても逗留被成べく候
小生ハ七月中旬帰洛の予定なれども大体二十日頃までに帰れバ宜しく候　今度の家は坂の下から上つて来て常春荘の上の方の門の前を左へ曲り左側二軒目の角ニ候、時間さへ分れば駅へ迎へに参り候
六月廿四日

二四六　昭和二十五年七月四日

受　東京都文京区関口町二〇七　竹田鮎子殿　速達（消印25・7・4）　私製はがき
発　七月四日〔印刷　谷崎潤一郎　熱海市仲田八〇五〕

御返事拝見いたし候　七時半東京発急行ハ熱海九時三十五分着ニ付小生出迎へ可申候　なるべく有多子もそれまでに全快して同道するやう希望いたし候　小生ハおそくも十四日迄に帰洛する予定を立てすでに京都方面に二三約束もいたし候ニ付　今となりてハ滞在を延ばすこと不可能に相成候　矢張八日に来ること

に御きめ被成べく候

二四七　昭和二十五年七月六日

受　東京都文京区関口町二〇七　竹田鮎子殿　速達（消印25・7・6）　私製はがき

発　六日〔印刷　谷崎潤一郎　熱海市仲田八〇五〕

葉書拝見、当方も折角楽しみ居りしに困つた事に候　小生十四日迄と申せしは十四日迄に京都に帰つてゐなければバならぬといふ意味にて十三日にハ出発の予定に候　此の日取ハ京都方面との約束もあり小生仕事の都合もあり今日にてハ変更不可能に候　依つて十一日十二日両日までに来られなければバ子供たちにハ可哀さうながら八月下旬に又出て参り候間それまで延期なさるべくその代り何かよい物を京都より送て上げるべく候　至急御返事を待ち候

二四八　昭和二十五年八月八日

受　東京都文京区関口町二〇七　竹田あゆ子殿　（消印25・8・8）　私製はがき

発　〔印刷　谷崎潤一郎　京都市左京区下鴨泉川町五番地〕

乱菊物語ハ只今手許に無之候　近〻創元社より出版之筈に付それまで御待ち被成べく候

本日代筆にて別便差出し候　御返事を待ち候

八月八日

二四九　昭和二十五年八月二十七日

受　東京都文京区関口町二〇七　竹田あゆ子殿　速達（消印25・8・27）私製はがき
発　廿七日〔印刷　谷崎潤一郎　熱海市仲田八〇五〕

其後百〻子如何に候哉　お前たちが来ないとなつたので今日一寸小生一人にて上京福田家に一泊、明廿八日中にハ熱海へ帰り候ニ付百〻子全快次第いつにても御越し被成度候　留守にても分り候ニ付明日にても結構に候

二五〇　昭和二十五年（推定）十二月（推定）二十五日

受　東京都文京区小石川関口町二〇七　竹田鮎子殿　（消印？・？・？）私製はがき
発　廿五日〔印刷　谷崎潤一郎　京都市左京区下鴨泉川町五番地〕

寒気厳敷候処皆〻元気に候哉　本年ハ京都に雑用多く廿七日頃に熱海へ参り候へ共　来春正月中旬頃ならでハ上京不致、いづれその節御年玉子供たちに御贈致べく先ハよき年を御迎へ被成度候

＊　下鴨泉川町の後の潺湲亭に転居したのは昭和二十四年四月であり、熱海市仲田に別荘を購入したのは昭和二十五年二月である。しかもこのはがきには二円切手が貼られているので、その使用期間から昭和二十五年十二月と推定した。

二五一　昭和二十六年四月二十七日

表　東京都文京区関口町二〇七　竹田鮎子殿　速達　書留（消印26・4・27）封書（巻紙）
裏　四月廿七日〔印　京都市左京区下鴨泉川町五番地（電上一八四四）谷崎潤一郎〕

御手紙拝見仕候
何事も体にハ替へられず候ニ付至急入院加療被成べく候　取りあへず一万円封入致候　あとハ何日頃までに何程必要に候哉　御しらせなさるべく候〔行間に　一日千円として一ケ月三万円に付あと二万円程にて宜敷候哉当方予算もありなるべく早く御しらせ被下度候〕
但しまだ初期のやうに存ぜられ候故あまり神経にやまず治療なさるべく候　入院の節ハ病院御しらせなされ度候
四月廿七日
父
鮎子殿

龍児君に手紙差出し候へ共清ちゃん結婚の祝儀御寄越し被成べく候

二五二　昭和二十六年五月三十日

受　東京都文京区関口町二〇七　竹田あゆ子殿　速達（消印26・5・30）私製はがき
発　卅日〔印刷　谷崎潤一郎　静岡県熱海市仲田八〇五〕

御返事拝見、長男も勿論一緒にて差支なし、カネは東京は不案内ニ付待合せの場所は八重洲口の東京沼津間切符売場窓口の前にすべし、時間は二日の午後一時。月曜日の帰りには新橋駅ホームにすべし、帰りの時間は追て知らせる

二五三　昭和二十六年七月三十一日

受　東京都文京区関口町二〇七　竹田鮎子殿　速達（消印26・7・31）私製はがき

発　卅一日朝〔印刷　谷崎潤一郎　静岡県熱海市仲田八〇五　電話熱海二七四三〕

あまり暑いので四五日箱根へ書きに参り昨夜帰宅、葉書拝見致候、小生は七日夜行にて帰洛の予定（これハ小生一人だけ、家内とヱミ子ハ残居候）ニ付その前に一日も早く御越しなさるべく候　電報があれバカネを八重洲口の此の間の場所まで迎へに出しても宜しく、それに及ばなければそのやうに御報被下度熱海もしくは来宮まで迎へ出し候　此ハガキ着次第決定被成度候

二五四　昭和二十六年九月二十一日

表　東京都文京区関口町二〇七　竹田あゆ子殿　書留（消印26・9・21）封書（巻紙）

裏　廿一日〔印　静岡県熱海市仲田八〇五〕谷崎潤一郎

拝啓

百〻子学校之事ハ家人より書面差出し候筈ニ付大体その線に沿ひ御考慮被成べく候

ヱミ子に手術させるため明二十三日出発帰洛来月中旬頃森田の肇君結婚式のため又出て参り候

堀口町のをばさん高血圧と腎臓にて臥床の由に付小生代理として見舞に御出かけ被下度候　封入の金子に

て菓子か果物でも持参なさるべく候　老齢故十分用心するやうに寒いのが血圧に一番いけない故冬はデンキ炬燵でもするやうおすゝめなさるべく候　正確なる病名、血圧数など御知らせ被下べく候

廿一日

父

あゆ子殿

二五五　昭和二十六年十二月二十二日

受　東京都文京区関口台町七二ノ二　竹田鮎子殿（消印26・12・22）私製はがき

発　廿二日〔印刷　谷崎潤一郎　静岡県熱海市仲田八〇五　電話熱海二七四三〕

長男注文の蓄音機はそちらにあるラヂオに取り付けるやうに出来てゐる品にて宜しきや、それでも上等の品は一万円以上なり、それでよければ百々子への御歳暮と合せて発送いたすべし、至急御返事せらるべしお正月は小庵満員ニ付来るならなるべく早く日を知らせてよこすべし、（滞在日数も人数も）清ちやん夫婦も三月まで滞在ス

十二月廿二日

二五六　昭和二十六年十二月二十七日

受　東京都文京区関口台町七二ノ二　竹田鮎子殿　速達（消印26・12・27）私製はがき

発　廿七日〔印刷　谷崎潤一郎　静岡県熱海市仲田八〇五　電話熱海二七四三〕

百ゝ子の着物と長男の蓄音機、明日あたり便利屋に頼み御届け可致候　蓄音機は電蓄をやめコロンビヤ製

ポータブルのゼンマイのにいたし候
入学金三万円なら入学確実といふことが本当なら三万円にてもよろし、十分たしかめてみて然るべく取計ふべし

二五七　昭和二十六年十二月二十八日

受　東京都文京区関口台町七二ノ二　竹田鮎子殿　速達（消印26・12・28）私製はがき
発　廿八日〔印刷　谷崎潤一郎　静岡県熱海市仲田八〇五　電話熱海二七四三〕

品物本日便利屋が御届け致候事と存じ候　蓄音機ポータブルのゼンマイのは音質悪しとの事ニ付ラヂオに取りつける方のに致し候　ヴィクターにて此の方却て安価に御座候　今度新橋亭の外に又一軒よき支那料理見つけ候ニ付正月上京の節案内可致候　よき年をお迎へ被下度候

二五八　昭和二十七年一月六日

受　東京都文京区関口台町七二ノ二　竹田あゆ子殿　速達（消印27・1・6）私製はがき
発〔印刷　谷崎潤一郎　静岡県熱海市仲田八〇五　電話熱海二七四三〕

六十とせに七つ加へて七くさの
なづなの粥を祝ふ春かな
　壬辰新春　　潤一郎

来ル八日悪天候ならざる限り上京東京ステーションホテルに一泊（電　丸ノ内二五一一及び二五一五）同日午後四時半頃家族同伴にて来訪あるべし、小生未着ならば二階のロビーで待つていらつしやい、入口は

丸の内の方の乗車口と降車口の中間にホテル玄関あり、宿は誰にも知らすべからず

＊　全集書簡番号四五八。

二五九　昭和三十一年三月十七日

受　東京都文京区小石川関口台町七二　竹田あゆ子殿　〔消印31・3・17〕私製はがき

発　十七日　〔印刷　谷崎潤一郎　静岡県熱海市伊豆山鳴澤一一三五番地　電話熱海二九七〇番〕

有多子の机はそちらで適当なものを買て下さい　代金知らせて下さればお送りいたし候
地震当地方はさしたる事もなく新聞を見て驚き候

二六〇　昭和三十一年五月十一日

受　東京都文京区小石川関口台町七二ノ二　竹田鮎子殿　〔消印31・5・12〕私製はがき

発　十一日　〔印刷　谷崎潤一郎　京都市左京区下鴨泉川町五番地　電話上一八四四番〕

終平のところの子供たちにも少中学校《ママ》の年ごろの者がゐたら少年少女文学選集を送つてやらうと思ふのだが名前と人数が分らないから知らして来て下さい〔六月上旬まで京都滞在〕只今京都ハ笹沼一族が来てゐて満員

二六一　昭和三十一年五月二十七日

受　東京都文京区小石川関口台町七二ノ二　竹田鮎子殿　〔消印31・5・27〕私製はがき

発〔印刷　谷崎潤一郎　京都市左京区下鴨泉川町五番地　電話上一八四四番〕

京劇切符二枚月末に中央公論社よりそちらへ届けるやう手配してあります、もし着かなかつたら中央公論社の三澤さん（婦人記者）と云ふ人を呼び出し私から社長に頼んである旨を話して下さい

廿七日

二六二　昭和三十三年十二月二十五日

受　文京区小石川関口台町七二ノ二　竹田龍児様　鮎子様〔代筆〕（消印33・12・26）私製はがき

発〔印刷　谷崎潤一郎　静岡県熱海市伊豆山鳴澤一一三五番地　電話熱海二九七〇番〕

〔印刷　東大沖《ママ》中博士の忠告により高血圧のため来年正月一杯面会を謝絶し静養をすることになりました。二月からは少しづつ仕事をしてもよろしいさうで、医師の忠告を厳守さへすれば四月になつたら完全に常態に復し得るさうです。右様の事情で当分皆様に失礼を致しますが、悪しからず御諒承を願ひます。

昭和卅三年十二月廿五日

谷崎潤一郎〕

解説　鮎子宛谷崎潤一郎書簡を読む

千葉俊二

一

鮎子は大正五年（一九一六）三月十四日に谷崎潤一郎と千代とのあいだに長女として生まれた。谷崎は満二十九歳、千代十九歳のときである。

同年五月号の「中央公論」は、平塚らいてうの「母となりて」と谷崎の「父となりて」というふたつの文章を並べて、「初めて人の親となりて」という小特集を組んだ。平塚らいてうは前年の十二月九日に長女の曙生《あけみ》を産んでいたので、谷崎に子どもが生まれたのを機に、編集者の瀧田樗陰《ちょいん》が仕組んだ企画だった。一方は、明治四十四年（一九一一）九月に「青鞜」を創刊し、いわゆる「新しい女」として世間の好奇な視線を浴びながら、恋愛の自由と、新しい性の道徳を唱えて、因襲結婚に反抗し、法律上の結婚を拒否して、奥村博とのあいだに私生児をもうけた平塚らいてう。他方、明治四十三年（一九一〇）九月に「新思潮」（第二次）の創刊によって文壇にデビューし、翌年十一月に永井荷風によって「三田文学」誌上で激賞されて、一躍文壇の寵児となり、次々と変態的な愛慾をテーマに問題作を書きつづけてきた谷崎潤一郎。両者ともとても子どもなど持ちそうにない強烈な個性をもった男女である。従来の常識的な道徳を弊履のように捨てて顧みず、当時においては過激とも見なされた、自己実現の貫徹をめざした新しいタイプの典型的な男女のふたりに、それぞれ「人の親」となった感想を書かせるというのは、機をみるに敏であったジャーナリストとしての瀧田樗陰ならではの手腕である。

ここにらいてうの「母となりて」と谷崎の「父となりて」の冒頭箇所を並べてみよう。

私自身の恋愛の感情の中に母たらむとする欲求――子供に対する欲求のあることを私は久しく認めることが出来ませんでした。そして私は恋愛を大胆に肯定した後も、なほ母態たることは避けて居りました。のみならず、母としての生活は、個人的発展を妨げ、個人としての私自身の生活や仕事を乱すであらうといふ考や、私の生来の弱いそして過敏な神経が絶えず求めてゐる孤独の欲望や、現在の貧困な生活が到底親としての責任を十分に果せまいといふ懸念などが、私をして心から母となることを恐れさせて居りました。(「母となりて」)

私は去る三月十四日に始めて子供の父となつた。私を知つて居る者は、私が父となつたことを大変不思議がつて居る。私自身も、意外な事実に出会つたやうな心地がして居る。大概の人は結婚と同時に早晩父となる事を覚悟すべきが当然であるのに、私は全くそんな覚悟を用意して居なかつたのである。(「父となりて」)

らいてうも谷崎も、子どもの親になるつもりも覚悟もなく、母となり、父となったようである。わが子をはじめて見たとき、らいてうは「小さな〳〵赤い人間の顔(人間といふ感じははじめからいたしました)を言葉なく見詰めたまゝ、併し到底それに対して愛と云はれるやうなものを感じることは出来ませんでした」という。あまりに「傍観者の態度」で、「批評的に見てゐる自分」を意識せずにはおれなかったといい、「人はよく母の愛は最初からちゃんと完全なものとして母親の心に備へられてゐるもの、様に申しますけれど、実は子供を自分で哺育したり、その他色々と手塩にかけて行くことによつて、さうしてゐる間に次第にはぐくまれ、偉大な、力強いものに発達するので、そこには必ず或る時間を必要とするものなのでありませう」ともいっている。

後年の『元始、女性は太陽であった——平塚らいてう自伝』（大月書店、昭和四十六年）によれば、このはじめての出産のとき、奥村は結核の初期症状を示して、茅ヶ崎の湖南院に入院中であった。当時を振り返って、「にわかにふえた雑務と睡眠不足、時をかまわぬ泣き声が、わたくしを苦しめます。どんなに心は孤独を求めても、自分自身の時をもつことは許されず、読みたい書物を目の前にしながら、その暇がもてないのです。自分自身の欲望の、たえず満たされない不満と焦慮と、仕事のできないことからくる生活上の不安なども加わって、わたくしの心は統一を失われがちで、疲れてゆくのでした」と語っている。

一時は里子に出すことも真剣に考えたようであるが、適当なところも見当たらず、子どもが母親の顔を見て、特別の笑い方をするようになると、「わたくしのなかの母性もまた、赤ん坊と同じく、日ごとに成長してゆくのが、はっきりと感じられ」て、里子の話もいつしか立ち消えになったという。「母となりて」でも出産後間もないころの混乱した自分の心を正直にさらけだしながら、「母となつてから四ケ月あまりを経たばかりの私にとつては、母としての生活は、言ふまでもなく総て未来に属すること」といい、「今の私はまだ母としての自分に就いては実は何も言ひたくないのです。のみならず言へもしないのです、それ程まだ母である自分が自分自身にはつきり見えて居ないのですから」といっている。

これに対して谷崎の「父となりて」は、「父となるまで」の自己の藝術と実生活との問題を告白したものとなっている。それは前月号の「中央公論」がシリーズとして連載していた「人物評論」という欄で、谷崎潤一郎を取りあげたこととも関係していよう。谷崎にとって最初の本格的な批評の特集記事が組まれたことは喜びであったと同時に、そこに掲げられた過去の作品に対する批評によって、これまでの自己の藝術と実生活のあり様を反省的に見なおし、子どもの誕生という境遇の変化ともからめながら、今後の進むべき方向を考える機会にしようと目論んだとしても不思議ではない。ちなみに「中央公論」四月号の「谷崎潤一郎論」の特集の目次は、以下のとおりである。

谷崎潤一郎氏に就いて　赤木桁平
谷崎潤一郎論　谷崎精二
我国唯一の唯美主義悪魔主義の作者　本間久雄
谷崎君　正宗白鳥
谷崎潤一郎論　長田幹彦
谷崎氏の作品　上司小剣
天才か、神童か、伝奇小説家か　加能作次郎

諸家の批評は、こぞって谷崎の非凡な才能を賞讃している点では共通している。しかし、「氏が自家の信条を宣伝する態度は傍若無人である。一生懸命である。そしてその執着もかなりに強い。けれども冷静なる眼で氏の態度を見ると、それらのすべてがどうも氏の趣味《ゲシユマツク》から出てゐて、信仰《グラウベ》からは出てゐないやうな感じがする。従つて氏の態度が有する真摯と執着とは、通人輩が点茶や生花に対して有する真摯と執着とに類するもので、非常に宗教的意識が稀薄である。この事実は氏の作品そのものを、動もすると浮華軽佻の色に彩らうとする傾向として現れてゐる」（赤木桁平）とか、「氏の作品は悉く氏の聡明に依つて造り上げられた物であるが、其の聡明を裏づけるべき真摯な、敬虔な気分が乏しい為め、ともすれば我々に

多少の反感を起させる」（谷崎精二）といったような、ある種の不満が表明されていることも共通している。

谷崎はこれらの批評を読み、ことに赤木桁平のものに強い刺戟を受けたようだけれど、これまでに発表した作品とそれを生みだした自己の生活とをかえりみながら、次のようにいっている。

私は現在の自分の心の状態を以て決して満足して居るものではない。私が従来作品を通じて発表した所の思想や主張は、私の宗教ではなくて私の趣味に過ぎないだらうと云ふ批難も、一応は尤に感ぜられる。（中略）しかし私には今の傾向を何処迄も押し進めて、自分の宗教とする程の、充分な勇気と熱情とがまだまだ湧いて来ないのである。有体に云へば、私は「悪」の力を肯定し讃美しようとしながらも、絶えず「良心」の威嚇を受けて居る。聖人の伝説を読んだり、崇高な人格に接したりすれば、何だかやつぱり自分の浅ましさを恥ぢずには居られない。名誉と云ふ事体裁と云ふ事（それが何等の価値もないのだと信じながら）を全く忘れてしまふ程大胆になる事が出来ない。悲しい事には、此れが私を知らず識らず煮え切らない態度に導くのである。

こうした状態から脱却するために、ともかく「放浪生活」を切りあげて、「家」をもち「妻」を娶ったのだという。それまで自分にとって「第一が藝術、第二が生活であつた」といい、「初めは出来るだけ生活を藝術と一致させ、若しくは藝術に隷属させようと努めて見た」が、やがて「自分の生活と藝術との間に見逃し難いギヤツプがあると感じ」、「せめては生活を藝術の為めに有益に費消しようと企てた」といっている。そして、「妻とか家とか云ふ係累がどれ程自分の性癖を牽制し、矯正する力があるものか、我から其れ等の桎梏の中に飛び込んで試されて見よう」と思ったのだという。

その結果、「未だに私は生活よりも藝術を先に立て、居る。たゞ今日では、此の二つが軽重の差こそあれ、一時全く別々に分れてしまつて居る。私の心が藝術を想ふ時、私は悪魔の美に憧れる。私の眼が生活を振り向く時、私は人道の警鐘に脅かされる。臆病で横着な私は、動もすると此矛盾した二つの心の争闘を続けて行く事が出来ないで、今迄屢々側路《わきみち》へ外れた」と告白する。そして、「生れつき病的な性慾を持ち、「体質にも何処か欠陥がある」自分には、子どもをつくる能力を欠いていると「妄信」していたけれど、妻が妊娠して、思いがけずに父になるという新たな事態に直面してしまったという。

「私は何故、それ程子供を嫌がつたのであるか」と自問自答して、それは「私が甚しいエゴイストであつたからである。飽く迄も自分独りを可愛がつて生きて来た人間だからである。私はたゞ自分の快楽の為めにのみ生きて行きたかつた。自分の所有して居る金銭を、自分の利益の為めにのみ費したかつた」という。また「子供を持つた為めに私の藝術が損はれはしないかと云ふ事を」気づかい、「私のエゴイズムが滅びてしまへば私の藝術も滅びてしまふに違ひないと思はれた」ともいう。だが「早晩父となることが避く可からざる運命であると悟」り、「さう云ふ経験を味はつて見るのも無駄ではないと云ふやうなあきらめが生じ」て、「父となるのを一期として、何か私の精神にエポック・メエキングな変化が起りはしないかと云ふ期待が、心配と同時に楽しみ」になったともいっている。

産は産婆が間に合はぬ程軽かつた。真赤な嬰児はあらん限りの声を搾つて泣くのであつた。私はその盛んなる叫び声を聞くと、第二の「我」に私の活力が奪ひ取られて行くやうな恐れを持つた。七夜に私は「鮎子」と云ふ名を与へた。その時友人の一人が見舞ひに来て、

「どうも君が親父になつたと云ふのは滑稽だ。殊に顔つきまで君にそつくりだから益々をかしい。」と云つて笑つた。

「父となりて」の感想を書くつもりで、私は却つて、「父となるまで」の告白を書いてしまつた。「父となりて」の経験はまだ非常に浅い。生れてから約一と月を過ぎた今日、私は一向に子供が可愛くなつて来ない。恐らくは永遠に可愛くなるまいかと思ふ。子供よりはまだ妻の方がいくらか可愛いゝ。

平塚らいてうの場合、みずから腹を痛めて産んだ子であり、「母になりて」という文章を書いたのも、子どもが四ヶ月を過ぎて、すでに母の顔を見て笑顔を示すような反応を見せはじめた時期である。生活に疲れはてていたとはいえ、母親にとってわが子の無邪気な笑顔ほど心に安らぎを与えてくれるものはなかったろう。それに対して谷崎は、いかに生まれた子が自分にそっくりだったとしても、男の性として自分の腹を痛めて産んだ子ではない。「一向に子供が可愛くなつて来ない」というのも、生まれてからまだ一ヶ月という時点では、赤児もただわけも分からず無暗《むやみ》に泣くばかりで、それもやむを得ないことである。しかし、娘の鮎子の存在は、やがてこの悪魔主義者へもっとも強く「人道の警鐘」を鳴らすことになってゆくだろう。

なお谷崎の小学校時代からの幼友達である伊藤甲子之助《かしのすけ》の「谷崎潤一郎と私」（『心字庵　高分子本』所収、昭和四十二年、のちに短縮版が没後版「谷崎潤一郎全集月報17」に再録）に、「鮎子」の命名にまつわる次のような文章がある。

越えて翌年の桃の節句を了えて間もなく長女誕生鮎子と命名出生届も済ませた。命名について彼は私にこういう意見を述べた。「どうも日本語はシャープ・サウンドが多くて耳にきつく響く。片仮名のカ・サ・ハ行は女の子の名には不向きだ。あき、きく、ざらにある名だがきつく聞こえる、それで鮎子と名付けたのだ」

あゆ　なる程いゝ、殊に若香魚は生気溌剌そして優にやさしいもの、シンボルである。発音が滑かで流暢なフランス語の味がある。しかし鮎の字は困る。私は且て井上紅梅著支那風俗をよみ支那では鮎は鯰《なまず》のことだと教えられていたので、そのことを彼に話したが彼も半信半疑幸田露伴氏に問合せた処その通りだと回答をうけたので其後彼は物を書くとき鮎子はやめてあゆ子としている。此の頃新聞雑誌にフト女性の名に鮎子を見かけるが、これは珍らしい名で多分谷崎の鮎子を何かで見てのこと、推測するが何もすき好んで自分の子を鯰にしなくてもいゝであろう。

本書所収の多くの鮎子宛書簡の宛先も、「あゆ子」「あい子」などになっているが、それにはこうした事情があったようである。

なお谷崎は関東大震災の直後に芦屋に住んでいた伊藤のもとにしばらく同居させてもらっているが、同書にはその折に撮ったという愛くるしい鮎子さんが伊藤氏の長男弥太郎さんと写った写真が掲載されている（月報には掲載なし）。その後、谷崎は伊藤のもとから京都の上京区東山三条下ル西の要法寺内の塔頭のひとつに移っているが、そのころの谷崎と鮎子との姿を、中戸川吉二は「新潮」大正十三年二月号の「最近の谷崎潤一郎氏」という特集記事のなかに「鮎子ちゃんは怖がらない」という文章で、次のように伝えている。

鮎子ちゃんはおもてで遊びあきたらしいのだ。うちへかけ込むやいなや客間で僕と話してゐるおやぢのそばに、なれ〳〵しくべたりと坐つた。おやぢは怖い顔をした。が、鮎子ちゃんはにや〳〵してゐる。おやぢは益々怖い顔をした。むつとしたまま僕と前からの話をしつづける。が、鮎子ちゃんは一向平気だつた。おやぢの膝へすりよつて来た。そして、耳をひつぱつたり、もぢやもぢやな髪の毛をひつぱつたりし始めた。おやぢはとても猛烈に顰めツ面をした。が、されるまゝになつてゐた。

去年の秋、京都のお寺へ四五年ぶりで訪ねた時の谷崎潤一郎父子である。

二

大正十年（一九二一）の小田原事件後の谷崎は、「佐藤春夫に与へて過去半生を語る書」によれば、「君との葛藤があつてからは、僕の方から彼女の心を迎へるやうにしたこともあり、小田原から横浜の本牧へ移つた最初の半個年程、僕が「愛すればこそ」を書き、「お国と五平」を書き、「本牧夜話」を書いた頃は、今迄にない睦ましい夫婦だつた。そして大正十一年の春には、僕は彼女と娘とを伴つて両親の白骨を高野山へ納めがてら吉野や京洛の地に遊び、その翌年の春にも、娘の学校を休ませてまで京都から奈良へ連れて行つた」といっている。

ここに「大正十一年の春」とあるのは、谷崎の記憶違いで大正十二年の春であり、「その翌年の春」というのも大正十五年の春だったことは、以前に考証したことがある（拙論「谷崎潤一郎年譜考」、「日本文藝論集」昭和五十五年三月）。これらの旅行中の「あの、四月の大和路を法隆寺から帰る道すがら、とある草原に親子三人がうづくまつてげんげの花を摘んで暮らしたうららかな一日のこと」や、「雨のそぼ降る四条通りに俥を連ねて都踊りを見に行つたうすら寒い宵のこと」をとても懐かしんでいる。こうした「睦ましい夫婦」を演ずることも、娘の鮎子がそこに介在することで可能だったのだろう。

生まれた直後には、いっこうに可愛くないと広言して憚らなかった谷崎も、やはり人の親である。あの小田原事件で千代をめぐって佐藤春夫と激しく争っているさなかにも、鮎子を主演として「雛祭の夜」という映画を制作している。この映画は娘の鮎子に対する谷崎の親としての愛情がなければ、発想し得ないものと思われる。フィルムが現存しないので、実物によって確認することはできないけれど、発表されたシナリオ（「新演藝」大正十二年九月、大正十三年九月）や当時の映画評によって、そのあらましは分かる。大正十年六月の「活動倶楽部」には、「緑の星」の署名でこの映画への批評が掲げられている。

――愛子ちやんと云ふ少女が、折柄の三月のお節句に、今まで愛してゐた、兎やお人形を忘れて、お雛様ばかりを大切にする、するとその夜、愛子ちやんは、兎とお人形とにつれられて綺麗なお山を越えて、山奥に、面白い遊戯をして遊んだ夢をみた。そして翌朝、愛子ちやんはすぐにお人形も雛段に飾つてやり、兎もお座敷に入れてやつた――と云ふ至つて結構なものである。

橘弘一郎は『谷崎潤一郎先生著書総目録』別巻（ギャラリー吾八、昭和四十一年）で、筆者の「緑の星」を、後年、小津安二郎とコンビを組んで多くの名作を生んだシナリオ作家の野田高梧ではないかと推測している。「緑の星」は「プロットは如何にも童話的で美しいものではあつたが、映画劇として、随分不用な場面もあつたり、冗長に亙《わた》りすぎたうらみもあつた」と評しているが、「俳優としては六歳の名優谷崎鮎子嬢を、ワージニア・コービン嬢をほめる様に称讃する。／非常に可愛らしい。そしてお怜悧《りこう》ちゃんだ。／少し堅すぎた様な所もあるが、総じて一番の上出来である」と、鮎子の演技を褒めている。

ヴァージニア・コービンは六歳のときにはじめて映画出演し、三十一歳で肺結核で亡くなるまで、多くのサイレント映画に出演した女優だが、その演技にも劣らないものと激賞している。シナリオの掲載は前半部分のみであったけれど、たとえば第四十八場の「愛子は母の膝にかけ、絵本を見ながら母と一緒に唱歌を唄つてゐる。祖母は面白さうに耳を傾けつゝ、白酒を呑む」、また第五十七場の「愛子は漸く絵を画き終へる。母親がそれを手に取つて見る。／（タイトル）愛子さんの自画像／自画像　挿入／母親笑ひながら、その絵を祖母の方へひろげて見せる。祖母も笑ひ崩れる」といった箇所を見ると、これが劇映画であると同時に、ほとんど自家用映画でもあったような印象をうける。

鮎子の映画出演はこれがはじめてではなく、前作「アマチユア倶楽部」でも劇の観客役に母の千代とともに端役として登場していた。「雛祭の夜」の好評によってか、その後に「舌切雀」という作品にも出演している。「〔調査報告〕1923年の『大阪朝日新聞　神戸附録』その1」（「武庫川女子大紀要〈人文・社会科学〉」、二〇一三年）における永井敦子の報告によれば、新聞記事には「谷崎潤一郎氏の「舌切雀」は鮎子嬢の可愛い、演技を含んだ藝術的童話劇」と紹介されているという。が、これはヘンリー小谷が監督・撮影した三巻もので、大正十二年（一九二三）二月一日に公開されている。

ヘンリー小谷は、小山内薫が中心になって結成された松竹キネマに、撮影技師としてアメリカから招聘されたが、のちに自身のプロダクション「ヘンリー映画製作所」を立ちあげ、その第一作がこの「舌切雀」であった。これに谷崎がどのように関係し、どこまで谷崎の意見が反映されているのかはよく分からない。が、次作には葉山三千子を出演させ、トーマス栗原監督の「続アマチユア倶楽部」を作っているので、まったく無関係というわけでもなかったと思われる。それはともかく、映画の草創期に鮎子はいわば名子役として名を馳せたわけである。

佐藤春夫の『この三つのもの』には谷崎をモデルにした北村の言として、「それでもまだしもお八重(引用者注、千代)よりは子供の方がいいね。この頃ぢや、お八重に対する義理だと思つて、時々子供をあやして見たりするよ、お八重の見てゐないところでね」とある。実際、「秋風」(「新潮」大正八年十一月)には、大正八年の夏に塩原温泉で遊んだおり、数え年四つになった鮎子の愛らしい姿と、「お父《とう》さん、軽業《かるわざ》をして頂戴」とねだられて、娘と戯れる自身の姿を描き出している。偽悪家として通してきた谷崎には、子どもを可愛がることには大いなる照れもあったろうけれど、可愛い娘に対して心の底では何にも換えがたいいとおしさを感じていたに違いない。

大正十二年一月一日から四月二十九日まで「東京朝日新聞」「大阪朝日新聞」(大阪は五月一日まで)に連載された「肉塊」という長篇には、「雛祭の夜」の制作体験が色濃く反映している。主人公の小野田吉之助は、アメリカ帰りの映画技師柴山と組んで、映画制作に乗り出すが、おのれの夢みる理想をスクリーンに実現すべく、グランドレンという混血の美少女を見出し、「彫刻家が大理石を材料にするやうに、己は人間を材料に使つて、永久の夢を作」るのだと、宮殿の水族館に棲む人魚とそれに恋するプリンスとの幻想的な物語の映画化にうちこむ。

完成した映画は吉之助のその出来映えに対する自負にもかかわらず、買い手がつかず、吉之助は映像としての「幻のグランドレン」よりも、数層倍も実感的で官能的な「実際のグランドレン」の蠱惑的な肉体の誘惑に抗しきれなくなる。第二作は日本人に育てられ、小学校では耳環をつけた「支那服」を着て学ぶ少女が、実は「清朝のある親王の娘」で、ある日、迎えにやってきた高官につれられて本国へ帰るという物語である。中国の宮殿においてプリンセスとなった彼女は、小学校で多くの生徒にいじめられたとき、鉄公という餓鬼大将だけがかばってくれ、ふたりのあいだには淡い恋心も芽生えたけれど、今では互いに数百里の山河を隔てて一輪の美しい月を打ち仰ぐというものだ。

前半の小学校での場面では子役を使い、中国に帰ってのプリンセスの役をグランドレンが演ずるという手はずだったが、宮殿でのグランドレンのプリンセスを撮影するところで、「王女のお側に侍く丫鬟《あかん》」役の子どもが体調をくずして出演できなくなり、代役を立てることが必要になる。吉之助は急遽わが子の秋子にその役を演じさせることにしたが、秋子はグランドレンが撮影所にくるようになってから、父母のあいだに生じた溝を敏感に感じとって、グランドレンを憎むようになっていた。衣裳を着た秋子がスタジオに立たされ、いざ撮影がはじまろうとしたとき、「わツと火のつくやうにけた丶ましく喚きながら」、母の民子の袂のかげに走って、なおも激しく体中を揺すぶって泣いた。

吉之助は娘と、その子をかばう妻を激しく叱り、怒鳴りつけた。が、「自分で自分をどうしてい丶か分らなかつた」という。

妻も哀れだ、子供も哀れだ、それを叱り飛ばす自分も哀れだ、………が、その哀れさが直に激しい憤怒を燃やした。何と云ふ生意気な子だ、変に悧巧で、神経質で、イヂイヂしてゐて、その癖妙に剛情ッ張りで、………心の底から彼は我子が憎い気がした。憎まうとするほど憎めなくなつて、又哀れさが湧いて来るので、なほ憎まずに居られなかつた。さうかと思ふと、その憎しみは、忽ち自分自身の上に反射した。極度の昂奮の中にあつて、彼は此れ等の悲しみの原《もと》がみんな自分から出てゐることをハツキリ意識した。

「父となりて」において谷崎は、「藝術」と「生活」との「二つが軽重の差こそあれ、一時全く別々に分れてしま」い、藝術を想うときには「悪魔の美」に憧れ、生活を振り向くときには「人道の警鐘」に脅かされるといっていた。ここにまさにわが子によって「人道の警鐘」が打ち鳴らされ、別々に分かれてしまった「矛盾した二つの心の争闘」の根底にあるものがいかなるものか、みずから分析的に語り出している。今後の谷崎の文学的課題は、いうまでもなくこの「矛盾」の解消のために、どのような戦略を構築し、それに向かってどんな努力を重ねるかにかかることになる。

「肉塊」のストーリーは、これをキッカケに我が儘で、身勝手なグランドレンが撮影所へ姿を見せなくなり、映画制作への意欲を失った吉之助はグランドレンを追いかけて、いよいよ彼女との愛慾生活に耽溺してゆく。吉之助に見捨てられた撮影所では、柴山が中心となって、これまで撮りためた前半部分を生かすかたちで、グランドレンの役を民子が演じ、秋子も出演して、「日文親善童話劇「耳環の誓ひ」」という映画劇につくりかえる。すると、「今迄にない筋の面白さと俳優の無邪気さとが思ひの外の好評を博」することになった。吉之助は「士人の到底見るに堪へないやうな、淫らな娯楽に供する映画」を秘密につくって、海外の植民地に売りさばいているという噂が立つようになる。

この作品は吉之助とグランドレンの関係が、「痴人の愛」の譲治とナオミのそれを先取りし、谷崎の大正活映での映画制作の体験が反映したものとして知られている。が、鮎子を主演させた「雛祭の夜」といった具体的な映画との関連、およびそれをとおしてうかがわれる小田原事件後の谷崎の夫婦関係を考えるうえにも、ことのほか興味深い作品である。おそらく谷崎は、これまでの悪魔主義的な作風を押しとおしてゆけば、吉之助と同様に、やがてポルノグラフィーへの転落という可能性さえ否定できないような恐怖感を抱いていたのだろう。必ずしも成功したとはいえないが、「藝術」と「生活」の矛盾をそのままに描き出して、「痴人の愛」以降の作風の転換を考えるためには大切な作品である。

なお谷崎と佐藤は大正十五年（一九二六）九月に和解しているが、そのいきさつについては佐藤の「去年の雪いまいづこ」（「婦人公論」昭和二年一月〜十月）に詳しい。佐藤は大正十三年三月に小田中タミと結婚したが、魔女事件とよばれる『詩集　魔女』（以士帖印社、昭和六年）の題材となった妖艶な女性（山脇雪子）との恋愛事件を起こし、かつての千代と同じ状況におかれたタミが千代との会見を望み、九月八日付で佐藤が谷崎宛に手紙を認めた。が、それは投函されず、所用で上京中の谷崎にタミが電話したことから、佐藤の留守宅に訪ねてきた谷崎にタミから手渡されたものという。野村尚吾『伝記　谷崎潤一郎』（六興出版、改訂新版昭和四十九年）の注にはその手紙の全文が紹介されているが、その書き出し部分を引いてみる。


唐突だけれども貴君に手紙を上げる。ともかくも読んで貰ひたい。僕は御承知のとほり改造へ作品を書いてゐる。それを貴君が何と見られるかは知らない——いや、この手紙はかういふ風に書いたのではいけない。出直す。

実は僕このごろ、ごくこのごろ情婦を持ったのだ。それで貴君がおせいに対する感情をやっと理解することが出来た。そこで今まで貴君に抱いてゐた感情はすっかり消却した。また貴君の夫人に対する感じも歳月とともに極めて平穏なものだ。むかしの人々に対するなつかしい心持を貴君と及びその夫人とに同じやうに持つことが出来る。きのふまでは千古滅却せずと信じてゐた貴君に対する恨は釈然とした。

どうして情婦を持つことが和解のキッカケになるのか、よく分からないけれど、ともかくこれによって突然ふたりは和解したのである。

三

昭和五年（一九三〇）八月に谷崎は千代と離婚し、千代は佐藤春夫と再婚して、いわゆる妻譲渡事件として世間を騒がせることになるが、そのことを語る前に千代と和田六郎との恋愛事件ということがあった。今回、これについて新資料が出現したので、ここに触れておきたい。これについて最初に言及したのは、谷崎の末弟の谷崎終平の『懐しき人々　兄潤一郎とその周辺』（文藝春秋、一九八九年）であった。和田六郎とは震災の年の夏、箱根の小涌谷《こわくだに》のホテルで知り合い、翌年の夏に有馬ホテルでも一緒になったが、和田は鉱物学者として著名な和田維四郎《つなしろう》の三女四男の六番目の子どもで、のちに警視庁刑事部鑑識課に勤務し、戦後になってから大坪砂男のペンネームで推理小説の筆を執った。

終平によれば、知り合った当時は「東京薬学専門学校の詰襟を着た学生で、二十一歳の美青年であった」が、「有馬に行った時から二年程してからと思うが、和田六郎は岡本の家に来て、京都に陶芸を習いに行ったりして、勉強を始めた。まだ好文園四号の家を借りていて、兄だけは梅ヶ谷に住んでいた」という。好文園の二号から四号へ移ったのは昭和三年五月であるが、やがて和田と千代とは愛し合うようになり、「好文園で嫂と和田の二人は結ばれる事になる。それは兄が先ずは二人で生活を始めてみて、旨く行ったらそれでよいし、駄目だったら別れたらという事で下宿人の体でいた」からだという。その間、谷崎は「よく夫の役を果」し、「二、三ヶ月の児を流産した時も医者の前で夫としての役目を冷静に務めた」ともいっている。

このことは一九九三年六月二十五日の「読売新聞」に紹介された昭和四年二月二十五日付の佐藤春夫宛谷崎書簡に、「千代はいよいよ先方へ行くことにきまつた。三月中に離籍の手つづきをすませ、四月頃からポツポツ目立たぬやうに往つたり来たりしてだん〱向うの人になると云ふ方法を取る、（中略）今日東京から和田の兄なる人が和田と同伴で来訪、スツカリ話がついた」とあることによっても確認されている。今回、千代の兄の小林倉三郎宛の谷崎書簡も見つかり、この事件にも触れているので、ここに紹介しておきたい。次に掲げるのは昭和四年三月七日付の小林倉三郎宛の谷崎書簡である。

昭和四年三月七日付　小林倉三郎宛　谷崎潤一郎書簡

封筒表　群馬県前橋市一毛町二〇五　小林倉三郎様　親展（消印4・3・7）

封筒裏　三月七日　兵庫県武庫郡本山村岡本字梅ノ谷　谷崎潤一郎

其後は打ち絶え御無沙汰いたして居りますが春寒の折柄皆〻様御機嫌よく御暮らしなされ候事と存じます

さて突然ながら当方昨年以来　家庭にいろ〱取り込みたる事情有之、今回千代と私と両人合意の上にて離別いたし度、それにつき貴下の御諒解を得んがため此の手紙差上候、

いづれ詳細ハ拝顔の節申上げ候へども、千代こと一二年前より外に思ふ人あり、その人と一緒になりたき由にて、私も、千代に何の不足も無之候へども、肌が合はぬと申すものか、とかく夫婦の仲シツクリ

参らず、かやうなる結果になりたるハ私にも責任ある事故強ひてとどめる言葉もなく、本人の意志に任せる外ハ無之と存候、尤も相手の人と申すハ或る資産家の子息にて生活の心配ハ無之も千代より十歳以上年若く、これのみが将来心配の種に御座候へども、千代はすでに覚悟いたし居り、昨年中試験的に拙宅の近所にて両人同棲いたしたる上の決心につき（コレハ勿論私ガ承知ニテ左様取計ヒ候）ただ此の上はみぐるしき噂を立てられぬやう円満に事を運び、私が里方ともなりて先方へ嫁がせ度と存候

まことに〳〵突然にて御驚きなされ候事と存候、おばあさんは昔堅儀故千代に対し大へん立腹いたし居り、なか〳〵なだめるのに骨が折れる様子に候、それにつき離婚の手つづき其の他是非共御相談御尽力願度事有之、恐縮ながら来る十五日より二十日迄の間に御来阪下されまじく候哉、もし又御都合あしく候ハバ月末ハ当方多忙につき四月上旬にてもよろしく御内意折返し御洩らし下されバ幸甚に存候

尚〻そのせつ相手の人も貴下に御目にかかり度由申居候

昭和四年三月七日

谷崎潤一郎

小林倉三郎様

侍史

このときに谷崎は「卍（まんじ）」を「改造」へ、「蓼喰ふ虫」を「大阪毎日新聞」「東京日日新聞」へとふたつの長篇小説を同時併行的に連載していた。谷崎がふたつの長篇を同時連載するということは珍しいが、後者の「蓼喰ふ虫」は生理的に不和な夫婦を核に、西洋的趣味から日本の古典的趣味へ移行してゆ

く主人公の心境を描きだし、この事件にかかわる自己の心情を吐露した作品としても知られている。「蓼喰ふ虫」にオフシーンキャラクターとして登場する「阿曾」は和田六郎がモデルであり、谷崎は「千代より十歳以上年若く」と記しているけれど、和田は明治三十七年（一九〇四）二月一日生まれであるから、実際のところは八歳の年下だったということになる。

こうした事実に照らしながら、あらためて「蓼喰ふ虫」を読み直すと、この作品がいかに実生活上の問題を生々しく反映しているかに驚嘆させられる。「読売新聞」に紹介された二月二十五日付の佐藤春夫宛谷崎書簡は「御手紙拝見。／千代はいよいよ先方へ行くことにきまつた」と書き出されている。佐藤からの手紙の内容は分からないけれど、事情を説明することもなくいきなり本題へ入っているところから、佐藤も千代と和田との関係についてはすでに承知しており、それに関しての問い合わせでもあったのだろう。「蓼喰ふ虫」「その四」の冒頭には斯波要と美佐子のあいだに生まれた子どもの「弘」へ宛てた高夏の手紙が出てくるが、佐藤もそれをなぞるかのように鮎子へ宛てて手紙を書いている。ちなみにこの箇所が掲載されたのは、昭和三年十二月二十七日である（「大阪毎日新聞」と「東京日日新聞」では掲載日が若干異なるけれど、ここでは後者にしたがう）。

『定本佐藤春夫全集』第三十六巻には、昭和四年に三通の鮎子宛の佐藤書簡が収められているが、一月二十二日付に「モウ、ダイブンナガク見ナイカラ／アナタノアタマノカミモ／ダイブンナガクナツタデセウ。／ソレヲ見ニ行キタイト思フガ／オヂサンハ貧乏デ行ケヌ」と書き出されている。この時点で佐藤が鮎子とはしばらく会っていないが、手紙のやりとりをするだけの親しさは回復していたということが分かる。先の二月二十五日付の谷崎書簡には「過日来君ニ会ひたい心切《ママ》であつたが、君を呼んだためニどうなつたかうなつたと、あとで文句が出てハ困ると思ひ差支へてゐた。お千代も一ぺん君に相談しようかと云つた事もあつたが僕が止めた。しかしもうきまつてしまへバ構はないから一度会ひたい」と記されていた。

この書簡を見て佐藤がすぐに下阪したことは、三月八日付の鮎子宛佐藤書簡に「この間はお邪魔しました／大ぶん大人になつてゐたのでうれしく思ひました」とあることで明らかである。佐藤と直接に会って、千代が心変わりしたとか、佐藤から反対されて和田との結婚を思い直したということもなかったことは、三月七日付の小林倉三郎宛谷崎書簡が、おそらく佐藤が東京へ帰ったすぐあとに書かれていることからも分かる。二月二十五日付谷崎書簡には、「僕も今度こそハ新聞が書けず弱つてゐる」「スッカリ話がついたのでやや落ち着いた、明日からは書けるだらう」とあった。「蓼喰ふ虫」第四十四回を二月二十四日に発表して、そのあとに第四十五回が発表されたのは三月五日だったが、そこには要から美佐子へ離婚のための方策として、次のような箇条を含む六箇条が示されている。

一、世間的に疑ひを招かない範囲で、彼女が阿曾を愛することは精神的にも肉体的にも自由であること。
一、それ故こゝ一二年の間を彼女と阿曾の愛の試験時代とする。もしその試験が失敗し、両者のあひだに性格の齟齬《そご》が発見され、結婚しても到底円満に行かないことが認められたら、彼女はやはり従来の通り要の家にとゞまること。
一、幸ひにして試験の結果が成功し、二人が結婚した場合には、要は二人の友人として長く交際をつゞけること。

これを見れば「蓼喰ふ虫」はほとんどリアルタイムで自分たち夫婦間の問題を扱っており、それがいかに生々しかったかということも理解される。「蓼喰ふ虫」第四十六回の掲載が三月十五日で、高夏が弘を連れて東京へ行くということで夫婦問題にはいったんケリをつけて、三月二十八日掲載の第四十七回から要は岳父とその妾お久とともに淡路旅行することになる。三月七日付の谷崎からの書簡を受けとった小林倉三郎は、すぐにその書簡への返事を書いたようで、次の三月十二日付の小林倉三郎宛の谷崎書簡を読むと、兄として千代の「不心得」を詫びながら、四月にならないとうかがえない旨の返事が認められていたようである。

昭和四年三月十二日付　小林倉三郎宛　谷崎潤一郎書簡

封筒表　群馬県前橋市一毛町二〇五　小林倉三郎様　侍史（消印4・3・13）
封筒裏　三月十二日　兵庫県武庫郡本山村岡本　谷崎潤一郎

御返事拝見いたし候
仰せ一応は御尤もに候へども　元来此のことは小生も賛成のことにてあながち御千代の不心得とのみ申す訳には無之　何も〳〵拝顔の上よく事情御きき取り被下候ハバ御諒解を得ることと存候　しかしいろ〳〵御都合も有之べくと存候まま四月上旬まで現状維持と可致候間　なるべく四月に入りましたら早ゝ御いで被下度御待ち申上候　或ハその前に小生一度上京いたすやも知れず　その節は東京まで御越し被下度候
なほ〳〵申迄もなき事ながらそれまで何人なりとも余人にハ絶対秘密に願度、東京親戚等へも小生に御会ひ下されたる後にて御相談を願度候
いづれ詳細近月可申述候
三月十二日

谷崎潤一郎

小林倉三郎様
侍史

それが愛読愛蔵版『谷崎潤一郎全集』収載の同年五月二日付佐藤春夫宛書簡（全集書簡番号九八）に「覆水返盆」とあるとおり、和田との結婚話がキャンセルされてしまった。この急転直下の事態の急変には何があったのだろうか。その詳細は明らかでないが、三月八日付の鮎子宛佐藤書簡に「キリストのお風邪を召した日でお休みであつたので日の短かつたわりに、永いこと遊べて仕合せでした。ただ帰りの日に少し浮かない顔をしてゐたのでそれが少々心配です」「あなたの新婚旅行には小父さんがついて行つて上げますから、恥かしくはないでせう」という文言が記されていることが気にかかる。

「蓼喰ふ虫」の要の従弟の高夏秀夫が上海から帰国し、夫婦の離婚についての相談相手になるという場面は、弘の学校が春休み中ということもあって、ほとんど二月の末から三月初旬にかけての佐藤の来訪をシミュレーションしたかのような書きぶりである。弘は高夏が好きだけれど、高夏が来たということは両親の夫婦関係にカタをつけにきたのではないかという恐れも抱いているという要の説明は、そのまま佐藤の来訪時の鮎子への説明にも重なるものだろう。

しかも「最後の最後まで延ばしてゐる」子どもに話をするという難関を、高夏は弘を東京へ連れだした折に独断でやってしまうが、佐藤はこの来訪時に鮎子に対して高夏と同じような立場に立ったことになる。東京へ帰った佐藤が鮎子へ「帰りの日に少し浮かない顔をしてゐた」のが心配だといい、佐藤と鮎子のふたりだけにしか通じないような「あなたの新婚旅行には」云々といった話題に言及しているところからすれば、このときにひょっとして佐藤は鮎子へ両親の夫婦問題の真相を告げたのかも知れない。少なくとも大人たちのあいだで「スッカリ話がついた」としても、鮎子にどのように話をして、鮎子の納得をどう得るかということが最後の最大の難関だったことには間違いない。

そうすると、京都の鹿ヶ谷に住んでいる要の岳父からの「誠に誠に思ひの外の儀、美佐こと素より不束《ふつつか》ながら日頃左様なる不所存者のやうには養育不致候処、俗に魔がさしたと申すにや、拙老此の歳に及び斯かる憂きことを耳にいたし候は何の因果かと悲歎やる方なく候」といった大袈裟な時代がかった詫び状は、千代の保護者である兄の小林倉三郎からの返信をヒントに創作されたものだったかも知れない。兄の倉三郎は、高崎の上州銀行の頭取をしていた小沢宗平が経営していた山口屋という薬種問屋へ見習奉公に出て、当時は前橋で薬屋を営んでいた。

谷崎終平は小林倉三郎について、「太った目玉の大きな人で南洲という渾名《あだな》だった。もっともこの南洲は身体に似ない、小心な気の弱い処のある人で、後に原稿用紙の久楽堂と称して、作家の処へ売り歩いた時期もあったから、古い作家の方々は御存知の方もある筈。学歴は小学校位しかないのに、随筆なども書ける、子供の様な感受性のある人柄」だったと記している。谷崎が夫婦問題を知らせた手紙に対しては、千代の「不心得」を詫びるなど、きわめて常識的な対応を示しており、和田との関係がダメになったという報告の手紙に対する倉三郎の返事に対し、谷崎は六月二十八日付で次のような書簡を送っている。

昭和四年六月二十八日付　小林倉三郎宛　谷崎潤一郎書簡

封筒表　群馬県前橋市一毛町二〇五　小林倉三郎様　親展（消印4・6・28）
封筒裏　六月二十八日　兵庫県武庫郡本山村岡本　谷崎潤一郎

御手紙拝誦いたしました　時下梅雨之候御変りもなく大慶に存ます

さて過日来一方ならぬ御心配をかけ大変に相すまなく思つて居ります、しかし貴下の心事　千代の心事共に私もよく了解して居りますから此の上の心配は御無用になされ度、御芳情はさる事ながら夫婦の間の問題と云ふものは、何処迄も夫婦だけにて解決する方が多少の時日はかかつても結果よろしく、第三者が這入つては、一時解決しても却つてほんたうの解決にならないことが多いやうです、御志はよく分つて居りますが何卒此の事は御含み置被下度、私はたとへ一生かかつても最後の和解に到達すれば、それが真の立派な夫婦だと信じます、

なほ〳〵今回の御法事に際し千代こと帰省させますのが至当ではありますが、勝手なから、私の家庭を主にして考へますと、今は夫婦ともたとへ気まづい思ひを堪へても家にじつとして居るべき時機だと考へます、千代も私も此の間中ずゐぶん苦労いたしましたが、私はそのあいだにも自分の仕事は怠らず、日日机に向つてゐました、千代も疲れてはゐませうが、国に帰つて休養するよりも此の場合は家庭を離れずに居るべきで、本日その旨を本人にも申しきかせました、ただ御法事に欠席するのは何とも申訳ないのですが、いつれ今度上京する機会に、一緒に参ることもありませうから　その節御参りいたしませう、仏さまも余事とちかひ了解して下さると思ひます、殊にあゆ子こと昨今又〻呼吸器病にて毎日微熱去らず、既に一箇月近くも学校を休んで臥たり起きたりしてをりますから旁〻事情御諒察の上不悪御諒察願ひます、向島へもその旨申送りました、

多分年内秋頃には御目にかかれるかと思ひますが、何卒これからはそちらからも時〻御来遊御待ちいたします

皆〻様によろしく

六月廿八日　　谷崎潤一郎

小林倉三郎様

侍史

書簡中の「法事」とは、倉三郎が前年に夫人を亡くしており、その後の倉三郎と千代とのやりとりに倉三郎の再婚問題が触れられているところから、倉三郎の亡妻の法事ではなかったかと推測されるが、詳しいことは分からない。しかし、その後の夫婦の関係をどのように維持してゆくのかということに関しては、谷崎も千代もよほど苦慮しなければならなかったようで、倉三郎もそれについて心を痛めたようである。また微熱つづきで学校を一ヶ月近くも休んでいる鮎子も、両親のあいだの葛藤を敏感に感じとって、ひそかに心を悩ましつづけ、相当なストレスがかかっていたことも間違いないだろう。

では、当事者であった千代はこの事件に関してどのように感じていたのだろうか。これまで谷崎側からの言及のみで語られてきたが、千代自身の気持ちはどんなものだったか。さいわい千代から兄の倉三郎へ宛てて出された書簡が残されており、この事件へも言及しているので、ここに紹介したい。事件からほぼ一年近く経過したあとの昭和五年三月十日付の書簡である。

昭和五年三月十日付　小林倉三郎宛　谷崎千代書簡

封筒表　前橋市一毛町二〇五　小林倉三郎様（消印5・3・11）

封筒裏　三月十日　神戸市外岡本　谷崎千代

しばらく御無さたをいたし申わけもありません、その後兄さんの方如何なさいましたか御様子おききしないではとおもひながらつひ〳〵今日まで失礼してしまひました、実は昨年の暮からごた〳〵いたして居りましたのですから筆を持つ元気もなくなつてしまひました、お京さんがにげ出してまたかへつて来るやらそれは〳〵とても書きつくせないほどの事件がありましたの、で私の方ハとにかく表面ハいちだんらくついた体にはなつて居りますのですが、やつぱり相変ず元気無く暮して居ります、その後の事ハもし御上京の折あらは和田様に一度お逢ひになつておきき下さいまし、主人もこん度ハ私のいい様に勝手にせよといいましたのですが鮎子がどうしても東京行きはいや〳〵と申ますので私の気もくぢけてしまひといつてすつかりおもひあきらめたと云ふわけでも無く（尤もこれは私のきもちだけの事です、先方ではどうおもつてゐるかその後たよりをした事ももらつた事もないのです）相変ずくよ〳〵として過して居ります、もしお逢ひになつたらどんなにしてゐるか御様子おきかせ下さいまし、自分の事ばかりいつて居りましたが兄さんの方はおめでたのおはなしはまだですか御様子おきかせ下さいまし、火事何事も無く何よりです□□へ何かお見舞とおもひながらそれもそのままになつて居ります何がいいでせうか　何をするのもいやでこの頃はぶら〳〵して夜もよくねむれないもので朝がたになるとねむくつて子供の学校行きに起きてやる元気も無く困つて居ります、

お末もおめでたの由いづれ手紙書きませう、今日これだけ書くのがやつとですきたない字でよめないでせうけれど御ゆるし頂きます、お末も昨日手紙くれました向じまの姉様お二人たづねてくれたとよろこんで居りました、ではその後の御様子おきかせ下さいまし、

千代

兄上様

私は千代の手紙をはじめて見たが、これまで写真で見ていた千代の姿やいろいろな方の話によって勝手につくりあげた印象の良妻賢母的な、淑やかなイメージとは、大きく懸け離れた、女性としては放胆ともいえる、その奔放な書体とその書きぶりには大いに驚かされた。書簡のはじめに触れられた「昨年の暮から」の「ごた〳〵」とは何だったろうか。『谷崎先生の書簡　ある出版社社長への手紙を読む』（増補改訂版、中央公論新社、二〇〇八年）の中央公論社社長の嶋中雄作に宛てた谷崎の書簡でも、書簡番号「九」、同「補一四」、同「補一五」にこのことが言及されている。

「お京さん」とは誰だかはっきりしないが、その人が「にげ出してまたかへつて来る」など、「とても書きつくせないほどの事件」だったという。どんな事件だったかとても気になるのだけれど、千代は「私の方ハとにかく表面ハいちだんらくついた体にはなつて居ります」というのだから和田との事件でもなく、谷崎も「今回は佐藤にさへも話してありません」（嶋中雄作宛谷崎書簡「九」）というのだから、この年の八月に起こる妻譲渡事件にかかわることでもない。とするならば、昭和六十一年（一九八六）三月十五日の「毎日新聞」大阪版に「谷崎潤一郎の〝忍ぶ恋〟」の見出しで報道された、お手伝いさんだった宮田絹枝にかかわる事件だったのではないかと推測される。それにかかわり、同居していた末弟の終平が一週間も家出をすることになったというのだから、大変な騒ぎではあったろう。

この件に関しては谷崎終平『懐しき人々　兄潤一郎とその周辺』に詳しいし、私も『増補改訂版谷崎先生の書簡　ある出版社社長への手紙を読む』で触れて書いたこともあり、鮎子宛書簡を読むことに直接的に関係することではない。したがって、ここで触れないことにするけれど、この書簡では何といっても「主人もこん度ハ私のいい様に勝手にせよといいましたのですが鮎子がどうしても東京行きはいや〳〵と申ますので私の気もくぢけてしまひ」という箇所に注目せざるを得ない。それにつづけて「といつてすつかりおもひあきらめたと云ふわけでも無く」と、千代が和田との結婚を「すつかり」諦めてしまったわけでなく、「私のきもちだけ」でも多分に未練を残していたことが分かる。

大人たちの欲望の渦巻くさなかに子どもの拒絶によって、当事者たちの思惑がすべてご破算になるという構図は、攻守の立場は逆になっているけれど、「肉塊」におけるあの秋子がグランドレンの侍女役を拒絶したシーンそのままといってもいいだろう。このとき鮎子は満十三歳になったばかりで、母が一緒になろうとする男性は二十五歳の青年である。鮎子としてもそんな若い青年を義父として受けいれるのには、やはり抵抗があったろうし、生理的な嫌悪感さえ抱いたかも知れない。事件から一年近くたっても、千代は「何をするのもいやで」、夜も眠られずに「子供の学校行きに起きてやる元気も無」いほどの精神的な打撃をこうむったようだ。また先の倉三郎宛の谷崎書簡からもうかがわれるが、事件後に夫婦が立ち直るのは並大抵なことではなかったようである。

この千代の手紙に対して倉三郎からの長い返信（封筒を欠いているので日付不明）も残っている。それも合わせて読むことで、この事件およびその後の谷崎夫婦の問題がより鮮明に浮かびあがってくるので、必要な部分のみをここに引いておきたい。なお、千代書簡の末尾に言及された「お末」は谷崎の末妹のお須恵ではなく、倉三郎、千代の一番下の妹も末といって、ここではそちらの末のことをいっている。

手紙拝見しました、あまり便りがないので心配してゐたのですがいろいろと苦労は察します、お前様の気持によく同感できます、私も世間の非難とか　所謂名誉とかそんなくたらぬ事に自分の人生を悪くする事の愚かであるのを知つてゐますから　お前様がどうしようとも結局はお前様のよいと思ふ方へ手伝ふのは勿論であるけれど　何にしても所謂犬も食はぬ夫婦けんかと違ふそちらの状態故其間私達には解決出来ない理屈もあろう《ママ》と思ふので閉口してゐます。

一番気の毒なのは和田様ですが鮎子とお前とは切つても切れぬ仲なので　和田様に気の毒でも何でもこれはどうする事も出来ない事で止むを得ないのですから　赦して頂いて鮎子のためにどうか思ひ直してもらひたいと思ひます。

鮎子はどうしたでせう、宜敷云つて下さい、いつでも鮎子の顔を思浮べます、こんな伯父らしくもない私に会へば笑顔を見せて呉れる心根を思ふと何と云つてよいか判りません。

そちらの状態も二度目に行つた時は大変工合がよいと見たのですがどうした訳でせう、もう一つ、つつこんで努力して見て呉れませんか、自分の気持をもつと〳〵赤裸々に出したら楽なのではないかと思ひます、其点で元とはまるで違つたよい傾向だと感じたのですが　此上は更に勇敢であつた方がよいと思ひます、
谷崎氏も結局はお前を甘く見すぎたといふ事もこんな事にさせた一つの原因だと思ひますが　御自身としてもいろいろ苦労された事で今後は注意すると思ふから、性分で致方ないと云はれゝばそれまでだけれど　いつまでも意地の悪い態度に出ず何とかそこを甘くやつてもらひたいと思ふけれど　どうでせう、こゝは本統《ママ》に理屈では行かぬ所で私も押切つて云ふ訳には行かないけれど　私だけの立場から云つてもお前にからだを悪くされでもすると困るし鮎子の事も心配になるし　それはお互同志が他にけん制されずに自分は自分で思ふまゝにやつて行くのが本当だといふ理屈はあるのだけれど、だまつてもゐられぬし、況《ま》してお前としても鮎子を措いてどうする事も出来ないのを味ひぬいた今日でもあるのだから、そこは感情で斗り行かずよく考へ直して人生は面白く愉快に暮さなくてはうそだといふ風にも考へて自分

のために何とか善く生きる道を講じてもらひたいと思ひます。結局は谷崎家の家庭を温くする以前にとるべき方法はないのだと思ひます、で　問題はどつちが先に親しく出るかにあると思ふがそこは無理でもお前の方が負けて行くのが本当ではないかと思ひます、併しお前にはお前の立場があるので　さう甘く行くものでないのは勿論だしかく云ふ私とても一面にはお前の心持にも悉く同感出来るのだから　さうしないのは間違つてゐると押切つて云ふ訳ではないけれど一つ考へてもらひたいと思ひます、（後略）

妹の千代の気持ちも思いやり、なるべくその心を逆なでしないように、くだくだしい書き方にはなっているが、当時谷崎夫婦が陥っていた状況および家庭の雰囲気がよく分かるものとなっている。「谷崎氏も結局はお前を甘く見すぎた」といっているように、妹側に寄りそいながらも、世間一般の常識的な尺度から、この問題の核心をかなり的確に見抜いていたようである。両親がこうした心理的冷戦ともいっていい状態に陥ってしまった家庭環境におかれた娘の鮎子も、おそらく相当に息苦しいものを感じていたはずである。倉三郎も鮎子の笑顔を思い浮かべ、その「心根」を思うといたたまれないといっているけれど、鮎子はよほど賢く、芯の強い子に育っていたのだろう。

谷崎終平の著書には、この時期の谷崎と鮎子について触れて描かれた一節もある。

兄は恥しがり屋だったせいか、身内の者には用の口以外に喋らない。僅かに鮎子とは話していたが、これもまともではないのだ。例えば、カキクケコを挿《はさ》んだりして話す。

「アカイキコハカネケ！」「ハーカ、ハーカ」と言った調子。また一冊の本を二人で覗き合って読んでいたこともある。鮎子も読書力は随分早い方だったが、鮎子が一頁読み終る頃には兄はもう見開きの二頁分を読んでいて「鮎子はまァだそんな処読んでいるの！」などと言っていた。

四

昭和五年（一九三〇）八月十八日に谷崎は千代と離婚し、千代は佐藤春夫と結婚する旨の、三者連名の挨拶状を知友に郵送した。翌十九日に各新聞では社会面のトップでこのことを大きく扱い、いわゆる妻譲渡事件として各方面にセンセーションを巻き起こした。この妻譲渡事件に関しては、佐藤春夫の「僕らの結婚――文字通りに読めぬ人には恥あれ」と小林倉三郎の「お千代の兄より」が、もっとも詳しく信頼できる文献となっている。なお「僕らの結婚」の初出誌は「婦人公論」昭和五年十月号で、発売日は九月十五日であったが、これが発売されたあとに九月十九日から十月三日まで十回にわたって「紀伊新報」に再掲されている。

この年の六月に小田中タミと別れた佐藤は、「大阪朝日新聞」の連載（「心驕れる女」）の仕事を終えると、寂しさをまぎらわせるため、谷崎に会いに直ちに大阪へ向かった。大阪駅まで迎えに出た谷崎は、佐藤と食事をしながら、「どうだ君はお千代と結婚する気はないか」と切り出したという。その場ではすぐに返事をしかねた佐藤は、千代とも話し合ったけれど、結論を得ないままにいったん東京へ帰った。思いあぐねた佐藤は谷崎と千代との関係について熟知している小林倉三郎に相談したところ、倉三郎からは佐藤がもっと積極的に動いてもいいのではないかというアドバイスを得た。

七月九日朝に六日付の佐藤からの手紙を受けとって、倉三郎はすぐに上京、その夜に佐藤と話し合ったが、佐藤は倉三郎に宛てた手紙と同時に、千代に宛てて谷崎と一緒に読むようにと断り書きした手紙も出した。その返事がちょうど倉三郎が来合わせたときに届いて、それを受けて倉三郎も千代に手紙を書き、二十日に谷崎の家で佐藤とも落ち合うことにした。佐藤は十一日の夜行で下阪し、十二日に谷崎邸に着き、十三日には新宮へ向かった（この間の日にちを佐藤は間違えているが、倉三郎の方が正しい）。「お千代の兄より」に、七月十三日付の千代からの手紙と同日付の谷崎からの手紙の一部分が引かれているけれど、後者はそのコピーが残っているので、全文をここに紹介しておく。

昭和五年七月十三日付　小林倉三郎宛　谷崎潤一郎書簡

封筒表　群馬県前橋市一毛町二〇五　小林倉三郎様　親展（消印5・7・14）

封筒裏　七月十三日夜　神戸市外阪急沿線岡本　谷崎潤一郎

拝啓

其後御無沙汰して居りますが酷暑之折柄御変りもなき事と存じます

さて近日御来訪下さる由佐藤より伺ひましたが、短冊をいつでも書きますが、外に是非折入て御話も致度事も有之、乍勝手もし二十日前に御いで願へたら尚有難く、いづれにしても御日取決定次第一寸電報で御知らせ願度、佐藤は目下帰省して居りますが、あなたの御来阪の日が分り次第拙宅へ来る約束にて佐藤の方もなるべく早い事を希望して居ります、

尚〻申おくれましたが過日ハお末の事につき御心配を願ひ誠に有り難く、萩原氏よりハ佐藤の方へ返事がありまして忌が明けたら来阪、御末に会つて見るとの趣、そんな訳ですから、まだ萩原氏に御会ひになる機会がありませんのなら御捨置き願つた方が却ていいかともおもひます、しかし、自然にいい折が

あつたら一寸御聞き下すつても宜敷、万事御配慮に御任せします
いづれ拝顔の節万〻
七月十三日

谷崎潤一郎

小林倉三郎様

侍史

千代も手紙を差上ると云つてをりましたが私より改めて御願旁御問ひ合せする次第です

書簡の末尾に記されている「萩原氏」の話は、昭和四年十月に萩原朔太郎が稲子夫人と離婚したところから、再婚相手として谷崎の末の妹の須恵との見合い話がもちあがっていたことに関係している。なお千代との離婚後に、谷崎は再婚相手の候補のひとりとして朔太郎の末の妹のアイ（愛子）も考えていたようで、一度お見合いをしている。この時期になにかと萩原朔太郎とは深いかかわりをもっていたようだ。

倉三郎は十九日の夜行で東京を発って、二十日朝に谷崎邸に着いた。その夕には佐藤も新宮から到着して、話し合いがもたれたが、最終的な決着を見たのは二十四日になってからだったという。「お千代の兄より」には、そのときのことが実に生き生きと、感動的に描き出されている。

翌二十四日、お千代が佐藤氏と私を呼びました。一睡もしなかつたと見えて、蒼白《あをじろ》い顔をしてゐました。

『妾《あたし》もいろいろに考へたのですけれど、鮎子が快く承知するかどうか分らぬと思ひます。谷崎は親の威光でも承知させると云つてゐますが、嫌だと云ふのに強いてそれでは可哀想過ぎていやです。若し鮎子が快く承知したらば何事も谷崎のいふ通りでよいと思ひます。谷崎に佐藤さんあなたからよく話して下さい』と涙ぐんで申出でました。

鮎子は顔たちも性質もお父さん似で、快活ですが無駄口をきかぬ賢い児です。確か聖心学院といつたと思ひますがそこの二年生です。鮎子の居る時はこの話に渉らぬやうにしたのですが、敏感な彼女は両三日来の雰囲気に大体の様子は知つてゐるやうでしたが、それらしい顔を少しも見せず、誰れにもその気持の判断はつきませんでした。佐藤氏にはよくなついてゐました。

『鮎子、お父さんは大谷崎といふけれど、小父さんは何といつたらよろしいだらう、大佐藤もおかしいし』

『さうですね、小父さん色がクロだから黒佐藤《くろざとう》がいいでせう』などと冗談を云ひ合つたりする程の仲でした。

夕食後の雑談に一花咲かせてから、谷崎氏が、

『これから鮎子に話してもいいだらう』と急に真面目な顔になりました。

『今夜でない方がいいでせう、さうでなくして下さい』と千代が云ふと、

『あ、今夜は止し給へ』と佐藤氏が止めました。鮎子の諒解が大問題でした。

いつも二合程入る徳利一本のお酒を両氏して飲みました。その翌夜は量を大分増したやうでした。私は両氏が飲んでゐる間に飯をすませ、湯に入りました。谷崎氏の『鮎子ツ』と呼ぶ甲ン高い声を一寸耳にしましたが、気にも留めませんでした。湯から出て、とツつきの鮎子の書斎へ何気なしに這入ると、

そこにかなしい場面を見せられました。声も立てずに泣いてゐる鮎子の背を、これも泣いてゐる佐藤氏が抱へるやうにして、静かに撫で丶ゐました。いつも食堂を其のまま会議室にあてる十畳の客間では、お千代が泣いてゐました。谷崎氏は浴衣を肌ぬぎになつて、両手を腹へあてて、口を結んで一寸上向きかげんに、大股に静かにそこの廊下を行きつもどりつしてゐました。涙が光つてゐました。私は堪らなくなつて座をはづしてしまひました。

その後、谷崎は鮎子に自分の書斎から短冊と硯をもってくるようにいうと、いいつけられたものをもってきた鮎子は、「最早泣顔をすつかり機嫌よくして其の場を取りつくらうものの如く、平常よりハキハキして」、「鮎子に元気づけられて皆んな涙を納め」たという。鮎子が一生懸命に墨をすり、谷崎と佐藤はそれぞれ短冊に揮毫したが、そのうちのいくつかを掲げている。

つのくにの長柄の橋をなか〳〵に
　渡りかねたるおもひ川かな　　　潤一郎
水かれし流れもあるを妹背川
　深き浅きは問ふ勿れゆめ　　　春　夫
世の中は常なきものを妹背川
　なとか淵瀬をいとふへしやは　　潤一郎
人妻の双のたもとは短しやあはれ　　春　夫

千代の心持ちが決まると、佐藤と谷崎がそれぞれに佐藤の父母に手紙を書き、八月四日になって和歌山県牟呂郡下里の懸泉堂に住んでいた佐藤の厳父豊太郎へ挨拶のために谷崎と千代と佐藤の三人は紀州へ海を渡った。谷崎が鮎子に宛てて書いた最初のもの（書簡番号一）が、このときに乗船した那智丸の出航前に書いた絵はがきである。当時、紀州の新宮は陸の孤島と呼ばれるほど交通の便が悪く、紀勢本線が全線開通したのは戦後の昭和三十四年で、和歌山と熊野市の紀勢西線が開通したのも昭和十五年だった。したがって、当時、新宮へ行くには船によるしかなく、那智丸は神戸と勝浦を結ぶ定期船であった。

谷崎は「父となりて」以来、著述上ではかなり冷淡な父親ぶっているが、娘の鮎子に対しては終生変わらない豊かな肉親の愛情をもちつづけたようである。父親の娘への便りの最初のものとして、「御とうさんは早速築港でビールを一杯のんだところ也／これから風呂へ這入つてひるねの予定」といった文面は、あまりにそっけないかも知れない。が、離婚の手続きのために当事者の三人が紀州へ向かうその港に着いて早々に、岡本の家で留守居する娘へ便りを書くことの裏側には、自分たちの我が儘から娘に淋しい思いをさせてしまうことへの忸怩たる思いと、娘の不憫を思いやる父親のやるせない思いとが、こもごも強くにじみ出ているといえる。

ここにいう「築港」とは、大阪港の現在では天保山公園となっている定期便が発着していたところと思われるが、谷崎は紀州で一泊して帰り、佐藤と千代は谷崎が帰ったあとさらに二泊したという。そして、佐藤は「ここではじめて僕等の結婚は父の家に於て名実を具へたのである」（「僕らの結婚」）と告白している。

五

紀州から岡本に戻った佐藤と千代は、八月十五日に鮎子を連れて谷崎家を出て、途中に養老に三泊して、十八日に東京小石川の自宅に帰り、そして鮎子の学校がはじまる九月はじめまでにはまた岡本の谷崎邸に戻った。そして谷崎は、挨拶状の追伸にあったように旅行へ出て、留守宅を佐藤一家に托す予定だった。が、その予定をくつがえさせるような想定外の事態がたてつづけに起こった。鮎子が通学していた小林聖心女学院から追放されるという出来事と、佐藤春夫が突然に脳出血で倒れるという事件である。

昭和五年九月九日の「大阪朝日新聞」には、「谷崎鮎子さん／学校から突放さる」と見出しが掲げられて、こんな記事が載せられた。「谷崎潤一郎氏が「今回合議の上で」の一文を社会におくつて千代子夫人対佐藤春夫氏の恋愛を清算し非常なセンセーシヨンを捲起したのはつい先ごろのこと、すつかり重荷を下ろして旅に出るといつた谷崎氏がいまだに阪急沿線岡本の邸に佐藤夫婦とゝもに世間から見て奇妙な同居生活をしてゐるのはどういふ訳か？　谷崎氏にも千代子先夫人にも可愛い長女の鮎子さんが突然通学してゐる阪急沿線仁川の聖心女学院から「こんな家庭の娘は預かることが出来ない」と突放され一悶着起きたからである」というものだ。

記事の全文とそれに対する谷崎の談話は、決定版『谷崎潤一郎全集』第二十六巻の「記事」の項目に収められているので、そちらを参照していただきたい。没後版全集「谷崎潤一郎全集月報20」には丸尾長顕の「谷崎先生の心の片隅に」が載せられているが、この文章は最初に書かれた原稿から大きく書き直されたものである。今回、その書き直される前の原稿が残されていることが分かり、それを見ることができた。そこにはこんな一節も記されていた。

それから間もなく「奥さんの譲渡事件」が起った。新聞が騒ぎ立てていたある日、私は先生が宝塚線の小林駅にひとりぽつんと立っていられる姿を見つけたので、反対側の電車に乗っていた私は急いで飛び降りた。

先生がなぜこんな小っぽけな駅に立っていられるのか、私には不思議だった。私の顔を見た先生はいきなり

「修道尼なんて話のわからぬ奴ばかり揃っている」

と、嚙んで吐き出すように云われた。

小林には関西の聖心女学院があり、鮎子さんが通学していることをやっと思い出した。

「今度の事件で、鮎子に退学するか、寄宿舎に入れろというのだ。親の行動と娘の学業とに何の関係があるというのか、いくら説明してもわからないのだ。そんな世間知らずの学校に娘は預けておけない、こちらから退学させると通告してきたところだ」

と、憤懣の色が濃かった。その結果、鮎子さんは東京の他校に転学されたが、ともかく先生自ら交渉に足を運ばれたことは、鮎子さんへの愛情を物語っている。

「それから間もなく」というのは、丸尾長顕が宝塚歌劇団の文藝部にいたころ、「脚の見事に美しい踊り子で、白痴美的な魅力があった」住野さえ子が谷崎のごひいきで、よく宝塚の公演を見にきたといい、住

野さえ子を囲んで鮎子や根津清太郎などと一緒に写真を撮ったことがあり、その時期から「間もなく」ということである。「佐藤春夫に与へて過去半生を語る書」では「あの事件の結果子供がカソリツクの学校にゐられなくなるだらうと云ふやうなことも、有り得べき場合としてほぼ考へてゐたことだつた」と、予見し得るあらゆる事柄を想定していたと語っている。しかし、自分たちが社会的な批判を浴びることは覚悟していただろうけれど、娘がこうしたとばっちりを受けることまでは考えられず、やはり心外だったのだろう。

子どもの起こした事件にその親が責任をとるというのはしばしばあることだけれど、親のしでかしたことでその子どもが責任をかぶるということはめったにあることではない。このときの鮎子の気持ちはどんなだったろうか。世間を騒がせるスキャンダラスな親をもった娘として肩身が狭くつらかったろうが、それにもまして当事者である親たちはいっそういたたまれなかったろう。理不尽な社会への憤りとともに、自分たちの行動から子どもがこうした屈辱的な扱いを受けなければならないことへの不憫さ、申し訳ない気持ちでいっぱいだったろう。佐藤もその責任の一翼を担うものとして、鮎子に対しそうした犠牲をしいたことに、どこへも遣り場のない鬱屈をかかえ、忸怩たる思いも抱いたことだろう。

佐藤の脳出血の発作はこうしたさなかに起こった。谷崎は佐藤が亡くなったとき、「佐藤春夫のことなど」と「佐藤春夫と芥川龍之介」というふたつの談話筆記を掲げている。この佐藤の脳出血には、どちらでも言及しているけれど、前者の方に詳しい。「ある晩、佐藤が神戸に出て、アカデミーというバーに行った。(中略)私はそこがひいきで始終行くので、佐藤も行ったが、その晩、佐藤はここでひどく酔って帰って来た。彼は酒は飲まない男で、少し飲んでも赤くなって、息苦しくなったが、その晩はブランデーを、一ビンの半分くらい飲んだらしい。どうしてそんなに飲めたか、不思議だが、翌日に軽い脳出血を起した」といっている。

顔がゆがんで、ろれつがまわらないままに、何かこっけいなことをいっており、「気味が悪かった」といい、電報ですぐに父を呼びよせたが、顔がまがったのは一日か二日で治ったという。しかし、「完全に回復するのに、一、二年かかった。その間は、書くものも、全然間が抜けていたし、佐藤はどうしてあんなにボケたのかと、いうものもあった。回復するにしたがって、また才気煥発になり、機鋒の鋭さももどったが、でも、もう若いときのような、おそろしい鋭さはなかった」ともいっている。これは佐藤夫人になっていた千代をずいぶん苦しめたことだろうといい、「この時のことは、佐藤の文学によほど影響していると思う」とも語っている。

この佐藤の脳出血がいつ起こったのかは、はっきりとは分からないけれど、秦恒平『神と玩具との間昭和初年の谷崎潤一郎』（六興出版、昭和五十二年）に収められた昭和五年（九）月十二日付の妹尾様宛書簡（封筒失）（全集書簡番号七四〇）が大きなヒントを与えてくれる。秦はこの書簡の日付が「九」と書きかけて途中で気づいて「十」にしたかとも読めるといい、「谷崎の「十」の筆順とは明らかに逆で「九」の筆順にしたがいながら危く途中筆勢を殺して十らしく「月」の字へつづけている」と説明している。実物を見て、直接に確認したわけでないので、はっきりしたことはいえないが、谷崎はときたまそうした「九」を書くこともあり、筆順が「九」の入り方をしているならば、字体がどのようなかたちをしていようと、まずここは「九」と読んで差し支えないのではないかと思う。

この書簡の追伸には「佐藤今日はますく快方御安心被下度候」の一文があり、この日付をどう読むかということによって、佐藤が倒れたのが九月か十月かということが決まってくる。この書簡には「今日は生憎の御天気ですが奈良へ行くことにいたし候」の文言が記されており、秦はこの「奈良」を「吉野」とうけとって、「『十月十二日』に『奈良』へ行ったのが即ち『吉野』籠りの最初というのが結局は真相なのではなかろうか」（傍点原文）と推測している。一九九三年に大幅に書き足されて刊行された「湖の本」版『神と玩具との間』においては、これを「『十月』と定めて、いい」と断定している。

大谷晃一『仮面の谷崎潤一郎』（創元社、昭和五十九年）には、十月「十二日に奈良の志賀直哉を訪ねた。財政困難のため、別棟二階にあった弘仁仏を売りに出すべく、志賀に預けてあった」とある。これは『志賀直哉宛書簡』（岩波書店、昭和四十九年）に収載された昭和五年十月十日付の東京偕楽園から出した志賀直哉宛谷崎書簡（全集書簡番号六八五）に「小生今夜東京発一旦帰宅の上四五日中に伺ひますから詳細は拝顔申上げます」として「弘仁の仏像」について言及しているところから、先の妹尾宛書簡と結びつけて、このように記述したのだろう。小谷野敦『谷崎潤一郎伝　堂々たる人生』（中央公論新社、二〇〇六年）は、新聞騒動後の「佐藤、千代、鮎子の動きが、諸説紛々として摑みづらい」として、この件については言及していない。

鮎子宛書簡に直接的に関係はないのだけれど、ここは谷崎にとっても佐藤にとってもきわめて大切なところなので、少々詳しく考証しておきたい。谷崎が北陸へ旅だったのは九月二十九日の夜行で、「鳥打帽に十徳という身軽ないでたち」だったと新聞が報じている。その間に十月一日付（消印は三日）の鮎子宛絵はがき（書簡番号二）が「山代くらや」から出されている。東京へ着いたのは、今回、発見された十月四日付の小林倉三郎宛谷崎書簡によって十月四日だったことが分かる。

昭和五年十月四日付　小林倉三郎宛　谷崎潤一郎書簡

封筒表　群馬県前橋市一毛町二〇五　小林倉三郎様　親展（消印5・10・4）

封筒裏　十月四日　東京小石川区関口町二〇七　佐藤氏方　谷崎潤一郎

御無沙汰しました、北陸を廻つて本日東京小石川佐藤宅へ来ました、五六日は滞在いたしますから御都合のよき日に御いで下さい、但し出発以来旅行先にても新聞記者がつきまとひうるさくてなりませんので御目にかゝり御相談する迄は前橋の新聞にも上京の件秘密にしておいて下さい

尚小生ハ此処か又ハ日本橋亀島町一ノ二十九偕楽園（茅場町四五八　四五九番）にゐますから御上京の日と時間を前以て御しらせ下さるなら、万一偕楽園にゐても佐藤方へ来て御待ちします、（郵便は佐藤方へ願ひます）

拝顔の節万〻

谷崎潤一郎

小林倉三郎様

萩原氏へも同時に手紙を出しました　同じ日に会へると尚便利です　御一緒に来られてハ如何

この東京滞在中、のちに「幼少時代」（「文藝春秋」昭和三十年四月～三十一年三月）に記しているように、かねてから意中にあった偕楽園の女中にプロポーズするつもりだったが、その女性はつい先達て嫁にいってしまったということだった。また追伸に記された「萩原氏へ」の手紙は、萩原とお須恵との見合い話と同時に、谷崎から申し入れていた萩原の末の妹のアイと谷崎自身との見合いの件に関するものだったと思われる。

後年、アイは谷崎との見合いについて次のように語っている。「兄朔太郎が稲子さんと離婚したあと、

谷崎さんは自分の身内の人を兄に世話したいお気持で見合いまでしたのですが、実を結びませんでした。谷崎さんと私との縁談話は、谷崎から兄に話があったようです。以前伊香保でお会いしていたからでしょう。見合いのとき谷崎さんは関西から東京へ出て来られ、私も朔太郎に連れられて東京駅まで出迎えました。和服のコートをきてステッキをついて汽車からおりてこられた谷崎さんがひどく年よりくさく見え、おじいさんといった感じで、谷崎さんとの縁談には余り気のりしませんでした。私が最初伊香保でお会いしたときは、私も肥えていたのですが、そのころはやせていたので谷崎さんのお目にもかなわなかったのでしょう。東京駅から浅草の鳥料理屋へ行ったのですが、そこで佐藤春夫さんと千代子さんとの話をされ、自分は潔ぺきだから三角関係にはたえられないといっておられました」(「上州の文学紀行」、「朝日新聞」〔群馬版〕昭和四十四年五月二十一日)。

話を戻そう。谷崎が北陸をまわって東京に着いたのは十月四日で、志賀宛書簡にあるように十日の夜行に乗って、十一日に帰阪したということになると、大谷のいうように十月十二日の志賀直哉訪問という可能性はあり得るだろうか。秦が紹介した妹尾宛書簡を確認すれば、「昨日は失礼いたし候／今日は生憎の御天気ですが奈良へ行くことにいたし候」とあり、十一日に帰宅してその足ですぐに妹尾家を訪ねて、旅行中のつもる話をして、翌朝に奈良の志賀邸に赴くことも不可能ではない。

しかし、「佐藤今日はます〳〵快方御安心被下度候」という追伸がまったくそぐわないものとなる。佐藤の発病が谷崎の旅行中だったとしても、帰宅した当日の夜だったとしても不自然であり、ましてや九月中に倒れてその容態が安定したのを確認してから旅行へ出たのであれば、この追伸はほとんど意味をなさないことになろう。

「はじめに」で言及した拙稿「谷崎潤一郎年譜考」において私はこの点にも触れて、大阪管区気象台に問い合わせたところ、昭和五年九月十二日の大阪地方の天気が「雨のち曇り」で、十月十二日は「快晴」ということから、前者の可能性が大きいことを指摘しておいた。したがって、秦の紹介した妹尾宛書簡がまず九月十二日のものだったことは間違いないと思われるが、この日、谷崎はどのような用事で志賀を訪ねたのだろうか。それが大谷が言及していた「弘仁の仏像」の処分にかかわる相談だったことは、『志賀直哉宛書簡』に収載された、北陸への旅行に出発する前日の九月二十八日付の志賀宛谷崎書簡（全集書簡番号六八四）によっても明らかだろう。

改造社版谷崎全集第七巻の口絵にこの仏像の前で写した谷崎の写真が載せられているが、志賀直哉の「早春の旅」（「文藝春秋」昭和十六年一月、二月、四月）に「前、谷崎君の所にあり、今は私の所にある観音像」と言及されたものである。瀧井孝作「奈良より」（『折柴随筆』所収）によれば、「谷崎氏は先月の二十日頃だつたか奈良へ見えて、自宅の仏壇の本尊にしたい気持で古い彫刻の仏像を欲しいとの事でした。志賀さんらと共に森田と云ふ骨董店へ行つたら恰もいゝ仏像があつて一体は六百円、一体は三千円といふ事で、高価の方は三尺位の木彫の聖観音で背ろに五尺位の舟形の光背もついて間違ひなく藤原初期の名作で、志賀さんは傍で見て谷崎氏が買はれなかつたら自分が欲しいと思つて居たら、谷崎氏は左程高価な予定ではなかつたけれど比べるとずつといゝので、ついにこの聖観音を手にいれること」にしたという。この文章の末尾に「昭和二年四月」と執筆年月が明記されているので、昭和二年三月のことである。

梁瀬健「志賀直哉旧居と谷崎潤一郎の観音像」（「白樺サロン」二〇〇八年三月）によれば、その後、この観音像は志賀に譲られて、志賀家でも戦後になって手放したという。現在、早稲田大学会津八一博物館内の富岡重憲コレクションとして所蔵展示されているけれど、この当時すでに窮乏していた谷崎は、北陸への旅に出る金策のためにこの観音像の処分について志賀へ相談したのだろう。「御事情をきいてみれば先日の金子一応御返却するのが順序と存じますが既に一部分費消してゐますので」云々（九月二十八日付志賀宛谷崎書簡）とあるところから、志賀自身へ売るにしろ志賀を介して他人へ渡すにしろ、このとき志賀からなにがしかを頭金として融通してもらっていたようである。

こうした用事があったので、十月十日付の志賀宛書簡でも「一旦帰宅の上四五日中に伺ひます」といっているので、十二日に行くならば帰宅の翌日なのだから、そうはっきり書くことができたはずである。まして「奈良」を「吉野」とうけとめ、十二日を「吉野葛」執筆のための「吉野」籠もりの最初の日とする秦説はまったくいただけない。佐藤は「僕らの結婚」を「婦人公論」十月号に発表して以降、翌年三月号の「文学時代」に「読漱石書翰集」を掲載する半年ものあいだ何も執筆していない。「婦人公論」十月号の発売日は九月十五日だから、原稿は八月末までには書かなければならなかっただろう。「僕らの結婚」の文末に「昭和五年八月二十七日記す」の断り書きがあり、佐藤が倒れたのはこの原稿を書きあげてから、さほど遠くない時期だったと思われる。

このように解釈することで秦が紹介した「九」ないし「十」月十二日付の妹尾宛書簡は、すべて合理的な説明がつき、完全に納得のゆくものとなる。妹尾とは前日に会い、その翌朝に「佐藤今日はます〳〵快方御安心被下度候」というのだから、顔のまがったのも一、二日で治ったという谷崎の言を信じるならば、佐藤が発作をおこしたのは、この一、二日前ということになろう。谷崎邸で佐藤が倒れて、佐藤夫婦が身動きのとれない状況となって、金策から鮎子の転校先を探すことまで、すべて谷崎ひとりの身にのしかかってきたわけである。谷崎は早稲田大学に勤めていた弟の精二に鮎子の転校先を探すことを依頼したが、それも佐藤の発病ですぐに東京へ戻ることは難しくなった。

が、そのことに触れる前に、以前におこなった私の仕事で、ひとつ訂正しておかなければならないことが判明した。それは『谷崎潤一郎の恋文　松子・重子姉妹との書簡集』（中央公論新社、二〇一五年）の根津松子から谷崎へ寄せられた書簡（書簡番号16）の年代推定があやまっていたことである。私はこれを昭和五年十月三日と推定したが、その日はすでに谷崎は北陸への旅に出ており、松子もそれを知っていたと思われる。「明朝清太郎朝鮮に参ります」の一文から推定したのだが、三島佑一『谷崎潤一郎と大阪』（和泉書院、二〇〇三年）で紹介された大阪朝日新聞に勤めていた大道弘雄宛書簡の昭和四年十月九日付に、「根津さんが目下朝鮮へ旅行中で十五日頃帰宅の筈」とあるところから、その折のものだったかも知れない。ともかく昭和五年十月三日だった可能性はまったくなく、要検討である。

六

愛読愛蔵版全集に収載された昭和五年十月二十三日付谷崎精二宛書簡（全集書簡番号一〇九）は、吉野のサクラ花壇から出されたものだが、鮎子の転校問題について記されている。「御手紙拝見、／其後小生当分此処之山中に立籠り仕事をしてゐるので、手紙もここへ廻送されたやうな訳にて、鮎子に相談する機会を得ない。二十五六日頃一寸帰つてよくきいてみようと思ふが、しかし学校の好意はまことにありがたいけれども、実ハ佐藤の方の家庭の都合で今すぐハ東京へ出られない事情があるのだ、従つて十一月からにもせよ、鮎子を登校させるとすれバ、一人東京へ出し、何処かへ預けなければならない、学校附属の寄宿舎もあるさうだけれど、此之際二た親から離れさすのハ可哀さうでもあり、当人もイヤがつてゐる」とある。

ものごころついてから ずっと関西に住み、転校は経験したかも知れないけれど、両親が妻譲渡事件といったようなセンセーションによって世間を騒がせたあと、東京へひとりで行って新たな学校へ通いだすということには大きな抵抗があったのも無理はない。結局は半年ほど休学させて、翌年の四月から登校するということに決めて、十一月二十八日に佐藤夫婦と鮎子は、実家で療養すべく佐藤の故郷の紀州へ旅だった。

それでは谷崎が「吉野葛」(「中央公論」昭和六年一月、二月)執筆のために吉野へ行ったのはいつだろうか。サクラ花壇の宿帳には昭和五年十月二十三日と三十一日の欄に谷崎の名前が記されている(野村尚吾は「『吉野葛』遺文」で二十一日と記しているが、これは誤りである)。が、十月二十二日付で奈良県吉野中千本から妹尾健太郎・きみ子宛に絵端書(全集書簡番号七四二)を出して、「たいへん静かでおちついた気分になれます/仕事が出来さうです」と報じており、二十三日付の精二宛(全集書簡番号一〇九)でも「其後小生当分此処之山中に立籠り仕事をしてゐるので、手紙もここへ廻送されたやうな訳」とあり、そのニュアンスから二、三日前から吉野へ入っていたように思われる。

「吉野葛」には「初音の鼓」を家重代の宝として大切に保管している菜摘の里の旧家大谷家の古文書について言及される箇所がある。私は以前に、大谷家を訪ねたときに、当主から谷崎が大谷家にしばらく滞在して、古文書をさかんに漁っていたという話をうかがったことがある。作品には「菜摘邨来由《なつみむららいゆ》」という古文書が紹介されるけれど、大谷家が所蔵する古文書はそればかりではなく、かなりの量にのぼる。それらに目を通すには大谷家に滞在させてもらわなければならなかったと思われるが、おそらくサクラ花壇の宿帳への記入の前に谷崎は大谷家に何日間か滞在させてもらっていたのだろう。

谷崎が吉野から戻ったのは、昭和五年十一月十日付で佐藤が谷崎邸から出した父豊太郎宛の書簡に「谷崎氏昨夜吉野より帰館」とあって、十一月九日であったことが分かる。十一月二十八日には谷崎と妹尾夫婦が紀州へ行く佐藤たちを天保山まで見送り、その夜は遅くまで語り合ったことが、『神と玩具との間』に紹介された佐藤宛妹尾書簡に記されている。そこには「御言葉に甘へて谷崎様の御伴をして御邪魔に上ることを楽しみに致して居ります」ともあって、三人で紀州へ遊びにゆく約束があったことも分かる。

吉野の山中で取りかかって岡本の家に戻り、おそらく年内に完成させた「吉野葛」は、もともと「葛の葉」というタイトルで、母恋いをモチーフに書き出された作品だった。それが千代との離婚によって、主人公の津村と同じように、谷崎みずから独り身になって再婚相手を求めるという妻問いのモチーフも共有することになった。もちろん鮎子との父子関係という絆は切れるものではないが、鮎子も千代と一緒に佐藤家に住むということで、重苦しい係累から解き放されて自分の人生があたかもリセットされたような気持ちだったかも知れない。

「吉野葛」を完成させてから、何度か東京とのあいだを往き来したが、昭和六年一月二十四日の新聞紙上に、谷崎が「婦人サロン」の記者古川丁未子と再婚するという記事が新聞紙上を賑わせた。丁未子は谷崎家に出入りしていた大阪府女子専門学校卒の仲間で、谷崎自身が就職の世話した、二十一歳も歳下の女性だった。丁未子の親友で、谷崎の秘書をしていた高木治江の『谷崎家の思い出』（構想社、昭和五十二年）によれば、「先生の報告より先に、記者から囲まれて谷崎先生の結婚について感想を迫られた佐藤春夫氏が、見たこともも聞いたこともない女性だから、と不機嫌に答えている記事を見た先生と彼女は大急ぎで、鮎子さんの退学処分以来健康を害して故郷の和歌山で静養をしている佐藤氏を見舞いかたがた報告に出かけることにした」という。立春の日に新宮へ旅だったが、そのとき千代と鮎子は、東京の学校への入学の件で上京中だったという。

『神と玩具との間』に紹介された昭和六年正月二十八日夜の日付をもつ妹尾健太郎宛佐藤書簡には、「来月六日は新宮神倉神社の夜祭でこれは一寸めづらしいお祭ですからなるべくその頃にでもお出になつて御見物なさつては如何お迎へがおそいので鮎子も少し悲観して居ります」とある。結果的に谷崎はこの時期に紀州へ向かうことになったのだが、上京していた鮎子と千代とは擦れちがいになってしまった。谷崎と丁未子が紀州へ佐藤を訪ねた折に、「せいぜい可愛がってもらうんだね」という佐藤の前で、「ええ、毎晩お風呂に入れてくれて私の体を洗い、足まで丹念に流してくれます」などと、私生活をベラベラしゃべる丁未子を谷崎はきびしく叱ったという。

ところで二〇〇五年二月号「オール読物」に発表された桐野夏生の「浮島の森」（『アンボス・ムンドス』所収）という、鮎子を視点人物にした、ほとんどモデル小説といっていいような短編小説がある。この作品は藍子（引用者注、鮎子。なおこの節のカッコ内の注記はすべて引用者による）が父の北村（谷崎）から紀州へゆけない旨と、吉野たみえ（古川丁未子）と結婚することになった報告の手紙をもらうところを時間的な起点としており、桐野はこの作品の核を、谷崎が紀州へ遊びがてら鮎子を迎えにゆくと約束しながら、それを反故にしたところにおいている。

藍子はその手紙をもって木屑を燃やしている焚き火に近づくと、ひとりの青年が近寄ってくる。石鍋という新聞記者で、赤木（佐藤）一家が里帰りしているから、奥さんか娘さんから何か談話をとって来いと命ぜられてきたのだけれど、石鍋は文学者の子ども故に、理不尽な目に遭う藍子がどんなことを考えているかと興味をもっている。藍子を認めて焚き火に近づくと、藍子が北村からの手紙をもっていることに気づき、強い関心を示してそれを読みたがる。藍子は手渡すふりをして焚き火に投げ込み、石鍋は燃える手紙をつかもうとして火傷を負う。

それから三十四年後、赤木も亡くなり、北村も亡くなって半年が過ぎたころ、いまでは出版社の編集者をしている石鍋が藍子を訪ねて、ぜひ回想録を書いて欲しいと依頼する。北村のように何でも赤裸々に、露悪的と感じられるほどに、周囲の人間を傷つけることを平気でいい、随筆にも書く作家の娘は何を考えて生きてきたのか、小説家とは何なのかを知りたいというのだ。そのためにも藍子にぜひ書いて欲しいという。藍子は決して口にすることはしなかったが、答えは分かっており、その内心にはかつて赤木を評した父の次のようなことばが鳴り響いていた。「所詮は詩人だよ、詩人は清らかだからなあ、小説を書くのは悪人でなければならないんだよ」。

妻譲渡事件後、父が北村だと分かると、必ずや驚かれ、つねにひそひそと囁き声が聞こえる気さえしたという藍子は、「体と心を鎧《よろ》う鉄はどんどん分厚くな」り、自分の「生き方も、人並み外れた道を行く作家の生き方と同じではないだろうか」と感じ、「父と離れてから逆に父に近付くような気がし」たとも思う。赤木の甥にあたる温和な龍平（龍児）と結婚して、いまでは三人の子どもまでもうけているが、「自分は沈黙を守ることで運命に抗議しているのかもしれない」と考え、北村と赤木の仕組んだ運命に「追いやられた自分の本質は、もしかすると北村と同じものではないか」と疑う。もし龍平でないような相手と結婚したならば、「北村にそっくりな地が出たかもしれ」ず、「作家として生きない限り、日常生活ではお荷物になりかねない、厄介なものが」顔をだしたかも知れないとも思う。

藍子は石鍋からの申し出を丁重に断るけれど、後日、石鍋から届いた手紙の末尾には、新宮市内に実際に存在する浮島の森に言及しながら次のように記されていた。

先般、新宮市を再訪しました。藍子さんは、『浮島の森』をご存じですか。赤木先生のことですから、おそらく夫人と藍子さんを伴って、見物に行かれたのではないでしょうか。

底無し沼の上に浮かぶ、泥炭マット状の浮遊体です。寒暖両性の植物が混生した森が載っている珍しい浮島。強風が吹けば島は動き、水量によって高さも推移するそうです。私が、この『浮島の森』と藍子さんが似ているような気がする、と申し上げたら、失礼でしょうか。

あなたは間違いなく、北村先生と赤木先生の奇妙なものを寄せて作られ、世間という底無し沼に浮かぶ島です。だからこそ、読ませてください。心の中を語ってください。何卒、よろしくお願い致します。


最後に藍子は石鍋が指摘するような「浮島の森」が、北村にも赤木にも、自分のうちにもあることを自覚して、この物語は終わっている。これはあくまでもフィクションだけれど、可能なかぎり事実に沿いながら話を進めており、妻譲渡事件後の鮎子の軌跡と心事を見事にとらえて、きわめてリアリスティックに描き出している。その点では目を瞠らされるものがある。

たしかに谷崎没後に、谷崎の親族たちは何らかのかたちで回想記を書いたり、谷崎のまつわるエピソードを話したりしている。数奇な運命をたどり、もっとも多く書くべきことを抱えもっていたはずの千代と鮎子は、そのなかで沈黙をまもりとおした。「浮島の森」で龍平は、「人は、関係者が黙っていると、逆に言いたいことがあるんじゃないかって勘繰るよ」というが、実際に谷崎文学の読者として何よりも知りたいと思うのは、千代と鮎子が事件の渦中にあって何を考え、どう振る舞ったかということである。ひとつのヒューマンドキュメントとしても、それらの回想録をぜひ読みたいと思う。

ことに鮎子は、のちに見るように、若いころ書いた文章に目をとおしてみると、父親ゆずりのかなりの文才の持ち主だったことが分かる。その鮎子が生涯にわたって沈黙をとおしたということは、よほど強い意志で心が鎧われていたことをうかがわせるし、みずからを厳しく律していたのだと思われる。そして、「はじめに」でもいったように、千代が小田原事件の核心に触れる佐藤と谷崎の書簡を処分せずに生涯もちつづけて娘の鮎子に托したこと、鮎子がみずからの死を意識してその直前にそれらの公開に踏みきったこと、さらに父からの手紙と佐藤からの手紙は何ひとつ処分せずに保存しつづけたところに、彼女たちの谷崎と佐藤に対する気持ちが何よりも雄弁に物語られているのではないだろうか。

なおこの作品を読み返していてひとつ気になる点があった。それは桐野作品についてではなく、谷崎の「雪後庵夜話」(「中央公論」昭和三十八年六月〜九月、三十九年一月)における記述に関してであるが、「北村は、藍子と龍平の婚礼三日前に、幸子(松子)を入籍した」と記された箇所がある。これは「A子(鮎子)の結婚の数日前に、私はいや〲ながらM子(松子)を戸籍上の谷崎夫人にしてしまつた」という「雪後庵夜話」の記述によって書かれたものと思われる。が、実際には谷崎が松子を入籍したのは昭和十年五月三日で、鮎子と龍児との婚礼は昭和十四年四月二十四日であって、「雪後庵夜話」の記述そのものが大きく事実から外れているのである。

これは一体どうしたことだろうか。しかも「雪後庵夜話」では松子の妊娠中絶が、鮎子の結婚後のこととして語られているけれど、松子が谷崎の子を妊娠中絶したのも、実際には鮎子の結婚の前年、昭和十三年の秋のことである。さらには小谷野敦も『谷崎潤一郎伝　堂々たる人生』で指摘しているように、中絶の理由についての説明も「雪後庵夜話」に語られた内容と、「初昔」(「日本評論」昭和十七年六月〜九月)あるいは創作ノート「続松の木影」に記しているのとは大きく異なる。こうしたことをどのように考えたらいいのだろうか。にわかには答えを見出すことができないけれど、「雪後庵夜話」の記述には鵜呑みできないものがあるということだけを指摘しておく。

七

佐藤たちが紀州から岡本の谷崎邸へ戻ったのは、昭和六年三月十八日である。三月二十九日に佐藤は奈良へ志賀直哉を訪ねて、千代との結婚披露のための仲人を頼み、その直後に帰京したようだ。四月五日の志賀宛佐藤書簡には「先般来御心配を掛け候小生病気の件も着京後信用ある大家の診察を乞ひ候所今更大して心配する必要も無之やの様子にて小生も稍安堵致し候」とあって、千代との新生活もようやく軌道に乗ってきたようである。五月下旬には「小生儀今般志賀直哉氏夫婦媒酌に依り小林千代子と結婚仕候」云々といった挨拶状も発送された。なお、臨川書店版『定本佐藤春夫全集』第八巻には、「一九三二年(昭和七年)」の箇所に初出未詳として「奈良の晩春」を収録しているが、「奈良の晩春」は一九二七年(昭和二)六月十五日発行の「週刊朝日」夏季特別号に発表された作品であるということを申し添えておく。

その間、谷崎は鮎子の転校の件で二月十九日付(全集書簡番号一一〇)、三月十五日付(全集書簡番号一一一)、三月二十四日付(全集書簡番号一一二)と精二と書簡のやりとりをしている。三月二十四日付には「あゆ子の件無試験入学許可之由何より有難く存候これにてほつと重荷をおろし候」と、親としての最低限の義務を果たせたことに心から安堵したようである。成女女学院に「無試験入学」が許された鮎子は、佐藤夫婦から少し遅れて、四月八日に沿線の桜が満開のなかを帰京した。四月十日付の妹尾君子宛の鮎子書簡には、「あしたからいよいよ学校へまゐります」とやや高揚した様子で報告している。

四月二十四日、谷崎は岡成志夫婦の媒酌により自宅で古川丁未子と結婚式をあげたが、五月下旬には、税金を滞納したために岡本梅ノ谷の自宅を売りに出し、新婚の丁未子とともに高野山の龍泉院に籠居して「盲目物語」の執筆に没頭。この年には、鮎子は谷崎終平らとともに夏休みを高野山で過ごしている。終平「回想の兄・潤一郎12」（「谷崎潤一郎全集月報13」）には、「丁度、岡本から妹尾氏が御夫婦で来て居られました。身内の者に対しては、あまり感情を示さない兄ですが、この御夫婦のきさくな態度に兄も皆打ち興じて、楽しく暮らしました」とあり、みんなで盆踊りへ行ったり、夏休みの終わりころには、やがて鮎子と結婚することとなる佐藤の甥の龍児とその妹の智恵子も加わってにぎやかに一夏を過ごしたようである。

なお終平はこの文章で「佐藤家から文化学院に行っていた鮎子」と、当時すでに文化学院にかよっていたように記している。鮎子が成女女学院から文化学院へ移っていることはたしかだけれど、それがいつだったかは今回の調査でははっきりしなかった。大谷晃一『仮面の谷崎潤一郎』には「鮎子が新学期から東京の成女女学校へ入れることになる。一年後に文化学院女学部に転学」とあり、この時点で大谷は鮎子にも取材しているので、信用してよいのかも知れない。

九月九日付の妹尾健太郎、御奥様宛の丁未子書簡に、「明朝早く鮎子は龍さん智恵さんと御一緒にかへりますのでそれから仕事にとりかゝるといつて居ります」とあるから、鮎子は九月十日までゆっくりしていたようである。このとき一緒に山を下りた龍児と鮎子は昭和十四年（一九三九）に結婚することになるが、このふたりを結びつけるようにはからったのは佐藤の父豊太郎だった。

「初昔」において谷崎は、「昭和七年の春になつて、やうやく阪神沿線の魚崎町にさゝやかながらも一戸を構へた次第であつた。（中略）鮎子をゆく〳〵佐藤春夫の甥に当る龍児にめあはしたらと云ふ話が始めてあつたのは、その頃のことだつたと思ふ。当時は正式に申し込まれた訳ではなくて誰かを介してふつと私の耳に這入つて来たのであつたが、私にはそれが、まだその時分は七十歳の高齢で紀南の下里に隠栖してゐた故懸泉堂老人、――春夫の父に当る人の、佐藤家と谷崎家との行き係りを考へ、淋しい育ち方をした龍児と鮎子との相似た身の上を考へ、双方の親たちの幸福までを考慮に入れた思ひやりのある計らひであることがほゞ察しがついた」と語っている。

谷崎は九月下旬に高野山を下りて、大阪府中河内郡孔舎衙《くさか》村の根津商店の寮へ入り、十一月の初旬には夙川の根津家別荘の別棟に移っている。そして翌年の二月に魚崎町横屋川井五五〇に移り、さらに三月には魚崎町横屋西田五五四に転居して、「初昔」に「妹のお須恵も東京から戻つて来、娘の鮎子も当時少し健康を害して学業を休んでゐたのが保養のために帰つて来、懇意な家に預けておいた二匹の猫までも又引き取ると云ふやうなことで、久し振にいくらか家庭らしい和《なご》やかな風も吹いた」という一時期を過ごしている。この根津家と隣り合わせた魚崎町横屋西田の家で、谷崎は根津松子へ「お慕い申しております」と告白をし、「武州公秘話」「蘆刈」「青春物語」などの筆を執った。

龍児は佐藤春夫の甥で、「熊野誌」第十二号（昭和四十年十一月）に掲載された「叔父の思ひ出」には、「私が五才のとき母が婚家を去って実家に帰ったため私も母方に引とられ叔父（春夫）の養子として佐藤家に入籍しました。ところが二十年ばかり後に叔父のところに実子（方哉）が生れましたので、私はこんどは二番目の叔父（夏樹）の養子となり竹田姓を名乗ることゝなりました」と語っている。春夫の四歳上で、龍児の母である保子は、豊太郎と政代の次女（長女古万代は夭逝）として明治二十一年（一八八八）五月三十日に生まれている。京都の西浦綱一と結婚したが、明治四十五年（一九一二）五月に協議離婚したために龍児（明治四十一年二月十一日生まれ）は春夫の養子になり、のちに三好達治と結婚することになる智恵子（明治四十二年七月三十日生まれ）は豊太郎の養子となった。

弟の夏樹は明治二十八年（一八九五）七月十日に生まれ、慶應義塾大学理財科へ入学した。学生時代に小山内薫の演劇研究会や松竹キネマ研究所に所属したり、卒業後は小樽で喫茶店を開業したりしていたが、大正十三年（一九二四）に北海道十勝の十弗《とおふつ》の農場に家（「馬耳東風荘」）を新築して住みついた。佐藤の父豊太郎は早くから北海道開拓に関心を寄せて、明治三十一年（一八九八）には視察旅行をして、明治四十年（一九〇七）には開業していた新宮の病院を一時閉鎖して、十弗の農場の経営にあたった。父は長男の春夫が札幌の農学校に学び、やがてその農場を春夫と一緒に運営することを夢みていたようだが、弟の夏樹がその志をうけつぐことになった。また大正十一年（一九二二）には六十一歳となった豊太郎は新宮の家督を春夫に譲り、みずからは下里村の懸泉堂の家督を相続している。

大正十五年（一九二六）に母方の叔母である竹田熊代が亡くなると、夏樹は熊代の家督相続を届け出て、竹田と改姓。佐藤と千代とのあいだに長男の方哉《まさや》が誕生したのは、昭和七年（一九三二）十月二十七日のことである。昭和七年十月十八日付の二通の鮎子宛書簡（書簡番号六、七）で谷崎はこの「御産」に言及しているが、千代を見舞いがてら上京する途中に彦根まで根津松子・重子姉妹が同道して楽々園に一泊した。そこで、のちに「雪後庵夜話」に語られることになる臨検に遭遇するという事件に出くわしたが、方哉の誕生をうけて、春夫の養子であった龍児が竹田夏樹の養子となる手続がとられたわけである。

昭和七年（一九三二）の夏休みを鮎子は、龍児や智恵子たちと一緒に下里町の懸泉堂で過ごしたようだが、十月十八日付の書簡（書簡番号六）の末尾に「学校のこと其他上京の上にてきめます」とあり、このときに文化学院への転校の話が出たのかも知れない。この暮れには谷崎は魚崎から岡本の本山村北畑へと転居しているが、「初昔」には「例の懸泉堂老人の連れあひになる老嫗《ろうう》、即ち春夫の母に当るお婆さんが、龍児と鮎子との問題をはつきり取りきめるために紀州から出向いて来たのは、たしかそこへ移つてから間もない頃のことであつた」という。

二〇一五年に佐藤春夫記念館で開催された「谷崎潤一郎没後50年特別企画」において展示された昭和八年三月二十九日付の佐藤春夫宛谷崎潤一郎書簡が、このときの話と照応している。没後五十年の二〇一五年には神奈川近代文学館においても「谷崎潤一郎展　絢爛たる物語世界」が開催され、「春琴抄」執筆時の佐藤春夫に宛てた未公開の衝撃的な書簡（昭和八年三月二十三日付）が展示されたけれど、さらに新宮の佐藤春夫記念館での展示においては、その後に新たに見つかったその前後の佐藤宛書簡二通（同年二月十三日付および同年三月二十九日付）が展示された。

これらは谷崎の文学を読み解くうえにも絶対に欠かせない重要な資料であると同時に、谷崎の鮎子に対する気持ちを理解するにも非常に貴重なものとなっている。ここにその三通をまとめて、あらためてその全文を紹介しておきたい。

昭和八年二月十二日付　佐藤春夫宛　谷崎潤一郎書簡

封筒表　東京市小石川区関口町二〇七　佐藤春夫様　御直被（消印8・2・13）

封筒裏　二月十二日　神戸市外阪急岡本　谷崎潤一郎

御無沙汰いたし居候先日方哉君百ケ日の写真拝見日に健かに成長の様子祝着至極に存候

扨小生家庭のことにつき貴下へ報告いたすべきなれども手紙にてハ中々意を尽されず千代子殿よりきいて貰ふ方然るべしと存じ間接にわざと手紙を出し候、尤も近日ひまを見てゆつくり心境申上ぐべし何卒それまで御待ち被下度願上候　それとも或は近々一寸上京の用もあり候まゝ一日二日とめて頂くことに

なるやも不知候、あまり長くなり気にかゝり候まゝ申訳迄如斯御座候
あゆ子今村先生にレントゲンにて見てもらひ何等異常なしとのこと、尤も去年より特によくなつてゐるとハ思へず、今少し強壮な体質になること肝要也と申されし二三日前風邪を引きたるやうなれどもも早や全快いたし居候
上述の次第詳細ハ他日を期度何卒〳〵不悪御了承被下度候
二月十三日　潤
春夫様
侍史

昭和八年三月二十三日付　佐藤春夫宛　谷崎潤一郎書簡

封筒表　東京市小石川区関口町二〇七　佐藤春夫様　御直披（消印8・3・23）
封筒裏　三月廿三日　神戸市外阪急沿線岡本　谷崎潤一郎

御無沙汰いたし候　先日千代殿よりの御手紙拝見仕候先以てそちらは今度皆様御揃にて大慶に存候御老人近日御帰国の由途中拙宅へ御迎へ申上度事ハ山〻ながら御承知の如き紛紜の最中に付よきなに御執成おき被下度候
当方の事件につき種〻御配慮忝く存候　離れてゐてハいろ〳〵気を揉まれるも尤もの事に候　一度上京御面語いたさでは中〻筆紙に尽されず候へ共実は此方も先達千代殿宛に申上候やうに速急にも参らず根津家の方も素より小生より進んで家庭を破壊すべきにあらず既に離縁することに根津氏夫婦とも話ハ

きまり居候へ共二人の子供に取り縋られゝバ果して振り切る勇気ありや全く疑問にてその場合にハ小生勿論潔く手を引くまでに御座候　唯丁未子と別れることだけハ決定いたし居候　到底今日にてハ同居するさへ不愉快の事情出来、小生一人去る十日頃より変名にて神戸の方へ宿を取り居候（コノ事絶対秘密、）時ゝ岡本へ戻つたり又ハ鮎子だけを呼寄せたり致居候へ共もはや丁未子の居る間は岡本に泊まることもなるべく避け唯娘のために戻り候、娘と同室にて寝るやうに致すつもりに候　丁未子病気さへ直らバ万事岡氏が計らつて家を出てもらひ当分離縁を発表せずに転地療養することに相成候、鮎子は実に〳〵よく小生の心事を解して居るもの丶如し、小生の如き親不孝者が斯かる孝行娘を持ちしこと何といふ好運にやと時ゝ暗涙滂たり　当人にハ直接申さず候へ共唯ゝ感謝の外なし東京へ帰らバよく此の旨伝へ被下度候　今度だけハ早く上京させた方が或ハ当人のためとも存候へ共折角仏蘭語《ママ》の教師も頼みて間もなき事也　且ツ今少し傍らにおき度候間来月上旬まで泊め置度候（鮎子と末と二人して丁未子を慰め居る様子也これハ最も有難きこと也）　従来小生ハかゝる家庭の事件につきてハ何事も人に相談したることなし今度もさうさせて貰ふより仕方なく候　殊に根津家になり丁未子になり君等が飛ばつちりを受けるやうなことあつてハ小生として最も不本意也、故に今少し先が見越しがつき小生の決心きまりたる上にて御話に参上いたすべし　それまでハ唯心境を訴ふる程度に止めおきたし、青木の夫人を思ふ程度は実に従来の比にあらず始て恋愛を知りたる心地す、唯老境と貧窮とを思ひ、又青木夫人に係累多きことを思ふ時日暮れて道遠しの感あるを憾むのみ、それと根津清太郎氏人格下等にて泥仕合になるのを恐れるのみ、夫人のためを思ふに小生とハ別れても清太郎氏とも離別する方幸福也　これだけハ何とかさう計らひたし　最後の決心は高野山の水原師を頼みて出家するにあり、しかし斯くても小生ハ生涯夫人を忘れさる《ママ》べし夫人より招かるればいつにても馳せ参ずべしと思ふ也、

あゆ子上京の時小生同行するや否やハ今少し成行を見て決定いたすべく候

三月廿三日

潤

春夫様

○予感を云へバ或る変則な状態にて夫人たち三姉妹と小生と信子嬢の恋人とそれに根津氏の子供とにて共同に家を持ち根津氏ハ満洲へでも行くことになりはせぬかと思ふ也、(経済ハ三等分)その場合にハ岡本の家ハやはりそのまゝにおき丁未子を置いてやらうかとも思ふ也

昭和八年三月二十九日付　佐藤春夫宛　谷崎潤一郎書簡

封筒表　東京市小石川区関口町二〇七　佐藤春夫様　御直被（消印8・3・29）

封筒裏　三月二十九日　神戸市外阪急沿線岡本　谷崎潤一郎

拝復

千代殿よりの書状拝見いたし候前便は寝酒をのみながら酔余の執筆多少言辞過激に亙り候やも不知御推察被下度候尤も今夜も少々酒をのみ居候　昨夜岡本に一泊いたし唯今神戸へ帰り候処に候　幸ひ丁未子とも感情融和いたし今ハ互に快く談話を交し候　考へれバ誰も〳〵哀れならぬハなし松子夫人に対する愛の深まると共に物の哀れを感ずることも更に深し、これ青年時代の恋愛と異る処也、根津氏も思へバ実に不幸或ハ最も不幸也、小田原時代の小生の比にあらず、唯一人の肉親の祖母を失ひこいさんにさへ愛憎をつかされ放つておいても一家崩壊の運命を辿るは明か也、夫人と小生の恋愛ハ此の崩壊を手伝ふ

結果となる也、これ実に心苦しき事なれども如何とも仕がたし、其他夫人もしげ子嬢もこいさんも丁未子も一人として気の毒ならぬハなし、清ボンとエミちゃんもいぢらしき限り也、夫人三姉妹二人の子供の為ならバ予が恋愛の如きハ犠牲に供するも素より辞する所にあらず　されど結局根津一家ハ財政的にも離散するより仕方のなき状態也
唯一つ喜ぶべき事ハかゝる中にありて小生が創作熱は頗る旺盛なること也、時間さへあれバ殆んど無限に書きたき事あり近日京都の寺に隠れて一ケ月ばかり労作に従事し五月頃丁未子と離縁するつもり也
夫人との結婚ハいつになるや不明静かに根津家崩壊の時を待ちても不違と思ふ也
あゆ子ハ何処ぞへ旅行につれて行きそのうへにて来月八九日頃上京さすべし、小生同行するや否やハ追て知らすべし
二十九日　　　　　　　　　　　　　　　　　　　　　潤一
春夫様
千代様

小生あゆ子と上京出来ずの節ハ昼の特急にて鮎子を一人旅立たすべし、然し小生も今月中にハ一と晩泊まり位にて上京いたすべし
〔上欄に　アユ子縁談のこと当人同士満足ならバ素より異議なし　つく〴〵小生の家庭を思ふに決して
あゆ子のため幸福にあらず　良縁あらバ一日も早き方がよし　小生も願くハ親の任務をすませ身軽にな

りたし」

谷崎は丁未子と結婚して二年足らずのあいだに根津松子との恋愛関係を高揚させて、昭和九年（一九三四）三月の精道村打出下宮塚での同棲から、翌年一月二十八日の結婚式まで怒濤のような日々を過ごした。そうした慌ただしいなかで谷崎文学の代表作となる名作を次々と発表しつづけたが、思春期にさしかかっていた娘の鮎子はそうした父の女性遍歴をどのように見ていたのだろうか。「浮島の森」の石鍋という新聞記者ならずとも、とても気になるところである。

昭和八年二月四日付の根津松子宛書簡（『谷崎潤一郎の恋文』書簡番号三八）には、「あゆ子とお末を本日御機嫌伺ひに参上いたさせます。日本髪の様子を御笑ひ草までに御目にかけますのでござります　あゆ子ことは私と同様に／御寮人様を崇拝いたして居りますやうに見受けられます」とある。京大阪では立春に、娘たちが新しい年齢に応じた髪型に結い替えるという風習があったが、鮎子も日本髪を結って娘から女へと一歩を踏みだし、新たな人生のスタートを切ったわけである。前年の春には「少し健康を害して学業を休んで」いたが、谷崎も腺病質な鮎子の健康にはよほど気を使っていたようだ。昭和八年二月十二日付の佐藤宛書簡では、レントゲンを撮ってもらって異常のないことをたしかめているが、「今村先生」とは大阪大学の今村荒男医師のことで、日本における結核研究の権威であり、のちに大阪大学総長になっている。

次の三月二十三日付の書簡では、「鮎子と末と二人して丁未子を慰め居る様子也」とあり、荒れる丁未子をお須恵とふたりでなだめ、慰めていたようである。そんな娘について「鮎子は実に〳〵よく小生の心事を解して居るもの丶如し、小生の如き親不孝者が斯かる孝行娘を持ちしこと何といふ好運にやと時〻暗涙滂たり」と、けなげにも賢く立ちまわる鮎子への感謝の気持ちをストレートに表現している。鮎子へ直接そうした気持ちを話すのは照れくさかったようで、「当人にハ直接申さず候へ共唯〻感謝の外なし東京へ帰らバよく此の旨伝へ被下度候」と、佐藤をとおして自分の気持ちを伝えてもらうように頼んでいる。

またこの書簡では、変名で秘密に借りた神戸の仕事部屋に「鮎子だけを呼寄せたり」、岡本の自宅へ帰っても「娘と同室にて寝るやうに致すつもりに候」と、いってみれば丁未子とのあいだの緩衝材に鮎子を利用しながらも、鮎子との距離をちぢめ、親密の度を急速に増している様子もうかがえる。実際、これ以降に鮎子へ宛てた書簡の数も増してゆき、内容も単なる連絡事項を記しただけではなくなってくる。東京へ戻り、おそらく鮎子も佐藤から父のこうした気持ちを伝えられて、ある程度父の心事を理解し、父との心理的な隔たりも解消していったのだろうと思われる。

が、根津松子との関係において「既に離縁することに根津氏夫婦とも話ハきまり居候へ共二人の子供に取り縊られ、バ果して振り切る勇気ありや全く疑問にてその場合にハ小生勿論潔く手を引くまでに御座候」といっているところは、まるで数年前、鮎子の拒絶によって和田との結婚に踏み切れなかった千代のことをそのまま重ねているように受けとれる。この書簡が書かれたのはちょうど「春琴抄」の執筆中であって、この時期にはすでに松子との恋愛関係も安定し、落ち着いた気分のなかで、この谷崎文学を代表する傑作が書かれたのかと思っていたけれど、どうして、どうしてなかなかそんなことではなかったようである。

昭和七年（一九三二）の夏には、船場の大問屋だった根津商店も世界恐慌の影響を受けて倒産して、根津一家は従業員の海水浴のための小屋だった青木《おおぎ》のあばら屋に逼塞した。「青木の夫人を思ふ程度は実に従来の比にあらず始て恋愛を知りたる心地す、唯老境と貧窮とを思ひ、又青木夫人に係累多きことを思ふ時日暮れて道遠しの感あるを憾むのみ」とみずからの心境を吐露しているが、今後の自分たちの生活もどうなってゆくのかまったく見通しも立たないような状況だった。その末尾にはとんでもない「変則な状態」の「予感」にまで言い及んでいるけれど、「春琴抄」はあらためてこうした先の見通しのない緊張した状況のなかで書かれた作品だったことを確認しておきたい。

佐藤の母が紀州から谷崎を訪ねて来て、龍児と鮎子との婚約の問題をはっきり取りきめるように催促したのは、こんな折であった。谷崎は三月二十九日付の書簡で、「アユ子縁談のこと当人同士満足ならバ素より異議なし　つく〴〵小生の家庭を思ふに決してあゆ子のため幸福にあらず　良縁あらバ一日も早き方がよし」と追伸のかたちで記している。このとき鮎子は満で十七歳で、龍児はいまだ慶應義塾大学文学部東洋史学科に在籍中で二十五歳であった。谷崎としては将来の見通しがまったく立たずに、かりに松子と結婚できるとしても松子が連れ子する可能性が高いと考えられたろうから、「小生も願くハ親の任務をすませ身軽になりたし」との願いは切実なものだったろう。

それにしても、ここで小田原事件をもちだしながら、「唯一人の肉親の祖母を失ひこいさんにさへ愛憎をつかされ」た根津清太郎の不幸を、「小田原時代の小生の比にあらず」といっていることは興味深い。根津商店の全盛時代を知っている清太郎の祖母ツネが、青木のあばら屋で亡くなったのは昭和八年三月三日である。また小田原時代の谷崎と同じように、清太郎は妻松子の末妹の信子と愛人関係にあったが、その信子からも愛憎をつかされ、天涯にまったくひとりぼっちになってしまった。

小田原事件では愛人のせいには逃げられても、佐藤の感情を踏みにじるようにして、妻の千代をとどめることができた谷崎が、清太郎の不幸を「小生の比にあらず」といっているのは、いい気といえばまことにいい気なものである。が、思えば人が人を愛するということは必ず誰かに犠牲を強いることでもある。

「誰も〳〵哀れならぬハなし」との感慨を深くし、「松子夫人に対する愛の深まると共に物の哀れを感ずることも更に深し」といっている。人を愛せざるを得ない人間の哀しい性《さが》であるが、そうしたなかにも谷崎は「唯一つ喜ぶべき事ハかゝる中にありて小生が創作熱は頗る旺盛なること也」と小説家としての本能を丸出しにしていることは、何とも谷崎らしいといえば谷崎らしい。

八

昭和九年四月七日付の書簡（書簡番号一五）には、「まだ生れないのかね、あまり長いので案じてゐます」とある。これは佐藤と千代との二番目の子の誕生をいっているが、『定本佐藤春夫全集』別巻の年譜には昭和九年（一九三四）四月に「長女を生まれると同時に喪う」とある。このお産の失敗についてお悔やみを述べた谷崎の千代宛書簡も発見されたので、ここに紹介しておきたい。この書簡は封筒を欠いているが、昭和九年五月五日付であることは内容からして間違いなく、この時期の谷崎側の状況もよく分かる興味深いものとなっている。

昭和九年五月五日付　佐藤千代宛　谷崎潤一郎書簡

封筒　欠

○先達ハお産がうまく行かなかつた由、まだ御悔みも述べなかつたが子煩悩の春夫君以下皆〻嘸かし御力落しなるべし併しまだ〳〵先之望みもあること故あまり歎かずに母体の御養生専一になさるべく候

○あゆ子の旅行費及小遣として金子六拾円中央公論社より直接御受取被下度此の手紙御覧次第いつにても取りに行かれて差支無之と存候、万一これにて不足の節は当地へ立寄つた時に遣はすべく候
○去る四月三十日別紙之如き新聞記事出でたり、小新聞の事故影響ハ少かるべきも重子嬢まで濡れ衣を着せられ何とも気の毒に存候　しかし大阪でハ案外実際の事情が知られて居り松子夫人の行動を批難する者少く就中重子嬢に対する同情各方面より集まり又丁未子の態度をも立派なりとして、根津氏とこいさんだけが悪く云はれる実状也、これハ何とも致方なき事に候へ共、斯く新聞に出る機会を与へたるハ我等にも責任あり　此の点ハ根津氏に済まなく思ひ居候
○森田家の当主、松子夫人の義兄にあたる人ハ根津氏よりも一層始末に困る訳の分らない人にて、長年松子夫人に苦労をさせ、こいさんにあんな不始末をさせた一半の責任ハ当然森田家に存することとなるに、只管責任を回避して知らぬ顔で済まさうとし、今回新聞にあんな事が出たのを機会に、重子嬢までもう帰て来るなと云ふので、重子嬢も帰てやらぬと怒り出し当分打出へ引取ることに相成べく候、唯一日も早くよい縁談を見つけ度、又森田家の方へもそのうち引取て貰ふやう小生が調停いたすつもり也
○丁未子ハ六月頃来阪の由也、当人ハもう承知にて我等の同棲も認めて居れど、両親がまだ充分納得しないので、新聞記事の事実ハ今暫く飽まで否認しつゞけるより外なし　そちらもそのつもりにて、まだ何も知らぬと御答へ被下度候
○偕楽園だけハ今度始めて此の新聞切ヌキを送るつもり也、詳しき事ハいづれ上京の時に会て話すつもり也、此も御ふくみ願度候
○張幸の話に御末懐妊、ツワリの由に候
○妹尾家ハ無事、唯君子夫人が当家夫人に反感を持つらしく、いろ〳〵悪宣伝をするらしきは困つたも

のに候、併し丁未子にはいろ〳〵世話を焼いて、大いに丁未子側の利益を計てくれるらしいので、これハ何より有難く感謝致居候、松子夫人にハ有力な身方も多く賢き姉妹達もありて相談相手にハ事を欠かず、此の際少しハ悪く云はれても仕方なし、孤立無援之丁未子の身の上を案じてくれるのハ何より有難く、且必要之事に候、
○妹尾家のギンが失踪いたし候、スヾとチユウハ機嫌よく候　以上
五月五日　潤一郎
千代子殿

それにしても、谷崎と千代とは世間一般の常識でははかりかねるような不思議な関係である。小田原事件のときには夫婦でありながら、直接に口をきくのもいやがって、佐藤春夫を仲介するかたちで互いの意思を伝えるようなかたちをとっていたが、先の佐藤宛書簡においては直接に佐藤に伝えればいいようなことを、今度は千代を介して手紙のやりとりをしていたようである。谷崎の千代へ宛てたそれらの書簡が、今日どうなっているのか分からないけれど、離婚後には鮎子についての連絡事項があったり、これまでの交友関係をもつ人々の動静を伝えたりと、谷崎は千代と手紙のやりとりをかなり頻繁におこなっていたようである。

谷崎終平は『懐しき人々　兄潤一郎とその周辺』において「千代夫人は兄の家を去り、小石川の佐藤家に住んでからは、次第に強くなっていった。長男方哉《まさや》が出来てからは益〻しっかりして来たようだ。門弟三千人と称して、そのサロンは毎晩の様に賑わった。出版社の人・新聞社の人・若手の作家達で盛んだっ

た。（中略）最早千代夫人はめそめそと泣いている人ではなくなっていた」と回想している。谷崎家に出入りする人たちも千代夫人のもてなし上手を称賛するものが多かったけれど、佐藤家へ行ってからはそれまで抑圧されていた千代の明るくすなおな性格がのびやかに発揮され、そうした美点にいっそうミガキがかかったようである。

疎開中の佐久で交流をもった棚沢市平は、「歳寒三友図」（「熊野誌」第十二号）のなかで疎開先での千代について次のように記している。「上州の生まれである夫人には、一種の気っぷの好さがあった。いつも明朗で快活で村人の誰とでも親しんだ。（中略）／若い頃はどんなに美しかったかと想像される夫人は、老いず愛敬もあって村の人気を集めていた。先生と写真に入ることを好まず、そんな時はいつも先生のうしろにかくれていた。ジャーナリズムでよく佐藤春夫の門弟三千人と云い文壇の大御所的存在と称されるが、そんな力をもつ先生の蔭に、あらゆる交際に気を配る夫人の活達な姿のあるのを決して見のがすわけにはゆかない」。谷崎と別れて、佐藤と結婚後の千代の生き生きとした姿を、あたかも髣髴させるような文章である。

この千代宛書簡で言及されている新聞報道というのは、四月三十日の「夕刊大阪新聞」に「問題の谷崎潤一郎氏　艶麗なマダムと同棲」という見出しで出たスクープ記事のことをいっている。谷崎は精道村打出下宮塚の詩人富田砕花の義兄が持主だった借家で、三月から松子と同棲生活をはじめ、四月二十五日には松子が根津清太郎との離婚届を役所に提出し、旧姓の森田に復した。新聞には打出の寓居と離婚届のすんだ根津清太郎の戸籍抄本の写真まで載せられ、記事の内容はあまり大きな誇張や歪曲は見当たらなかったものの、重子が「正子」と名前が間違えられて、しかも重子まで清太郎と関係があったかのように報じられてしまった。これを機会に谷崎は偕楽園の店主で、親友であった笹沼源之助にも、これまで打ち明けていなかった松子との関係をこと細かに報告する書簡を書いている（全集書簡番号一四六）。

またこれまでの佐藤春夫年譜には記されていないけれど、谷崎が千代へこの手紙を書いて間もないころに、佐藤は二度目の軽微な脳出血の発作を起こしたようである。昭和九年五月十九日付の志賀直哉宛谷崎書簡（全集書簡番号六八九）には、「実ハ私、佐藤春夫の近況につきまして蔭ながら心痛に不堪事有之此際暫く郷里に隠退して静養いたすことをすゝめてをり」云々とあって、佐藤の媒酌人である志賀へ一応、病状の報告とその対処の仕方についての相談をしている。

これにつづいて、六月九日付（全集書簡番号六九〇）では「滞京中佐藤にも会ひ例の話仕候処千代はすでにその気に相成居候へども佐藤はいつもの無精にて中〻一寸御みこしを上げさうもなく詰め寄てもテキパキと返事をしてくれませぬので其の点聊か心もとなく存ぜられ候同家に出入する若い連中が田舎へ行てハいよ〳〵老込でしまふからと反対を唱へ多少それに迷て居るのかとも察せられ候」とある。志賀もわざわざ佐藤邸を訪ねて促してみたようだけれど、結局、佐藤はこのとき東京を離れることをしなかった。しかし、どんなに軽微だったとしても、その後の佐藤の文学に与えた影響には少なからざるものがあったようである。

九

鮎子宛書簡では、昭和七年十月十八日付（書簡番号七）、昭和八年九月十九日付（書簡番号一三）、昭和十年十一月二十九日付（書簡番号一八）など、猫に関した話題が多く取りあげられている。昭和十年十二月十三日付（書簡番号一九）には「チユウの屍骸妹尾家隣家より数日前発見。急病で死んだらし。妹尾家墓地に葬る。小生目下猫の小説を書きつゝあり因縁不浅を覚ゆ」とある。このときに書いていた「猫の小説」とは、いうまでもなく「猫と庄造と二人のをんな」（「改造」昭和十一年一月、七月）である。この小説の主人公のキャラクターは末妹のお須恵の夫の染物悉皆屋の張幸こと、河田幸太郎をモデルとし、その愛猫リヽーはこのチユウをモデルにしていた。

その点に関しては昭和十年十二月二十六日付の志賀直哉宛書簡（全集書簡番号六九三）にも、「今度「改造」へ猫の小説を書きましたがあれを書いてゐる途中で、妹尾家へ預けてあつた往年の私の愛猫が行衛不明になり、次で隣家の庭より屍骸が発見されました、多分貴下も御存知のあのチユウと云ふ鼈甲猫にて、今度も大部分あれをモデルにして書きましたので、まことに因縁浅からざるものあり、東京出立の前日、岡本の妹尾家墓地へ参り香華を供へて回向いたしました」とある。「チユウさへ無事ならばよしと思ふ」（昭和八年九月十九日付　書簡番号一三）というように、これらの書簡をとおしても谷崎がエゴイスティックなまでにチユウを愛していたことがうかがえる。

鮎子は父親に似て大変な猫好きだったようである。昭和十一年（一九三六）三月号の「ホーム・ライフ」には「谷崎鮎子さん」として写真が載せられているが、そのキャプションには「佐藤春夫氏の応接室――「そんな猫なんか抱いて写すのかい」とそばから春夫氏。「いけない？」と鮎子さんが可愛い口元でニッと笑ふ。おろされた猫がまた〳〵鮎子さんの膝へかへつて来た。お父さんの谷崎潤一郎氏に似て、鮎子さんは大の猫好きだ。文化学院文学部に在学して春夫氏からお父さん以上の慈愛で育てられ、千代子夫人、潤一郎氏、三人の愛を一身にあびてすく〳〵と幸福にのびて行く」とある。

「ホーム・ライフ」は大阪毎日新聞社から刊行された「フオト・マガジン」で、現代の週刊誌の倍の大判のグラビア雑誌である。昭和十年八月に創刊されているが、創刊号には北尾鐐之助の撮影した打出の家で、左上に森田家の紋章と右下に松の枝を染めあげた暖簾をわける矢がすりの着物をきた松子夫人の写真が掲げられている。北尾は大阪毎日新聞社写真部長をつとめ、近畿地方をめぐる紀行文集『近畿景観』のシリーズを刊行した人物として知られる。谷崎は「『近畿景観』と私」（「大阪毎日新聞」昭和十一年四月二十一日）でこのシリーズを高く評価したが、潤一郎六部集『吉野葛』（創元社、昭和十二年）の挿入写真も北尾に依頼している。

この雑誌は北尾が中心になって創刊されたようだが、創刊号の最後のページに「創刊号の編輯を終つて」という北尾の文章が掲げられ、この雑誌の創刊の意図と抱負とが語られている。

□……社会文化の波のうごきを文字からでなくて、写真によつて美しく視覚化されたような雑誌が、もつと早くから出てゐてもよいとおもふ、さういふことについては一部の映画が可なり強く大衆に働きかけてゐるが、雑誌として今日まで完成されたものはすくない

□……われ〳〵は、われ〳〵の現在の社会生活を、趣味的にもつと価値づけ向上させることについて、案外無関心である。煩はしい世事のために寧ろ知らずにゐる場合が多い、さういふ家庭生活の趣味的、科学的なものを取上げて来てこれを示すことは今日の写真文化によることが最も早い、フオト・グラフはもうわれわれの生活と不可分なものになつて来てゐる

□……この雑誌では、生活必需品である商品文化の向上にも資したいと思つてゐる、宣伝とか広告とかいふ在来の慣習上から来る偏見を廃して、良いものはどこまでも良いものとして開放された自由な気もちで紹介し、働きかけて行きたい、と思つてゐる

谷崎が北尾と親しかったところから鮎子の写真も掲げられたのだろうが、翌四月号の「令嬢随筆」という欄には、鮎子の「老猫ミイちゃん」と題された一篇も載せられている。その著者紹介の欄には「谷崎鮎子さんは文豪谷崎潤一郎氏の令嬢で文化学院文学部に在学してをられます、お父さんに似て大の猫好き、佐藤春夫氏の宅にゐられます」とあり、日本髪に結った鮎子の写真も掲げられている。

老猫ミイちゃん

谷崎鮎子

今年で十四ほどになる猫が家に一匹ゐる。

たしか震災の翌年だかに貰つたので、その時もう一人前だつたのだから、もしかしたらもつと年寄なのかも知れない。

何しろ十四年もゐるのだからもう立派な家族の一員である。尤も、十四年の間に途中で違ふ家庭に移つたけれど、顔ぶれはさう大して違はないのだから、ずつと同じ家にゐたことにしても構はないだらう。日本とドイツのあひのこでそんなにいゝ猫ではない。だからペルシヤとかイギリスとかの中にはいるとあんまり問題にはされなかつたけれどおとなしいので、人格者といふあだ名で可愛がられはした。この人格者を見込まれて、関西から東京へ引越して来ることになつたのである。

初めて貰つた時、直ぐに逃出して何処かへ行つ《ママ》しまつた。前から楽しみにしてゐたほどいゝ猫でもなかつたので却つてその方がいいぐらゐに考へてほうつておいたのが、その晩だかあくる晩だかに帰つて来た。

猫の十三や十四といふと人間の幾歳くらゐに当るか知らないが、まあ余ほど老年だらうけれど、その割に元気で気の若いところがあつて、まるで子猫のように紙屑や糸屑にぢやれてドタバタと騒ぎ廻ることがある。そんな時にはきまつて何ていふか、可愛いクリッとした、といふ様な顔をしてひげをそつてもらつて来てさつぱりしました、といふ様な顔をしてゐる。母や私はよく、――おやミーさん今日は床屋でございますか――とひやかす（ひやかすといふのは可笑しいかも知れないが）のだけれど、このごろはその床屋へもあんまり行かなくなつてしまつた。

食べものは御飯にかつを節をかけたもの、家ではこれを定食といつてゐる。定食のほかには時々お肉やお魚を貰ふだけである。もし誰かゞ長生の秘訣はと聞いたらば、――定食を食べて時々床屋へ行くこと。――といふだらう。

何処のお家のもさうだらうけれど、ちよつと寒くなると直ぐに布団の中にはいつて来る。はいつて来るのもいゝが、段々に肢を伸ばしてのさばつて来て終には押し出されるようなことには成るし、ごそごそと這ひ出してはクシヤミをして顔へ鼻をひつ掛けるのだからやり切れない。さうかといつて入れないで居れば一晩中でも戸の外で妙な声をして鳴くのだから寝られなくなつて結局入れなくては成らなくなつてしまふ。

この冬の寒さは余ほどこたへるとみえてこの二月ばかりめつきり弱つて来た。始終咳をして時々血をはく。肺病なのではないかと思ふ。

猫に肺病があるかどうか知らないが、大分前、猫におたふく風邪をうつされたことがあるから、肺病も無いとは限らないし、うつされないとも限らないので成るべく部屋の中へ入れまいと思つて色々な所へ締込んで置くのだけれど、このごろは大概の所は皆開けて出て来てしまふしはいつても来る。襖は勿論ドアでも板扉でもよつぽど重くない限り、つゝかひ棒をしておいても駄目なのだから始末に終へない。苦心して閉ぢ込めて置いて部屋に入れて遣らなかつたあくる日は、恨めしさうな眼で人の顔を見、妙によそよそしいような顔をする。

何の部屋にでも入つて来て仕方がないが、たつた一つはいれるのにはいつて来ない部屋がある。それは赤ん坊（といつてももう今年五つに成つたが）の寝てゐる部屋。はじめはこの部屋にもどんどん這入つて来てゐたのだが、赤ん坊が生れた時皆で勿論冗談半分にいひつけた。――今度坊つちやんが出来たのだからこの部屋に決して這入つてくるんではないよ――といつて。さうしたところが本当に解つたのだか何だか、それからぴつたりその部屋へ来なくなつてしまつた。家中であきれたり、薄気味悪がつたり感心したりしたのだけれど、半化けなのだらうといふ事になつた。もうぢき踊でも踊り出すようになるかも知れない。

それにしても、どうにかして死なせないで丈夫にこの冬を越させてやりたいものだと思つてゐる。

――一九三六・二・四

なかなか達者な文章である。昭和八年九月十九日付の書簡（書簡番号一三）に「外の猫はともかくもチユウが年老いあまり可哀さう故、知らぬ人にやる気にはなれず久しぶりにてミイとも対面させ老後を東京にて過させ度思ふ也」と触れられた「ミイ」について書かれたものだ。ミイもチュウも以前には一緒に飼われていたが、鮎子が東京へ移るときにミイのみが連れてゆかれたようである。

これほどの文章を書くことができるならば、ほかの雑誌の編集者は見過ごしておかなかったろう。まず目をつけたのは、谷崎自身にもっとも関係の深い中央公論社の「婦人公論」編集部で、鮎子もいったんは固辞したようだけれど、断り切れずに父について書くことになったようだ。昭和十二年七月号の「婦人公論」には、写真とともに次のような文章が掲載された。

父を語る

谷崎潤一郎氏令嬢　谷崎鮎子

父のことを何か書く様にとのことで迚も困つてしまひました。ただでさへ物を書くのが大嫌ひなところへ父の事などとても書けないからと随分お断りしたのですがたうとう駄目でした。

父の事を書くのはこれが二度目で、一度はもうずつと前、小学校の二年の時、学校の綴方の時間に書かされたのですが、その時も困つて随分考へました。その時書いたものが、こゝに書くのは大変きまりが悪いのですけれどこんなことでした。

「お父さんは何時もおならをなさいます。お風呂に入つてゐる時や御飯の時など、大きな音をさせて、おや大砲がなつたよなど、おつしやいます」いくら考へても他に書くことが無かつたのでこんなとんでもない綴方を書いてしまつたのですが大真面目だつたのです。返していたゞいて家で見せて皆で大笑ひに笑はれました。それに、「面白いお父さんですね」といふ先生の評で、外にはどうにも評の書き様が無かつたらうと母がこれにも大笑ひをしてゐました。父も此の時は流石に苦笑をしてゐた様です。いつも作文を見せてもたゞ読んでしまつてからふうんと云つて笑ふだけなので、下手だねといはれてゐる様で見せるのをやめてしまひました。何か分からない言葉があつたのできいた事があるのですが、辞引を引けばわかるウワーと云はれてしまひました。此の頃はそんなことはありませんが、七八年前までどういふわけでしたか、私などに話すのに面白い口のきゝ方で「何とかだウアー」とか「何とかをしてミテミテクーダサーイ」とか変なアクセントをつけて話してゐました。父はもうちつともそんなことはいはなくなりましたが今でも叔父（父の弟）などが時々思ひ出しては「ミテミテ――」など、云ひ出して大笑ひすることがあります。その時分はそんな調子で時々冗談など言つたかも知れませんが、此の頃は父とは殆ど用の事以外に話をしたことがありません。

父の方でも何にも云ひませんし私も用事以外の話をするのはきまりが悪い様なテレくさい様な気がしてどうしても話が出来ないのです。叔母（父の妹）が矢つぱりさうで、よく二人で何うしてだらうと云つては笑ふのですが、叔母がそつぽをむいて、え、とかい、えとかぽつん〳〵とつつけんどんに父と話してゐるのを見ると自分もそばで見るとあんな風にして話してゐるのだらうとおかしく思ふ時があります。父もやつぱりミテミテではないと工合が悪いのだらうと思つてゐます。この四月に父が病気で二週間ばかり入院をしたのですが、私も丁度帰つて居たので五日ばかりつきそつて居ました。その時も殆ど二人きりで居たのですけれど五日か六日の間にとう〳〵一度も工合はどうですかとも訊かないでしまひました。父の方でも一度も幾らかよくなつたともならないとも云はずじまひで、ですからお見舞にいらしつて下すつた方に話すのを私に話してくれてゐるつもりできいてゐました。

母がいつも父と話をしないのを面白がつて面白い親子だと云つて笑ふのですが、私には話の出来る方が不思議な位です。

声が大きいせゐでふだんでも怒つてゐる様なので随分叱られた様な気がしますがよく考へて見るとめつたに叱られたことはない様です。二三度何だかひどく叱られたことがあつた様な気がしますが、何うしてだつたか忘れてしまひました。一度、よそのお宅へ伺つた時、たしか十二か三位の時でしたが、何時御挨拶をしてい、のやらわからず、父がお辞儀をしてゐるうしろで一緒にお辞儀をしてしまつたのですが、それが父に見えなかつたものですから、あとでお辞儀をしない様な行儀の悪いことではもうどこへも連れてゆかぬと珍らしく大分長いこと叱られたのを覚えてゐます。うしろでちやんとしたと云つたらそんなに叱られないですんだのかも知れませんが、どうしてもそれが云へなかつたので、その時ばかりは随分損をした様な気がしました。その時分は随分気むづかしくつてよく家中に鳴りひゞく様な声でどなつたものですが、この頃は年のせゐか先程《せんほど》むづかしくなくなつた様ですしめつたにどならなくなりました。どなられるとその時はとび上りますけれど、元気な様でやつぱりどなつて呉れる方がい丶様です。

父は至つて不器用で、三四年前に何とか式自彊術といふのをやつてゐましたが、その恰好といつたら、本の写真とはまるで似ても似つかない様な恰好をするので、毎朝オイツチニイといふのがはじまると、家中大笑ひでしたが却つて血圧が高くなるとのことでやめてしまひました。

旅行好きの父は今でもよく旅行をします。関西へ住む様になつてからは、殊に近いところでゆく所が多いので、春秋にはきつと一晩か二晩泊りで出かけます。私も毎年連れて行つて貰ふのが楽しみでしたが、此の頃は私は東京へ来てしまつたので、殆どその機会が無くなつてしまひました。その代り父が上京すると、大がい何時もお芝居につれて行つて呉れます。

音羽屋が好きで音羽屋に似てゐると云はれると得意です。いつか演藝画報かなんかに出てゐた音羽屋のいがみの権太の写真を見ておぢちやんの写真が出てゐるつて云つてくれたお嬢さんがあつてその時も大分嬉しさうでした。

父は今年五十二になりましたが、お酒も此の頃はあんまり飲みませんし、煙草もすつかりやめました。身体を大事にする方ですから長生きをするだらうと思ひますし、して貰ひたいと思つてゐます。

鮎子にすれば、このテーマは非常に書きにくいものだったと思われる。が、外から見れば不思議な自分たち親子の関係を、いわば自虐ネタのようにユーモアにくるみながら、客観的に語り出し、自己相対化をはかっているということができる。その意味では、なかなかどうしてたいしたものだと思うが、この文章が載った「婦人公論」が刊行されるや、間髪を入れずに「婦人公論を読みました、／雑誌へ物を書くことはお前の自由だけれども、父のことは、父の承諾なしに書いてはいけません」という、厳しいお達しが記された昭和十二年六月十五日付の書簡（書簡番号四三）が書かれた。

翌年の昭和十三年二月十三日付の書簡（書簡番号四七）では、文化学院の卒業後の進路についての方針が記されているけれど、「学問的なことは不賛成也」「女書生らしくならないやうに」とあるように、自分の娘がどうのこうのという以前に谷崎は、「女書生」を嫌って、女性一般があまり学問をすることを好まなかったようだ。

が、だからといって、二番目の妻の丁未子が「われ朗らかに世に生きん」（「婦人サロン」昭和六年三月）、「高野山の生活」（「改造」昭和六年十二月）などを書いているところをみれば、必ずしも女性が文章を書いて発表することをやみくもに反対していたというわけでもなさそうである。あくまでも「雑誌へ物を書くことはお前の自由」というスタンスをとりながら、「子が親のことを書いて名を知られたり、親の宣伝をしたりと云ふやうになる」ことがダメだといっているわけである。自家の内情を娘から暴露されるのも堪えられなかったろうと推測されるが、「手紙の返事を待つてゐる」と鮎子自身の見解をも求めている。

このことがあって以来、鮎子はいっさいものを書くことから身を引いてしまうことになる。戦後になって文学全集ブームが到来すると、さまざまな関係者が月報などに思い出や体験談を記すようになるが、先にも指摘したように、千代と鮎子はいっさいそうした文章は書いていない。佐藤、谷崎が没したときも、「浮島の森」ではないけれど、各出版社から回想記の執筆の誘いがあったと思われるが、まったく応じていない。しかし、この短い二篇の文章を読んだだけでも鮎子の父親ゆずりの文才は疑い得ず、このうえに訓練と努力を重ねたならば、女性の二世作家として幸田文や森茉莉、萩原葉子、津島佑子のような存在になっていたかも知れない。かえすがえすも残念であった。

なお文中に「この四月に父が病気で二週間ばかり入院をした」とあるが、これは「源氏物語序」（「中央公論」昭和十四年一月）に「去年の四月には痔瘻で一箇月程入院」とあり、この時のことをいっている。「源氏物語序」の初出文には「昭和十三年十一月　潤一郎しるす」と執筆時期が明記されていて、「去年の四月」が昭和十三年四月ということが明らかだからである。

十

谷崎は昭和十年（一九三五）九月から、「源氏物語」の現代語訳にとりかかることになる。はじめは二年間の予定で取り組んだが、昭和十三年（一九三八）九月に第一稿を脱稿するまでに丸三年を要し、さらに修訂・推敲して最終的に完成するまでには六年もの時間がかかった。そのあいだに小説としては前からの約束だった「猫と庄造と二人のをんな」を書いただけである。まさに「文字通り「源氏に起き、源氏に寝《い》ねる」と云ふ生活」（「源氏物語序」）が、これ以降つづけられたことになる。

昭和十一年九月三日付の書簡（書簡番号二七）には、「当方源氏翻訳みをつくしを終へて蓬生にかゝる、これは僕の大好きな巻也。約三分の一弱と云ふところか」と記している。これ以降の書簡にも、「源氏物語」の翻訳の進捗状況をときどき知らせており、貴重な資料として大いに役立つ。文化学院時代に鮎子は与謝野晶子の教えを受けていたので、「源氏物語」には少なからぬ興味を抱いていたものと思われる。そんなことで、父の仕事の進み具合も気にしていたのではないだろうか。谷崎としても関心を共有していなければ、いちいち報告することはしなかったと思われる。

円本ブームのさなかに贅をこらして自分好みの家を建てたが、昭和六年にそれを売りにだして高野山に籠もってから、谷崎はずっと多額の借金を抱えて、金欠病に喘ぎつづけてきた。昭和八年にはブラジルに渡った妹の伊勢への援助のことで弟の精二ともめて、ふたりは絶交している。谷崎は長らく須恵、終平の弟妹の扶養費を負担していたが、今度は丁未子との離婚により、丁未子への慰謝料および彼女が安定した職が得られるまでの生活費を支払わなければならず、船場の御寮人様だった松子との贅沢な生活を支えるためにも相当の金額を必要とした。

そんなことで鮎子への送金も滞りがちで、毎度毎度その言い訳をしている。昭和九年十月十二日付の書簡（書簡番号一六）では、「難波江にあしからんとは思へどけふこの頃はかりつくしけり」といった一首を添えている。外側から見ればなかなか風流だけれども、わが子に「遠足を止めてハ如何」という父親の身にはつらいものがあったろう。「源氏物語」現代語訳の仕事が長引けば長引くほど生計に窮乏をきたすようになり、経済的に追いつめられた。この借金地獄から抜け出すには、昭和十四年（一九三九）一月に『潤一郎訳源氏物語』の刊行が開始されるまで待たなければならなかった。

昭和十三年五月十日付の書簡（書簡番号五一）に記された「例の通知状の印刷が漸くでき上つた」とい

うのは、鮎子と龍児の婚約成立の通知状のことである。その辺の事情を竹田長男「没後四十年によせて」（「芦屋市谷崎潤一郎記念館ニュース」、二〇〇五年十月）は、次のように説明している。

二人の結婚が具体化し始めたのは十三年三月十五日付竹田夏樹あての書簡の頃からで、「龍児君と鮎子のこと式は別に急ぎませぬが昨今のやうに両人にて旅行留守番等致すような状態にてはせめて世間にイヒナヅケといふ間柄を認めさせるだけの事、たとへば仲人を立てて通知状を出すぐらゐな簡単なことにてもしておいたらと存じますが如何ですか」との潤一郎の提案を受け、豊太郎日記は「春子（注　夏樹妻）より手紙着　谷崎氏へ手紙出したといふ」「龍児へ手紙だす。米子（注　千代のこと）へも同封。谷崎先生上京されたら結納の事よろしく頼むと云ふ意味の事を云いやる」とあり佐藤側も同意した様子。四月十六日には潤一郎から夏樹に「すでに小石川よりお聞き及びのことと思ひますが去る九日東京に於て泉先生媒酌の下に目出度結納式をすませましたからご安心願ひます　つきましてはまだ結婚式までは間のあること故一寸別紙のような通知状をほんの内輪の人たち二三十軒位にだけ出しておき度」云々という書簡を送っています。全集収録の五月二十四日付志賀直哉あて書簡から、通知状を見た志賀氏から祝い状を貰ったことが推測されます。秋になり、挙式の日取りに関して潤一郎から千代にあて「一昨日北海道より書面到来　挙式は来年四五月頃にしたしとの事、当方もそれにて異存なき由早速返事致す。」そして「己が子を嫁に行かして人の子を育つる我は老にけらしも」とやや感傷的な追記があります。十月下旬、夏樹に「挙式の時期、来年の一月と云ふご老人のご意見もありますが、乍勝手、でき得べくんば矢張り最初の予定どおり四五月頃にして頂く訳には行かないでせうか。（中略）嫁にやる前に今少し手許に置き上方などを見物させてやりたいと思つてをります。（中略）まあ、もう少しでも娘としておいて、親らしいこともしてやりたいと云ふわけです。」としおらしい心境が続いています。明けて十四年一月末、春夫から夏樹にあてた「紀州及び当方へ相談のありました四月中吉日選定の件は谷崎氏の都合にて二十日より二十五日までの間でないと上京あしき由にて二十四日を吉日と選定致しましたから左様御承知願ひ上げます紀州にも同様に報告致し置きました」のように決まります。この間龍児鮎子の意向は不明で、もっぱら谷崎佐藤両方の男親中心に進めている模様です。

昭和六十年（一九八五）十二月七日の「毎日新聞」（夕刊）の一面のトップ記事に「佐藤春夫の実弟宅　文豪の書簡103通あった」という見出しの記事が掲載されている。春夫の実弟の竹田夏樹宅に、谷崎潤一郎の書簡四十一通、春夫の書簡二十八通をはじめ、志賀直哉、室生犀星、小山内薫、堀口大学などの書簡が総数で百三通が保存されていたという記事である。長男さんの文章にも引かれている竹田夏樹宛の谷崎書簡に私も目をとおしてみたいと思ったが、今回、残念なことに探し出すことができなかった。が、竹田夏樹は龍児の戸籍上の父親であるので、谷崎は礼を尽くして、遠く北海道の地にいる夏樹に書簡で逐一報告して、諒承を得ながら、事をすすめていた様子がよく分かる。

竹田長男さんも指摘しているように、全集収録の昭和十三年五月二十四日付の志賀直哉宛書簡（全集書簡番号一七六）には、「先達ハ早速御祝詞忝く存じますちやうど婦人公論の対話を拝見してゐた折柄御手紙を頂きましたが世にはたつた一人の娘をもて扱つて家内のゴタ〳〵のために絶えず苦労をさせる身勝手な親もあるかと思へば斯う云ふ人達もあるものよと御両所の御心がけに感心致しました」とある。この「婦人公論」の対話というのは、昭和十三年六月号に掲載された志賀直哉と里見弴の対談「父と子に就て」を指しているが、そこで小説家としての親父に触れて志賀直哉が次のように語っている。

志賀　どうも書くものを子供に見られた日にやァ、どうも親父らしい顔もしてゐられないからね。（笑声）
記者　さういふ事はお考へになりますかね。
志賀　それは考へる。我々はものを書いてるんだからね、裏と表といふ使ひ分けが出来ないよ。ありのまゝに子供に認めさして、その上で親としての、といふか親子関係の権威も自然に出来るし、それよか仕様がないよ。

この志賀の言葉には谷崎も大いに共感したろうし、わが身を振り返っても、小説家として子どもへ向かうとき、これよりほかに仕方ないと考えたのではないだろうか。ことに谷崎の場合、無意識界からの欲情に動かされる主人公たちの、世間一般から見れば「愚か」としかいいようのない行為の数々を描きだすわけだから、裏と表の使い分けなどあったものではない。親子関係の権威も世間一般の「表」の世界でこそ意味をもつが、その「表」と「裏」の逆転に自己の文学の意義を見出しているのだから、わが子に対して権威など持ち得ようはずもない。したがって、「今度の事も当人のふつゝかといふことよりも父親のふしだらのために中ゝ貰つてくれる人もなささうな処なのですが佐藤家の老人（春夫の父）がその辺を考へてくれての取計らひなるべくと実は老人の処置に手を合したいくらゐに感じて居ります」といった次第である。
ところで鵜飼哲夫『三つの空白　太宰治の誕生』（白水社、二〇一八年）を読んでいたら、太宰治が鮎子へ結婚を申し込むというエピソードに言及したところがあった。典拠となったのは、檀一雄の『小説太宰治』（六興出版、昭和二十四年、のち岩波現代文庫）である。太宰がパビナール中毒症の治療のために武蔵野病院へ入院し、そこを退院したあと、熱海温泉へ原稿執筆に行ったまま帰らず、檀が太宰の妻の初代に頼まれて金を持って熱海まで迎えにゆくということがあった。昭和十一年（一九三六）十二月のことであるが、その折に飲んだときに出た話であるという。


酔がかなりすすんだ時だった。

「檀君、鮎子さんに結婚を申し込んでくれないか？」

「鮎子さん？」

と、私は意外だった。谷崎鮎子さんの事だろうか。しかし、これは婚約者があることだと、私ですら聞いている。正気なのかどうかを疑った。しかしその表情は生真面目で、いつもの、自分をからかうような調子に移らないのである。

「確信あるんだ。佐藤先生にお願いしてみてくれないか？」

「ああ」

と、私は曖昧に答えたが、納得出来なかった。

太宰が鮎子さんに、ひそかな思慕を寄せていたとは思われない。もしあったとしても、それは軽い気分で、その軽い気分を無理に、自分に思い込ませようと努めていたに違いない。太宰にはこういう妄想の一面が、たしかにあった。この時は未だ発端で、決定的な進行を見せていなかった。発端は、いつも、たわむれであり、気分であり、希望であり、あるいは思いつきであっても、それが進行し、増大してゆくと、例の太宰的懊悩悲哀となり、ついに破局的な結果を招くのが常である。

（中略）

さて、その日の鮎子さんの一件を今考えてみると、あるいは、目玉の松や、斜視の小僧達に対する示威ではなかったかという疑いも生じてくる。実際、聞こえよがしに言っていた。後で目玉の松と私と連れ立って上京した折も、この目玉の松から、鮎子さんの一件を聞き正された事がある。すると、自分の周囲の状況を華やかに修飾して、この債権者達の安堵を得たかったのかも解らない。いや、そう考えた方が自然ではないか。

鮎子の長女の百百子さんから、太宰治から鮎子への結婚を申し込んだ佐藤春夫宛の手紙があったということをお聞きしたことがある。百百子さんは実際にそれを読んだことがあるとおっしゃっておられたが、今回、それを見つけだすことはできなかった。檀は太宰のいつもの、一時的なたわむれか冗談のように受けとっていたけれど、ひょっとすると太宰は真剣に鮎子との結婚を望んでいたのかも知れない。

手紙の実物がないので、何ともいえないけれど、結婚を申し込むといってもやみくもに申し込むわけにもいかないだろう。太宰はどのようなかたちで鮎子を知り、どんな風に鮎子との接点をもったのだろうか。佐藤家に出入りしていて、鮎子と顔をあわせるような、あるいは紹介されるような機会でもあったのだろうか。檀はこれを昭和十一年十二月の話としているが、このときには太宰はいまだ初代と別れてもいないので、いくら破廉恥漢だったとしても、ほかの女性へ結婚を申し込むことはあり得なかったろう。檀の話には、あるいは年月について記憶違いがあったのかも知れない。

太宰はこのあとすぐに自分の入院中に、初代が小館善四郎と過ちをおかしたということを知って、絶望の淵に立たされる。翌年の昭和十二年三月に水上温泉で初代とカルモチンによる心中未遂事件を起こし、帰京後は別居生活をつづけて、六月に初代と正式に離別している。檀へ話をしたのが前年の暮れの熱海で、そのときはまったくの冗談だったとしても、瓢箪からコマで、その現実性が急に浮上してきたということは大いにあり得る。手紙の実物がなく、日付も分からないのではっきりしたことはいえないが、常識的に考えて鮎子への結婚申し込みの手紙は、この初代との離別以後ということになろう。

檀はこの年の七月二十五日に召集令状がきて、そのまま入隊してしまったので、それ以後のことに関してはまったく関知していない。以下は、私のはなはだ勝手な空想的な憶測であるが、次のようなことは考えられないだろうか。つまり、太宰が鮎子への結婚申し込みといったことを思い付いたのは、写真入りで紹介された「ホーム・ライフ」に掲載された文章、あるいは「婦人公論」へ寄せた文章を読んだことにより、そこにうかがわれる鮎子の感性に、太宰があるシンパシーを感じ、好意をもったという可能性である。

太宰が井伏鱒二に誘われて御坂峠の天下茶屋へゆき、石原美知子と見合いをするのは昭和十三年九月である。それまでにいろいろと結婚相手を探していたはずであり、そのとき候補者のひとりに鮎子があったとしても不思議ではない。ダメもとで結婚の申し込みの手紙を書いたということは大いにあり得るシナリオである。そして、突然のそんな結婚の申し込みの手紙が舞い込んで、大いに慌ててしまったのが谷崎だったのではないだろうか。わざわざ一年前に婚約成立の通知状を出すというのは、この時代でもすでに古風といえばあまりに古風なしきたりである。こんなことの必要性を感じさせられたのも、太宰からの結婚の申し込みというようなことがあってのことだったとは考えられないだろうか。

十一

昭和十四年（一九三九）一月二十三日、『潤一郎訳源氏物語』全二十六巻の第一回配本がおこなわれた。『中央公論社の八十年』（中央公論社、昭和四十年）によれば、五万部も出れば成功と考えられていたところを、第一回配本で十七、八万部に達したという。これによって谷崎はこれまでの借金をすべて返済し、前借りと借金を繰り返していた長年の貧窮生活からようやく脱却することができた。「源氏物語」全二十六巻の刊行が完結したのは、昭和十六年（一九四一）七月である。

昭和十四年（一九三九）四月二十四日に鮎子と龍児は、東京会館において泉鏡花夫妻の仲人で結婚式をあげた。前年からこの昭和十四年にかけては、結婚式に向けての何かと相談事が多く、そのために手紙もたくさん書かれている。買い物などに関しては、谷崎が意外と細かなことにいたるまで気を使って、いろいろな指示をだしていることには驚かされるが、「父となりて」での父親らしからぬ父としての自覚からはじまった、谷崎の父の役割もどうにかこうにかまっとうしたということができよう。

三田史学会の「史学」（昭和五十年二月）に掲載された「竹田龍児先生略歴」によれば、龍児は昭和九年三月に慶應義塾大学文学部東洋史学科を卒業し、翌年の昭和十年四月から昭和十二年三月まで私立の大阪成器商業学校（現、大阪学芸高等学校）に勤めたが、結婚当時は無職であった。昭和十三年六月十六日付の書簡（書簡番号五五）、昭和十四年二月二十二日付の書簡（書簡番号七三）で、谷崎も龍児の就職を気づかっているが、新婚早々のこの年の八月、華北交通株式会社資業局資料課に就職が決まり、北京へ単身赴任している。昭和十五年四月からは慶應義塾大学予科教員に就任した。

「初昔」には、「鮎子は結婚後間もなく一度姙娠したが、その時は紀州の懸泉堂の老嫗の臨終に駆けつけるためにバスで峠越えをしたのが祟つて失敗した。その後龍児が一年ばかり北京へ行つてゐたなどのことがあつたが、昨昭和十六年の春に至つて、めでたい兆が見えたと云ふ知らせが、渋谷の彼等の新居から住吉の私達の許に届いた」とある。昭和十四年（一九三九）六月二十七日に佐藤春夫の母政代は七十五歳で亡くなっているが、その折に鮎子は長時間バスに揺られたことで流産している。「細雪」における幸子の流産が、昭和十三年十月の松子の妊娠中絶を換骨奪胎したことはいうまでもないけれど、実際にはこの鮎子の体験と重ねあわされている。

「細雪」は昭和十八年（一九四三）一月の「中央公論」に連載の第一回が掲載され、その後は隔月の発表予定であったが、三月に第二回が発表されたあと、軍部の圧力によってそれ以降の掲載は打ち切られた。それにしても昭和十二年（一九三七）七月七日の蘆溝橋事件を契機にはじまった日中戦争以降のきな臭く、殺伐とした時代の雰囲気のなかで、物のあわれを描く「源氏物語」の現代語訳や、昭和初年代に谷崎文学の物語的世界をささえた松子たちの女の世界を描く「細雪」など、谷崎文学は時代の方向に逆らうかたちで動いている。それが意識したことかどうかは分からないが、この時代の文学のなかに谷崎の仕事をおいてみたとき、その特色はひときわ目立つように思う。

昭和十六年（一九四一）四月二十九日の天長節の日に、松子の妹重子と、「細雪」の御牧実のモデルとなった渡辺明が、帝国ホテルで結婚式をあげている。「細雪」はこの重子をモデルとした主人公雪子のたび重なる見合いを中心に、作中に流れる時間は昭和十一年十一月から昭和十六年四月の雪子の結婚までを描くが、谷崎にとってそれはちょうど「源氏物語」の現代語訳の仕事にかかわった時期と重なる。先ほどの幸子の流産のように松子系統の出来事と鮎子系統のそれがごく稀にクロスすることはあるけれど、鮎子の住む世界は、基本的に「細雪」の文学的な世界とは交わらず、それとは切り離されて独立した別個のものとして存在しているといえる。

自己の藝術世界のためにはわが子の誕生さえ嫌った谷崎も、このもうひとつ別な世界では初孫の誕生を手放しで喜ぶのである。「十二月三日の真夜中――つまり四日のまだ夜の明けないうちに東京からの電話で呼び起された。電話口には龍児が出てゐて、只今お産がありました、女の児でした、母子共に健全でありますと云ふ。私は七日のうちに熱海まで行つてその夜は熱海ホテルに泊り、八日の朝早く東京に立つたが、立つ時ホテルの玄関口で大東亜戦争勃発の報を聞いた。実はたつた今、六時の放送で、日本が今暁から米英と戦争状態に這入つた知らせがあつたと云ふ。汽車の中でも偶然嶋中中央公論社長に落ち合ひ戦争の噂をしつゞけて行つたが、東京に着くと、私は中華料理を娘に持つて行つてやるためにちよつと偕楽園に寄り、それから直ちに九段のK病院に行つて、初めて初孫の顔を見たので、昭和十六年の十二月八日と云ふ日は、二重の意味で私には忘れられない日になつた。七夜には懸泉堂の老翁の希望で私が命名することになり、東光坊春聴君に名前の付け方を教へて貰つて百々子と付けた。鮎子は生来繊弱《ひよわ》い方で、今頃の若い娘にしては身長なども短く、痩せて小柄なので多少心配してゐたのであつたが、生れた児は此の母の子とは思へないほど立派で円々と肥えてゐる」（「初昔」）。

昭和十六年十二月四日付の書簡（書簡番号一三七）には、「今暁ハ電話難有存候　一姫出生之由此上なくめでたく祝着至極に御座候」とあり、十二月十四日付のはがき（書簡番号一三八）には初孫の誕生をことほぐ二首が記された。

たゝかひを宣らせ給へる詔下りし今日ぞ初孫を見る
偉いなる時に生れてそだち行く子のおひ先よ光りかゞよふ

昭和十七年三月七日付の書簡（書簡番号一四四）に、「別荘家屋登記のため十日まで熱海に滞在せねばならず（中略）これからは熱海までチヨイ〳〵来るわけです」とあるように、来宮駅に近い熱海市西山に別荘を購入した谷崎は、この年の春以降、熱海で仕事をすることが多くなる。そのため鮎子とも頻繁に会う機会をもつことになり、孫の百百子と会うことを楽しみにしていたようだ。「其後如何に候哉　百ゝ子も機嫌宜敷候哉　今度行つた時は祖父を覚えてゐてくれるやうに御頼み申度候」（昭和十七年七月一日付　書簡番号一五四）とか、「では百ゝ子によろしく、今度は泣かないやうに頼む」（昭和十七年七月二十一日付　書簡番号一五八）とか、「先達の写真　龍ちやんが抱いてゐるのは殊に百ゝ子が成長して見え急に会ひ度なりました」（昭和十八年八月十七日付　書簡番号一九四）とか、「父になりて」の筆者とはとても思えないような孫の可愛がりようである。

佐藤の末弟の秋雄は、父の希望を入れて中学二年のときから上京し、独逸協会学校から慶應義塾大学医学科へ進み、ウィーンへ留学して学位をとったものの、昭和十六年十月二十五日に四十二歳の若さで亡くなっている。また父の豊太郎は、昭和十七年三月十七日付の書簡（書簡番号一四五）に「御ぢいさん其後如何に候哉バスで六時間も揺られてハ若い者でもたまらず心配してゐます」とあるように、機帆船朝日丸で上京したけれど、東京湾は防潜網のために入港できず下田で下船、天城越えをして小石川の佐藤邸にたどり着いたが、旅中の疲れから床につき、二十四日に八十一歳で没した。

戦争はいよいよ激化し、物資の不足は深刻になって、やがて日々の生活にもきびしさを増してゆく。そうしたなかで鮎子の健康や百百子の病気を気づかいながら、食料や医薬品の調達や女中や切符の手配など、可能なかぎりのさまざまなことがらに対応しているが、昭和十九年になると、「疎開の事僕も蔭ながら案じてゐたところだが鎌倉にても渋谷にゐるよりは安心故賛成します」（昭和十九年一月二十日付　書簡番号二〇五）、「必ず本年こそハ空襲あるものと考へ四月頃までに是非疎開の方法を講ずべし」（昭和十九年二月十五日付　書簡番号二〇九）と、疎開ということが大きな問題となる。

　はじめは龍児の通勤ということも考慮して、鎌倉や藤沢、大磯、あるいは谷崎自身が住んでいた熱海などを考えていたようである。二〇一七年春号「kotoba コトバ」（第二十七号）の「死に向き合う谷崎潤一郎　阿部徳蔵宛書簡をめぐって」に紹介しておいたが、当時、鵠沼に住んでいた阿部徳蔵に宛てて、昭和十九年四月二十一日付の書簡で、「突然でありますが小生娘鮎子の夫婦が御地藤沢辺に疎開したいと申て居るのでありますがお心当りの家はないでせうか、娘の夫竹田龍児ハ東横線日吉の慶應に勤めて居りますので藤沢とハ限りませんが毎日通ふのに便利な所を望で居ります」と藤沢あたりの家探しを阿部に頼んでいる。昭和十九年七月二十二日付（書簡番号二二一）の「明後二十四日（月曜）阿部ちやんを藤沢へ見舞ひに行き帰途夕刻そちらへ行き持参の弁当を食べさせてもらひます」というのは、これを受けているものだが、このときの体験が「三つの場合」の「一　阿部さんの場合」に描かれることになる。

　また昭和十九年四月二十六日付の書簡（書簡番号二一五）に記されているように、「小田原のちゑ子さんの所へ同居する」という案も考えられたようである。「小田原のちゑ子さん」というのは龍児の妹で、昭和九年（一九三四）一月に三好達治と結婚して、当時は小田原に住んでいた智恵子のことである。昭和十九年七月二十二日付（書簡番号二二一）から二十六日付（書簡番号二二三）まで「神奈川県小田原市十字町三丁目七一〇　三好達治様方」へ三通の鮎子宛書簡が出されている。小田原事件当時の谷崎の住所が小田原市十字町三丁目七〇六であるから、わずか四番地しか離れておらず、鮎子にとっては幼稚園時代に住んだ懐かしい土地であった。

しかし、『三好達治全集』第十二巻（筑摩書房、昭和四十一年）に載せられた石原八束編の年譜で昭和十九年を確認すると、「三月十四日、秦秀雄の紹介にて福井県三国町に行き、この地に移り住むことを決める。（中略）三月末、三国に移り、堂森氏の紹介にて雄島村米ケ脇の森田家西別墅に入る。四月一たん上京し、五月妻子と協議離婚の上、萩原アイと結婚」とある。このとき三好は萩原朔太郎の妹のアイを三国に呼び寄せるために、達夫、松子というふたりの子どもまでもうけた智恵子と離婚して、三国でアイとの新生活にはいっていったのである。

三好は大学卒業時に、出入りしていた萩原朔太郎のもとに同居していた妹のアイに惹かれて結婚を強く望んだが、朔太郎の母親の強硬な反対によってその希望は叶えられなかった。以前には谷崎とも見合いをしたアイだったが、その後は佐藤惣之助と結婚し、流行歌の作詞家として名を成した惣太郎とはなに不自由なく生活していた。が、昭和十七年（一九四二）五月十一日に朔太郎が逝去し、十三日には親族を代表して惣之助が葬儀委員長をつとめて葬儀がおこなわれた。三好は通夜から告別式まで連日通い、アイとも十数年ぶりに再会したが、朔太郎の葬儀の翌日に惣之助が脳溢血で倒れ、十五日に急死した。

未亡人となったアイのもとに、三好からの丁重な弔いの手紙が届き、アイもそれに返事を書いたことから、ふたりの交際が次第に親密の度を増してゆき、三好のアイへの情熱はふたたび激しく燃えさかった。東京は危ないからと三国への疎開を強く誘って、妻の籍を抜くことを条件にアイと結ばれることを願った。萩原葉子『天上の花―三好達治抄―』（新潮社、昭和四十一年、のちに講談社文芸文庫）では、このところをこんな風に描いている。もちろん、これは小説であり、あくまでもフィクションであることを承知しながら引用する。

「疎開しなさい。東京は危ないから、ともかく三国へいらっしゃい。きっとあなたを仕合せにする、と、頼みもしないのに、私を説き伏せ疎開させようとするのよ。でも本当に籍を抜いてくるかしら？　それであの人の言うことが嘘か真実かが分るわ」

それから十日経った五月二十二日、三好さんから電話がかかり、これから家に来ると言う。三好さんは、籍を抜いて、本当に叔母を迎えに来たのだった。

三好さんの奥さんは、佐藤春夫氏の姪なのでこのために春夫は大変な腹立ちで、以後絶交とまで怒った。そして谷崎潤一郎が春夫に頼まれ、吉村正一郎、桑原武夫氏の立ち会いで、正式の証書を作ったのである。

「養育費、教育費、生活費を仕送りする」という契約公正証書謄本である。日付は昭和十九年五月十八日。神奈川県小田原市。となっている。

これに対して石原八束『駱駝の瘤にまたがって』（新潮社、昭和六十二年）には、智恵子夫人のいうところでは、こうした公正証書を作成した事実はないという。「協議離婚の話が進んでいたころの或る日、智恵子夫人を呼んで三好は、「いま生計費は子供の養育費を含めて月にいくらくらい要るのだろうか？」と問い、「ではその額を月々送金することにするから諒承してくれ」と自分から云いだしたのだ」という。これほどまでの犠牲をはらって結婚したにもかかわらず、翌年の昭和二十年二月には早くもアイが三好のもとを逃げだし、ふたりは離婚している。

何やら四半世紀前に同じ小田原の地で谷崎や佐藤らによって繰り広げられた男女間の愛情のもつれから生じた大騒動を、今度は役者を替えて三好らが演じているような感じである。人間の愛憎劇にひそむ欲望の構造は、いつの時代においても大きく変わるものではないようだ。それゆえに小田原事件のような個人的な問題も、時代をこえるある普遍性をもち得るのだが、鮎子にとって義妹が捲きこまれた愛慾の葛藤劇を見ることは、かつて自分たちの両親が演じた小田原事件を重ねて見るような思いだったろう。そして、妻子をもつ人間の野放図な欲望の犠牲者になるのはつねに子どもであることを、あらためて身に沁みて感じさせられたのではなかったろうか。

昭和十九年九月四日付の書簡（書簡番号二二六）に、「小田原はそんな事情なら止めにして矢張熱海にしたらどうか」とあるが、小田原にどんな事情があったのだろうか。そのすぐ後の九月十二日付の書簡（書簡番号二二七）に「いつそちゑ子さんと一緒に紀州へ帰る勇気はなきやよく相談して御返事下され度候」とあるところから、智恵子は三好との別居生活から、やがて離婚ということになり、おそらく三好からの生計費も滞りがちで、父豊太郎亡きあとにひとりで懸泉堂を守っていた春夫の姉、智恵子の実母である保子のいる紀州に帰ることを決意したのだろう。また、この年の四月からは松子らの谷崎の家族も熱海に疎開してきており、熱海に空家をさがすのもなかなか難しかったようである。この年の暮れになると、「いよ〳〵東京に空襲の危険迫りたるやうに存ぜられ候　万一の時ハ申す迄もなけれどその前にても百〻子が怯えるやうならばいつにても預かり申候」（昭和十九年十一月二日付　書簡番号二三六）と事態が切迫してきており、翌年になると自分たちもさらに安全なところへ再疎開せざるを得ないようになる。

松子の妹の重子の結婚相手の渡辺明は、旧作州津山十万石の藩主の嫡流の松平康民の三男にあたり、そのツテを頼って谷崎たちは岡山県津山の松平邸を一時的に貸してもらうことになり、昭和二十年（一九四五）五月六日に熱海を離れて、いったん魚崎の家に立ち寄って、五月十五日に津山にはいった。さらに七月七日にはそこから勝山の小野はる方の離れへと移った。三月十日の東京大空襲で偏奇館を焼失した永井荷風は岡山へ疎開していたが、八月十三日、勝山に谷崎を訪ねてきて、終戦の十五日の午前中の汽車で岡山へ帰っている。

一方、鮎子たちもなかなか動けずにいたが、鮎子の同窓生が、夫が召集され、生まれたての赤ん坊を抱えて心細いことから、一緒に疎開しようということで、長野県の佐久に疎開先まで探してくれたので、谷崎たちよりひと足早く昭和二十年四月二十八日に、佐藤一家と一緒に北佐久郡平根村字横根の秋元節雄方に疎開した。龍児は昭和十九年十二月十五日に入隊したが、佐久での生活を描いた「人生の楽事」（「文藝春秋」昭和三十年九月〜三十一年八月）によれば、「良三（引用者注、龍児）は先に呉の海兵団に未教育のままで召集されてゐたが、持病の胃のために教練よりは病院生活の日の方が多く、ために終戦以前に帰されて来てゐた」とあるように、全員無事に終戦を迎えることができた。

十二

戦後の谷崎は魚崎の家が終戦の十日ほど前に焼夷弾の直撃をうけて焼けてしまったので、真っ先に取りかからなければならなかったのは、家探しと戦時中も書き進めていた「細雪」の刊行のための準備だった。翌昭和二十一年（一九四六）の春には、勝山から京都へ家族を呼び寄せて、八月十七日には『細雪』上巻を中央公論社より刊行した（奥付は六月二十五日であるが、実際に店頭に並んだのは遅れた）。十一月には左京区南禅寺下河原の「潺湲亭」（前《さき》の潺湲亭）に転居し、昭和二十二年二月には『細雪』中巻を刊行、三月から翌年十月まで「婦人公論」へ「細雪」下巻を連載して、戦争をはさんで六年間を費やした大作をようやく完成させた。

昭和二十四年（一九四九）四月には下賀茂神社に近い左京区下鴨泉川町の「潺湲亭」（後《のち》の潺湲亭）に転居し、この年の十一月に志賀直哉らとともに第八回文化勲章が授与された。またこの年には「少将滋幹の母」が十一月十六日から翌年二月九日まで「毎日新聞」に連載された。京都の冬は寒いので、昭和二十五年二月に避寒のために熱海市仲田に別荘（前《さき》の雪後庵）を購入、昭和二十六年五月からは『潤一郎新訳源氏物語』全十二巻の刊行が開始された。仲田の別荘の前の道をバスが頻繁に通るようになって周辺が騒々しくなったために、昭和二十九年四月に熱海市伊豆山鳴沢に別荘（後《のち》の雪後庵）を購入、十二月に『潤一郎新訳源氏物語』を完結させた。

これに対して佐藤は、中学生になっていた方哉が学校の都合でひとり早く東京に戻り、龍児も大学の開始とともに一家で佐久の地をあとにしたが、千代とふたりで終戦後しばらく佐久にとどまることにした。それは終戦直後の食糧難の東京に戻っても大変だろうということと、何よりも佐藤が佐久の自然に魅了されたことによる。昭和二十一年九月に『詩集　佐久の草笛』を刊行しているが、中学生となった息子に自然の美しさを教えようとする「自然の童話」（「群像」昭和二十二年四月）には、一緒に疎開していた鮎子と百百子の母子を描いた、ほほ笑ましい一節もある。

モモ子は方吉（引用者注、方哉）の父親の違つた姉の子でおそ生れの今年七つであるが、うば車のなかから昼の月を見つけて母親に指さした子供だけに、大きくなるにつれて、自然に対するおどろきと喜びとを一層よく現はすたのもしい子供になつた。虫が大好きであつた。東京にゐる頃から庭でいろいろな虫を見つけ出してつかまへて来ては、虫を相手にひとりごとを云ひながらあそんでゐた。毛むしでも何でも見さかひなく好きで、この春は一度小さな蜘蛛に指をかまれておどろき泣いた事があつたがそれももう忘れたらしい。さうしてこの「虫めづる姫君」は今に蛇でもつかまへて来て飼ひはじめるであらうと母親を案じさせてゐる。

「まさかクレオパトラのやうなこともあるまいが。」

と云ひつつもお爺さんは、この子が蛇は飼はないまでもむかでぐらゐはつまみさうなと思つて、「さうさな、女の子は虫好きよりは花の方がよからうな。」と云ふと、モモ子の母親は、

「姫君は花なんよかんめるとおんおほせあらせてですか。」と笑つてゐる。そばからモモ子が、

「お母ちやんそれなんていふこと？」

「モコちやんは女の子だから虫よりも花が好きな方がいいとお爺ちやんが仰言つてゐるのよ。」

こんなたわいもないエピソードのうちにも、疎開生活の憂さをはらす喜びを見出している佐藤の姿がうかがわれるし、また母親としての鮎子の何ともゆかしい人柄も髣髴とさせる。鮎子は昭和二十一年五月十八日に長男の長男《ながお》を、昭和二十四年七月二十五日に次女の有多子を産んでいるが、戦後に生まれたふたりの子どもは佐藤によって命名された。龍児は昭和二十四年四月に経済学部助教授となり、二十六年五月に文学部に移籍して、三十二年四月に文学部教授となっている。春夫はしばらくのあいだ佐久と東京とを往き来していたが、昭和二十六年十月に佐久の地を引き払って、東京に帰った。

なお佐久への疎開時代の佐藤は和田六郎と再会し、和田は佐藤に師事して探偵小説を書きはじめて、大

坪砂男の筆名で「天狗」(「宝石」昭和二十三年七・八合併号)や「黒子」(「同」昭和二十四年一月)などの作品を発表したということがある。薔薇十字社版『大坪砂男全集Ⅱ』の月報2に再録された、昭和二十四年八月の「別冊宝石」に掲げられた「天狗縁起」に、大坪は「天狗」を書くまでの文学履歴をコンパクトなかたちでまとめている。少々長めに引用してみたい。

ああ青春の日よ。探偵小説を読むほどに、これはどうでも科学的名探偵にならなければ嘘だと一念発起、薬学を学んで目的通り警視庁刑事部鑑識課理化学室に勤務できることとなり、良い気持で試験管を振り顕微鏡を覗き現場に出張していたのですが、悲しい哉! 現実は小説ではなかった。多くの失敗と少しばかりの手柄を残して飛出してしまいました。

そして、その足で神戸郊外岡本の里に谷崎潤一郎先生をお訪ねして内弟子にして頂き、少しばかりの勉強と多くの肥育した鶏を喰べ芥川龍之介全集の中の「杜子春」に憧れては門辺に立って夕陽に映える武庫の山を眺めていたのですが、哀しい哉! 文学の神は鉄冠仙人のようには現れてくれなかった。それればかりか、書斎から出て来られる時の先生の憔悴ぶりを見上げると、目は凹み顔色蒼白に、そのまた頭髪の乱れ方ときたら正しく毛が自然と動き縺れたとよりほか言いようもない凄じさです。それはとても入浴を済まして中華料理を食べに行かれる颯爽たる後姿からは想像もつかない精神労苦を思わせるのでした。

ああこの先生にして尚然るかと文学の嶮しさに辟易しかけた頃しもあれ、偶々遊びに来られた佐藤春夫先生とニイチェ論を闘わしてそれこそノック・アウトを蒙ったのですから、もはや何をか言わんか「とてもいけません」ことになって、儚きものは青春の夢またトボトボと東に戻り、探偵小説さえ読まなくなってしまったのです。

（この間、二十年省略）

終戦の秋、信州佐久の農家の庇の下に屈み、君子まことに窮した姿で、俳諧七部集一巻を手にした自分を発見しました。

すでに世に出て争い取る体力もなく虚脱しているところを救って下さったのが、幸、近くに疎開しておられた佐藤春夫先生でした。

今はと、昔のよしみして藤門に入る許しを乞い、文字を綴る業を習い始めましたが、常の交りには極々気易い人が、こと文学となると、足かけ三年ウンともスーとも言って下さらない気難しい先生でした。


〈探偵クラブ〉の一冊として刊行されたる『天狗』（国書刊行会、一九九三年）の巻末には、大坪に師事した都筑道夫が「サンドマンは生きている」と題した解説を書いている。和田が佐藤に師事して探偵小説を書きはじめたキッカケについて、「新紙幣切りかえにともなう預金封鎖で、生活費のひきだしは月五百円に制限されたが、作家などの自由業者は、さらに五百円をみとめられる。谷崎邸での知りあいの佐藤春夫が、同じ佐久に疎開してきていたので、門下の新人作家であることを、たのんで証明してもらった。作家である以上、小説を書かなければならない」ということで、書きはじめたのだという。

大坪は推理小説専門雑誌の「宝石」にいくつかの作品を発表すると、発表誌もひろがり作品が映画化されたりと注目されたが、本質的には作家としての資質にはあまりめぐまれていなかったようで、作品は短くなるばかりで、なかなか長い作品が書けなかった。そんなところから、やがて行きづまってしまい、

「小説を書くのはたいへんだが、シノプシスなら、楽だからね」と、同じ佐藤春夫の門下の柴田錬三郎にプロットを売ったりしていたという。

終生にわたって交際した谷崎終平は、「亡くなる前年の夏、彼は友人の医者に胃癌だと告げられてから、実に立派に悟ってしまったのには驚いた。（中略）／最後に入院してから、「もう谷崎が来そうなものだ」と言ったと聞いて会いに行った。彼は何も不平も苦痛も訴えず、投薬すら辞退して、唯ミネラルウォータだけを飲んだ。彼は痩せて、腹だけふくらんで、断食して死を待ったのだ。――私と別れの握手をした翌朝、ひっそりと暁に誰も気付かぬ間に亡くなった」（「大坪砂男のこと」、薔薇十字社版『大坪砂男全集Ⅰ』月報1、一九七二年）という。昭和四十年（一九六五）一月十二日のことである。実に有為転変の起伏に激しい、凄絶をきわめた六十年の生涯だった。

鮎子たち親子は佐久から東京へ引き上げてから、しばらく関口町の佐藤春夫の家に住んでいたが、佐藤たちが佐久を引き払って東京に帰ったのにともなって、佐藤の本宅を佐藤夫婦に返し、自分たちはすぐ近所の関口台町の家に移った。戦後になってからの書簡のやりとりはさほど多くないけれど、逆にいえばそれだけ安定した、通常な父娘の関係になったのだということもできよう。鮎子たちは、佐藤夫婦が近所に住んでいたこともあって、谷崎の方は松子たちの親族に任せて、佐藤夫婦の面倒を見るかたちで生活を送るようになった。

谷崎は昭和二十二年九月、松子と根津清太郎とのあいだに生まれた恵美子を、清太郎の祖母方の木津姓を名乗っていたが、谷崎家に養女として入籍した。また昭和二十四年十月十五日に渡辺明が亡くなり、重子とのあいだに子がなかったので、やはり松子と清太郎とのあいだに生まれた清治を養子とし、清治は画家の橋本関雪の孫娘である高折千萬子と結婚して渡辺家を継いだ。昭和二十八年二月三日には、ふたりのあいだにたをりが生まれた。戸籍上では義妹の重子の孫であって、谷崎とは血はつながっていないが、妻の松子の孫である。

昭和二十七年二月二十七日付の松子宛書簡（『谷崎潤一郎の恋文』書簡番号二二三）は、惠美子の結婚問題について書かれているけれど、追伸に「重子さんと明さんとの結婚は今考へても矢張よき結婚なりしと思ふ也、明さん短命なりしかどもよき思ひ出を後に残し重子さんとしてあれ以上よき人はなかりしと思ひ候（中略）鮎子と龍児も（中略）鮎子にハあれ以外になく小生としてハ後悔するところなし此の二つは成功なりしと存じ候」とある。谷崎にしてみれば、自分の身勝手な行動からしなくともいいような苦労をさせてしまった娘へ詫びる気持でいっぱいだったろうが、幸いに子煩悩な佐藤に可愛がられて成長し、結婚後にはよき伴侶にめぐまれて、平穏無事に毎日を過ごせることが何よりと思われたのだろう。

晩年の「当世鹿もどき」（「週刊公論」昭和三十六年三〜七月）は「はにかみや」ということから語り出されている。自分がこれまではにかみやであるところからどれほど損をしてきたかをいい、これは血を分けた親子兄弟の場合いっそうひどくなるといっている。先に紹介した鮎子の「父を語る」でも、「用事以外の話をするのはきまりが悪い様なテレくさい様な気がしてどうしても話が出来ない」といって、叔母（須恵）もそっぽを向いて突っ慳貪に父と話をしていたという。谷崎一族はみな極度のはにかみやだったようで、それは谷崎と鮎子とのあいだでも例外ではない。戦後の書簡は用件のみを簡略に記し、観劇に誘ったり、食事の都合を聞いたりしているけれど、「当世鹿もどき」にはこんな風に語られている。

娘は疾うに嫁《かたづ》いとりましてめつたに手前共へ参ることもございませんが、たまに参ります時は男一人と女二人の孫を連れて参ります。ところがこの孫が又いけません。孫共の方は無邪気ですから、愉快にハシヤいでをりますが、それでも何となく間に一枚物が挟まつたやうに感じてるらしうございますな。可哀さうだと思ふこともございますが、どうも如何ともいたし方がございません。（中略）ところがほんたうの血を引いてゐない孫、――――と申しますのは、手前の今の家内の亡くなつた前の御亭主との間に出来ました伜の子、――――この義理の孫に当ります女の子との遣り取りの方は、却つてよほど自然に、しつくりと参ります。その孫の母、つまり手前の義理の娘との関係なんかも、一番工合よく行つとります。

題名の「当世鹿もどき」について単行本で刊行されたときに「はしがき」で、「「鹿」とは落語家《はなしか》のしかの意で、昔から東京では「はなしか」のことを「しか」と云ふ。「もどき」とは「雁もどき」などの「もどき」で、辞苑には「擬《もど》き」の字を当てゝゐる」といっている。伊吹和子は『われよりほかに　谷崎潤一郎最後の十二年』（講談社、一九九四）で、この落語家を口真似した文体といった着想が安藤鶴夫の『寄席紳士録』（文藝春秋新社、昭和三十五年）によっていることを指摘している。谷崎は自分のはにかみについて語るのにも、こうした文体の演戯によらなければ、なかなか恥ずかしく語りづらかったのかも知れない。

晩年の谷崎と佐藤とは何かの会合で顔をあわせる機会があっても、お互いにほとんど話もせずに、会場の両端にわかれて席についたという。若いときには三日とあけずに会っていたといい、どんな不機嫌なときにもふたりで会って話をすれば大笑いしあったという仲であったにもかかわらず、晩年はそんな風だったということをはじめて聞いたとき、ちょっと意外に感じた。先に紹介した「春琴抄」執筆時の佐藤宛書簡によっても、谷崎にとって佐藤は腹を割ってすべてを打ち明けて、相談できる無二の友人という印象が強かったけれど、晩年のふたりにはどのような心境の変化があったのだろうか。

先にも引いたが、佐藤が亡くなったときの追悼の談話「佐藤春夫と芥川龍之介」では、「私は、離婚後も上京すると佐藤をたずね、関口町の家に泊めてもらったりした。特殊な事件はあったが、そこは文人同士のこととて、こだわりはなかった。また、私の娘が佐藤の甥の竹田に嫁ぐということもあり、交際は続いた。／しかし、そのうち私が再び家庭を持つと、全然疎遠になったわけではないけれども、お互い世間並みの遠慮も持つようになり、昔のようにひんぱんに行き来することはなくなった」といっている。「佐藤春夫のことなど」では、「佐藤がまた昔のように交際したい様子をみせたが、これはむしろ、私の方から遠慮していた」ともいっている。

谷崎は「雪後庵夜話」で松子と同棲するようになってから交友関係が一変し、昔からの古い友達よりも、新しい家庭の空気を重んじるようにしたといっている。「あれから後、私の家庭に出入りする者は殆ど根津関係や永田関係の人々、つまりM子（引用者注、松子）を中心にして彼女たちの周囲に集まる人々に限られるやうになつた。三度々々の食膳に運ばれる料理も、すべて大阪風になつて東京流は不味いもの、田舎臭いものとして卑しめられた。当時の私の家庭の変化を知らないで、東京から昔の古い友達などが久し振りに訪ねて来ると、私はその取り扱ひに人知れず苦労をした」と語っている。

昔からの友人たちには薄情な仕打ちをしたけれど、松子と新しい家庭をもつことによって俄然と創作熱が刺戟されて、その雰囲気を壊したくなかったというのである。谷崎と佐藤とは、ある意味で肉親以上に、お互いの過去について熟知しあった仲だったが、その佐藤でさえ例外ではなかったのだろう。いや、そうであればこそ、いっそう佐藤を避けたのかも知れない。なぜなら、創作熱を昂揚させるためには、いっそう過剰な演戯も求められるが、過去の自分を知る尽くした友人に、そんな風に新たに生まれ変わった自己をさらけだすことは、照れくさく、恥ずかしいことと思われたのかも知れない。

昭和三十五年（一九六〇）十一月、佐藤は、吉川英治らとともに第二十回の文化勲章を授与された。千代はこれによって、谷崎と佐藤と結婚したふたりの夫が文化勲章の受章者ということになった。昭和三十九年（一九六四）五月六日、佐藤は関口町の自宅応接間で朝日放送の「一週間自叙伝」の録音中に、「私は幸いに……」と語ったあと、急に心筋梗塞を起こして亡くなった。七十二歳であった。翌年の昭和四十年七月三十日には、谷崎が自宅の湘碧山房で、腎不全から心不全を併発して、七十九歳で亡くなった。ふたりの文豪に愛され、翻弄されながらも、平穏無事な晩年を送ることができた千代は、谷崎と佐藤との未発表の書簡を娘の鮎子に托して、昭和五十七年（一九八二）七月二十二日、心筋梗塞のために八十五歳で亡くなった。

それにしても、ひとりの女性をめぐって、ふたりの文豪が自己の文学的生命をかけてあらそうといったようなことが、現代にも起こり得ることだろうか。小田原事件当時、谷崎のもとを去るとき佐藤は「僕は白髪になるまでお千代を争ってもいい」といい、千代の養母には「もし今後谷崎がお千代を欺くようなら、僕はいつでも引取りにくる」といって立ち去ったという。もはや女性を記号化して、さまざまな幻影を投ずることも憚られるような昨今、ひとりの女の心をつかまえようとさまざまな戦略をめぐらす男たちの物語は、古き良き時代の語りぐさでしかないのだろうか。

たしかに私たちの人間関係のあり方は、この百年のあいだに大きく変容し、激しい時代の変化をこうむってきた。しかし、男たちが自己の愛する女たちに永遠女性のおもかげを求めつづけることは、いつの時代にも変わらないことで、それゆえに男女間の争いや、トラブルが絶えないのだろう。ＳＮＳやさまざまな情報機器の革新が、新たな問題を生じさせているけれど、その根底に存する構造はそれほど大きな変化があるわけではない。そうしたトラブルに捲きこまれた周囲の人物はとんだ迷惑で、いちばん大きな被害をこうむるのはつねに子どもである。谷崎と佐藤の生涯を振りかえったとき、同じ問題に遭遇しながらも、可能なかぎり賢く切り抜けたといってよく、彼らの生き方そのものがひとつの物語だったといえよう。

母鮎子のことなど

竹田長男

平成六年の秋も深まったころ、六甲山東麓にある小林《おばやし》聖心《せいしん》女子学院のミサに妹と二人で参列した。小林の駅から木立に囲まれたなだらかな傾斜路を進むと学園に行きつく。毎年ここでは、一年のあいだに亡くなった卒業生を弔う合同の追悼ミサをこの時期に執り行うとのことだった。母鮎子は心ならずも中途退学をしていたので、対象者ではなかったが、学園の厚情によってか、お仲間に加えていただいたことをかつての同級生から知らせていただき、出席したのだった。

まだ十四歳だった鮎子にとって、このような環境で学べる日々を手放さざるを得なくなったことは、残念だったであろう。父潤一郎と佐藤春夫、この二人の作家によって惹起された母千代をめぐる顛末が「妻譲渡事件」と喧伝されたことによって、「そんな家庭の子供は困るので転校させるか寄宿舎に入れてほしい」と学校から申しわたされたため、鮎子は退学して、母とともに関西を離れ、東京の春夫宅で暮らし始めた。これをきっかけに、父親とは手紙でのやりとりが多くなった。

三年前、潤一郎没後五十年の節目に神奈川近代文学館で開催された谷崎展で、親子関係の観点からも掘り起してみたいとの提案をいただき、潤一郎から鮎子宛の書簡の一部を公開したところ反響が大きく、新聞各紙でも潤一郎に意外な一面があったと紹介された。これらを契機として、今回一連の手紙を書簡集として出版していただくことになった。原書簡では判読困難な箇所も、この書簡集のお蔭で容易に読み進めることができ、父から娘への一方通行ではあるけれども、親子関係の一端がうかがえる。それは二人にとっては想定外の迷惑かも知れないが、一人の父親の、娘に対する心情を、後世の人間が改竄もされずに残されてきた手紙から汲みとることができるならば、多少の意義はあるのかもしれない。

　お読みいただくとわかるように、鮎子の健康状態を気遣っているものが多いが、母は子供のころから腺病質だったようで、私が幼稚園児のころ、間借りしていた春夫邸で、寝込みがちだった母のもとにかかりつけの医師が往診に来るたびに、帰り際に愛車のスクーターに少しの間乗せてくれるのが楽しみだった。私も子供のころは病弱だったので、布団の中で母が添い寝をしながらよく本を読んでくれた。山川惣治《そうじ》の絵物語『少年王者』はシリーズ全巻を母に読んでもらった気がする。自分で読めるようになってからも繰り返し愛読したが、多くの子供たちが読めるようにと、父がどこかの施設に寄贈してしまった。後年発売された角川文庫版を今も手許に置いている。音楽好きであったが楽器を弾けなかった両親の意向で、四歳くらいからバイオリン教室に通わされた。ほかのことではあまり口うるさくなかった母だが、バイオリンの練習となるととても厳しかった。いちどなど、いい加減な演奏をするのに業を煮やした母が、弾いていた弓を私から取り上げた拍子にぶつけて折ってしまい、以降は練習に手ごころを加えたので、私の上達の道も閉ざされた。

　母はとくに社交的ではなかったが、好き嫌いなく誰とでもうちとけた。出歩くほうでもなかった代わりに、親類や知人とはよく電話をしていた。御寮はん（母は家では松子のことをそう呼んでいた）ともよく電話をしていたが、千萬子《ちまこ》さんとは話題が猫のことになるといつ終わるともなく話し続けていた。

　当時を思い起こすと、母は片づけがあまり得意でなかったうえに、大学で教鞭をとる歴史学者だった父が辺りかまわず本や資料を放置するので家の中はいつも散らかっていた。来客の予定があっても母はそのままでとくに気にするふうもなかったし、歓待するでもなかった。かえって身構えずに立ち寄れる雰囲気を好む方々が顔を出してくださったように思う。

　私が家庭を持ち、子供連れで実家に泊まりに行くようになると、母が孫娘を寝かしつける役割を担ったが、ある晩寝入った孫を残して部屋から出てくるなり、「バアバは甘いね」って言われちゃったよと苦笑いしながらも、幼い孫に見透かされたやりとりを楽しんだ様子で、減らず口をたたくのが好きな佐藤のおじちゃん（春夫）がいたら喜んだことだろうねと残念がっていた。この娘もいまでは五歳の男児の母となっているが、いまだに「子を持ちてなおまだ知らぬ親の恩」といった様子なので、誕生日のメッセージに添えて「孝行したいときに親はなし」と送ると、「去年も同じことを聞いた」との口達者ぶりで三つ子の魂のまま。孝行といえば、まだ学生時代のある晩、眠りにつく前の両親の部屋で母の肩を揉んでいると父が入ってきて、部屋を明るくして何をしているのかと思ったよと言うので、とっさに「煌煌と明かりを点けて親孝行」とつぶやいたら、二人で大笑いしていた。

　私の親孝行はその程度でしかなかったが、鮎子は父親にどのような思いで接していたのだろうか。祖父宅を家族で訪ねた時などに、二人が親しく会話を交わしていた光景はあまり思い浮かばない。面と向かうとお互いに多少気まずさがあったようだ。また、松子に対して「順市」と称していたころの潤一郎の遜《へりくだ》った卑屈な物言いや振舞いに辟易していたらしい父は、生涯潤一郎とはソリが合わなかった。権威や肩書を敬遠した父は系列の女子高校の校長職を打診されても即座に断り、いくつもの博士号を持つ人を評して、よく恥ずかしくないものだ、などと言っては、「一つもないよりはいいと思うけど」と母にぼやかれていた。そんな父だったが、晩年に回復困難な病状となった母を案じて「鮎子が可愛そうなんだよ」と電話をしてきたと後日身近の知人から聞かされた。悪化してからの入院中も母は努めて良い患者であったらしく、亡くなった際、病棟の看護婦さんからも悔み状をいただいた。

鮎子は、少女期こそ家庭内の問題に悩まされ翻弄されたのであろうが、母千代と東京に戻ってからは、長じた後まで春夫やその弟で北海道十勝に暮らした夏樹夫婦らに見守られ、三人の子を育て、潤一郎からも、折にふれて助力の手が差し伸べられていた。

心を許した友人たちや、親戚、多くの人に晩年まで支えられ、おそらくは潤一郎の娘としての密かな矜持を心の奥深く保ちつつ七十七年の歳月を全うした。幸せな人生を生きた人だったと思う。

あとがき

千葉俊二

このところ谷崎潤一郎の書簡を翻刻・紹介する仕事がつづいた。最初におこなったのは『増補改訂版谷崎先生の書簡　ある出版社社長への手紙を読む』（二〇〇八年）だったが、この中央公論社社長の嶋中雄作宛書簡の編集過程でこれまでないがしろにされてきた新事実が次々に明らかになって、自分自身でも興奮し、驚くほどの成果をあげることができた。次には『谷崎潤一郎の恋文　松子・重子姉妹との書簡集』（二〇一五年）で、これは存在そのものが何よりも雄弁に谷崎文学の根拠を語るような貴重なものだった。この二冊の書簡集は、間違いなく日本の近代文学史上に大きな足跡を残した谷崎潤一郎の人と藝術をさぐるためには必須の文献となった。

このほかに細かなものとして、次のようなものを紹介・発表してきた。谷崎が松子と結婚するにあたって大きな手助けとなった水野鋭三郎宛書簡（「文芸読本　谷崎潤一郎　没後五十年、文学の奇蹟」二〇一五年二月、および「神奈川近代文学館年報二〇一五年度」二〇一六年七月）、本書にも全文を収載した「春琴抄」執筆時の佐藤春夫宛書簡（「没後50年谷崎潤一郎展　絢爛たる物語世界」二〇一五年四月）、一高時代の同窓で谷崎にオットー・ワイニンゲルやクラフト・エビングなどの存在を教えた杉田直樹宛書簡（「日本近代文学館年誌　資料探索12」二〇一七年三月）、「三つの場合」の「阿部さんの場合」に記された奇術家の阿部徳蔵宛書簡（「kotoba（コトバ）第27号」二〇一七年三月）、松子の本家の森田家へ養子に入った詮三の実家である卜部家に残された書簡(「早稲田大学大学院教育学研究科紀要28」二〇一八年三月)といった工合である。

どのような書簡にもその書き手の人格や為人《ひととなり》がはりついており、そこから必ず新しい発見がある。谷崎潤一郎の場合、これまで考えられてきた以上に実生活と作品とのあいだに密接な関係があることが、さまざまな資料から明らかになってきたけれど、その虚構のカラクリを解き明かすうえでひとつひとつの書簡はことのほか重要である。今回、ここに娘の鮎子に宛てた書簡をまとめることができたが、これは小説家谷崎潤一郎の創作の秘密をうかがわせる、これまでの興味深い書簡類とはちょっと趣きを異にしているかも知れない。というのは、私にはこれらの鮎子宛書簡をとおして何よりも人間谷崎潤一郎を強く感じさせられたからである。

この書簡集の編集過程で、谷崎の最初の結婚相手であり、鮎子の母親でもある千代の兄の小林倉三郎宛書簡の写真やコピーを見つけることができたのは、思いもかけない大きな収穫だった。ことに兄の倉三郎に千代がみずから自己の内心を吐露している書簡を読んだときには、谷崎作品で馴染んでいた作中人物が、あたかもこの現実世界にいきなり肉体をもって現れたかと思わされるほど驚かされた。千代夫人の存在はこれまで谷崎文学の研究ではいろいろに言及されてきたけれど、千代夫人そのひとの生の声は少しも聞こえてこなかった。この一通の千代書簡の存在によって、「蓼喰ふ虫」の読みが変わるかも知れない。

これまで谷崎の鮎子宛書簡を大事に所蔵、管理して、このようなかたちにまとめることをお許しいただいた竹田長男さんと高橋百百子さんに心より深くお礼を申し上げたい。校正の段階での翻刻のチェック、年代不明な書簡の年代考証に細江光さんをわずらわせたけれど、快く引きうけてくれて、とても助けられた。厚く感謝の言葉を申し述べたい。また『増補改訂版　谷崎先生の書簡』『谷崎潤一郎の恋文』の前二書、決定版『谷崎潤一郎全集』全二十六巻をともに編集しつづけてきた、前田良和さん、ならびに編集担当の山本啓子さんにも心から有難うを申し述べます。

二〇一八年九月五日

谷崎家系図

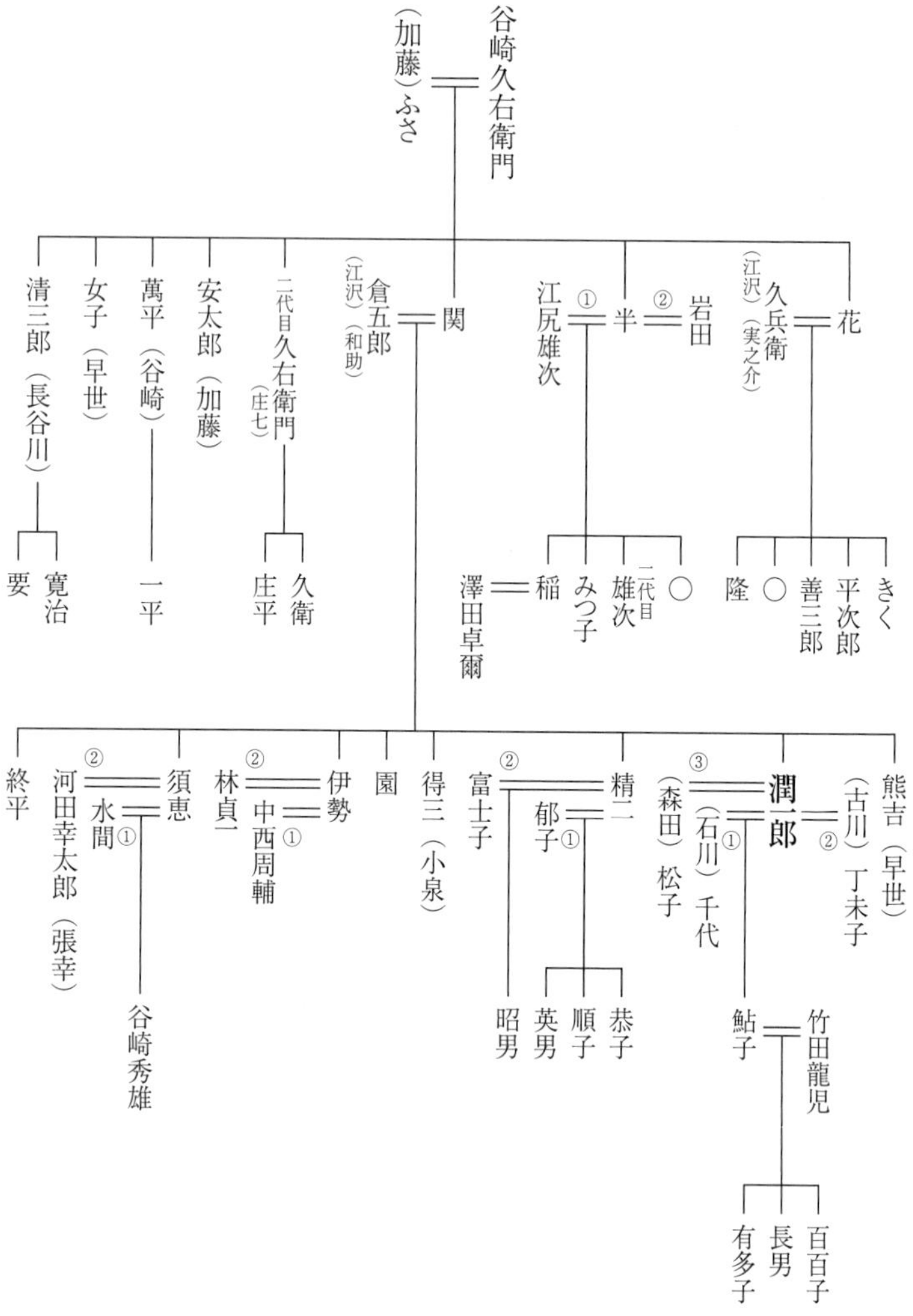
谷崎久右衛門
（加藤）ふさ
花
（江沢）久兵衛（実之介）
岩田
②
半
①
江尻雄次
関
倉五郎（江沢）（和助）
二代目久右衛門（庄七）
安太郎（加藤）
萬平（谷崎）
女子（早世）
清三郎（長谷川）
きく
平次郎
善三郎
○
隆
○
二代目雄次
みつ子
稲
澤田卓爾
久衛
庄平
一平
寛治
要
熊吉（早世）
（古川）丁未子
②
潤一郎
③
（森田）松子
①
（石川）千代
精二
郁子
①
②
富士子
得三（小泉）
園
伊勢
①
中西周輔
②
林貞一
須恵
①
水間
②
河田幸太郎（張幸）
終平
竹田龍児
鮎子
恭子
順子
英男
昭男
谷崎秀雄
百百子
長男
有多子

佐藤・竹田家系図

……… は養子入籍

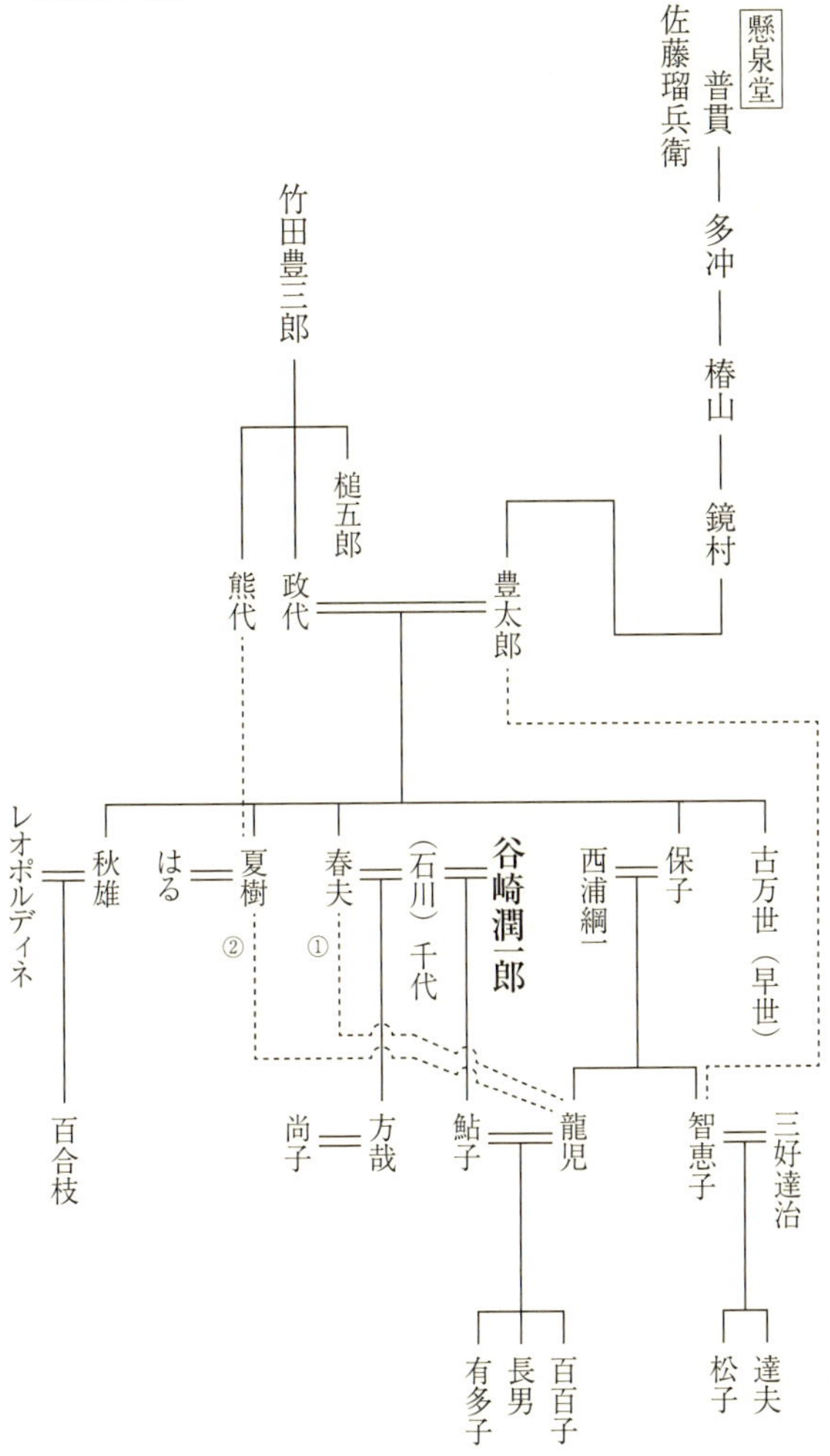

小林・石川家系図

……… は養子入籍

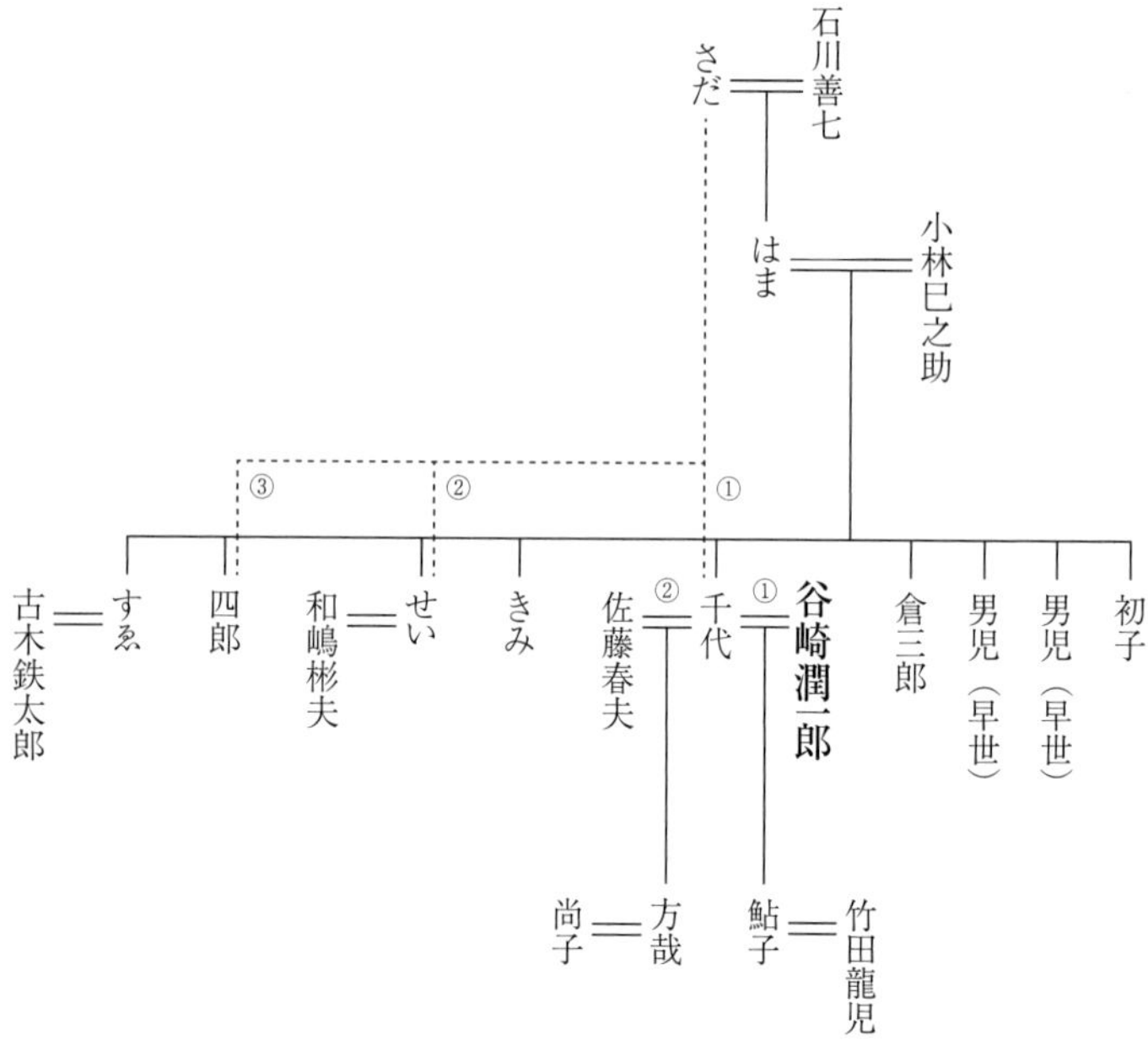

森田・渡辺家系図

……… は養子入籍

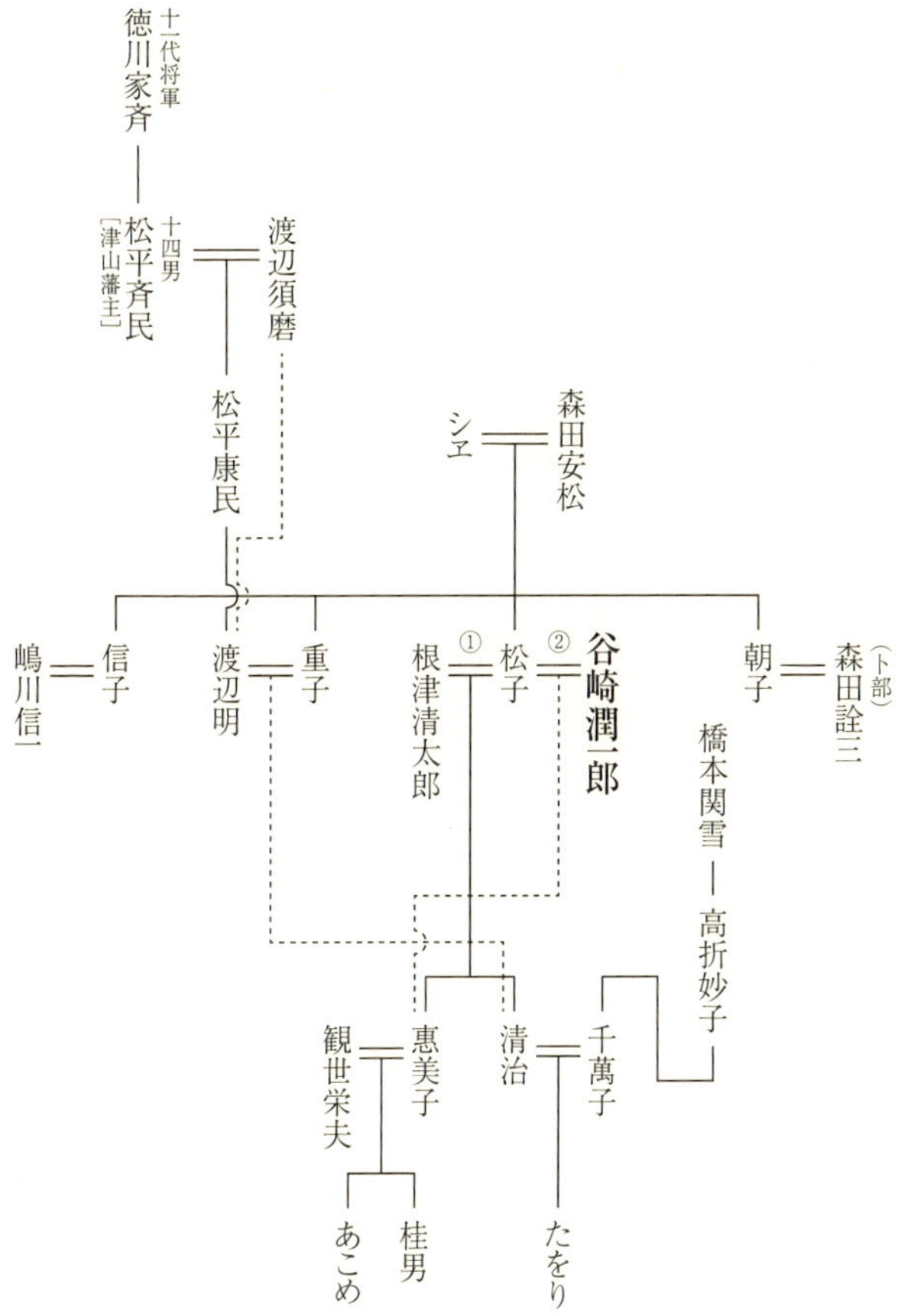

協力

芦屋市谷崎潤一郎記念館
神奈川近代文学館
新宮市立佐藤春夫記念館

編者略歴

千葉俊二（ちば　しゅんじ）

一九四七年生まれ。早稲田大学第一文学部卒業。早稲田大学名誉教授。著書に『谷崎潤一郎　狐とマゾヒズム』『エリスのえくぼ　森鷗外への試み』（小沢書店）『物語の法則　岡本綺堂と谷崎潤一郎』『物語のモラル　谷崎潤一郎・寺田寅彦など』（青蛙房）『物語のなかの科学』（勉誠出版）ほか。『潤一郎ラビリンス』（中公文庫）全十六巻、『決定版谷崎潤一郎全集』（中央公論新社）全二十六巻編集などを編集。

父《ちち》より娘《むすめ》へ　谷崎潤一郎《たにざきじゅんいちろう》書簡集《しょかんしゅう》
――鮎子《あゆこ》宛《あて》書簡《しょかん》二六二《にひゃくろくじゅうに》通《つう》を読《よ》む

二〇一八年一〇月一〇日　初版発行

著　者　谷崎潤一郎《たにざきじゅんいちろう》
編　者　千葉《ちば》俊二《しゅんじ》
発行者　松田陽三
発行所　中央公論新社
〒一〇〇-八一五二
東京都千代田区大手町一-七-一
電話　販売　〇三-五二九九-一七三〇
　　　編集　〇三-五二九九-一七四〇
URL http://www.chuko.co.jp/

DTP　平面惑星
印　刷　大日本印刷
製　本　大口製本印刷

Published by CHUOKORON-SHINSHA, INC.
Printed in Japan　ISBN978-4-12-005123-4 C0095